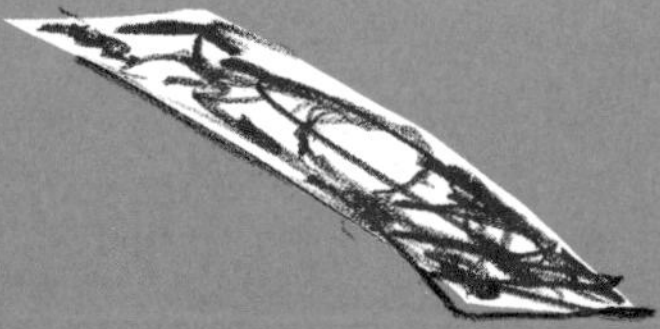

トライアングル

TRIANGLE

Takashi Okai

岡井 崇

早川書房

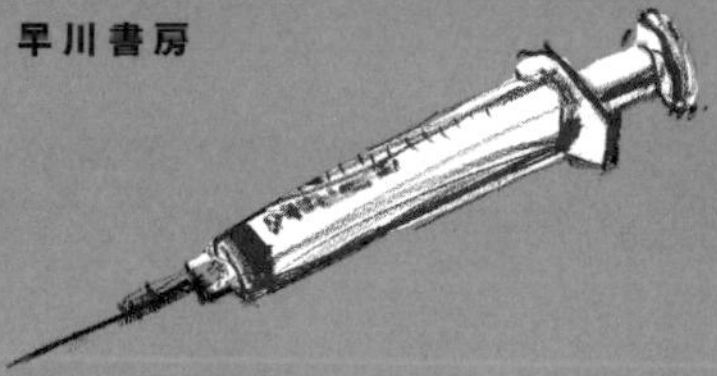

トライアングル

目次

序章　5
第一章　ひまわりのストラップ　10
第二章　ダイビング　37
第三章　医療改革　56
第四章　自由診療病院　85
第五章　補習の時間　117
第六章　三者の契り　140
第七章　専門医の見解　176
第八章　ＰＣＰＳ　221
終章　270
あとがき　289

序章

国会通りを隔てて日比谷公園の南向かいに位置するプレスセンタービルには、日本記者クラブや外国人プレスセンター、新聞各社の東京支社などが居を構える他、最上階には、二百五十人収容でき、ドーム状の高い天井で有名なプレスセンターホールがある。このホールで、日本の健康保険制度をテーマとした公開討論会が始まろうとしていた。日本医療界雑誌の編集長と英国から訪日したTHE LANCET誌の編集委員がパネリストとして対峙する。THE LANCETは、日本の保険制度の特集記事を掲載したこともある斯界で一、二を争う国際医学雑誌で、ロンドンとニューヨークと北京に局を持つ。

何カ月も前からこの討論会を心待ちにしていた須佐見《すさみ》なのに、緊急手術のために遅れてしまい、この時刻、公園の噴水とベンチの間を急ぎ足で通り過ぎるところだ。定年を二カ月後に控え、あれが最後の緊急呼び出しになるかな、退任したらのんびり過ごそう、などと考えながら足をさらに速めた。木立を抜け公会堂の脇の道を通り、信号を渡ってビルに辿り着いたときは息が弾んでいた。標示に従って脇目も振らずエレベーターで十階に上がったが、十五分遅刻だ。日本医師会の主催する今日の討論会には早くから参加の申し込みを行い、席も確保してあったので、会場前の受付で名を告げると係の者が席まで案内してくれると言う。「助かった」と思った。討論が始まっている中で、席を探すのは大変だなと心配していたからだ。

ホールのサイドドアを開けると、予想通り中はぎっしり満席であった。案内された席は前から三列目でパネリストの顔もよく見える。THE LANCETの編集委員は如何にも英国人という顔立ちの女性で、四十歳代か？

「そんなことないでしょう!!」と、六十歳くらいの白髪の日本人男性の声が聞こえてきた。討論は既に白熱している模様だ。

——さあ、じっくり聞かせてもらおう……

須佐見はシートに深く腰を沈めた。

日：我が国の国民皆保険制度は相互扶助の精神に則って運用されています。国民は安い保険料で誰でも平等に適切な医療が受けられ、諸外国からも高く評価されていると聞いていますが……？

英：それは過去のことじゃないですか。我が誌の特集でも後編は問題点を指摘しているでしょう？

——この英国人は流暢な日本語を話すな、日本で生まれ育ったみたいだ……

英：日本は一九五八年に全国民強制加入の保険制度をスタートさせ、一九六一年には皆保険がほぼ達成されました。その後、四十年くらいは良かったのです。若い人が多い人口構成で、順調に経済成長を続けていたお陰です。大変上手く機能していました。それにしても、あんなに安いコストで国民の医療を賄ってこられたのは、医療の質との trade-off（交換）によるのではないのですか？

日：それは違うでしょう。日本は世界一の長寿国ですよ。種々な病気の治療成績も世界のトップクラスですからね。対ＧＤＰ比の国民医療費を低く抑えてこられたのは、国が診療単価を画一に安く設定してきたからです。その副作用が問題になっています。診察費が安いので、医者はたくさん患者を診ることや検査を多く行うことで収益を上げようとする。患者側も支払う自己負担額が低いので頻回に受診したがるとか、そんな意見がランセット誌にも載っていたと思いますが。

英：医療費のその種の無駄遣いも軽視はできませんが、日本にはもっと重大で深刻な構造的難題があるでしょう。

日：構造的な難題とは？

――日本人が自国の実態を知らないとは、困ったものだ……

英：一つは、高齢者の増加と少子化で人口構成が著しく変わってしまったことです。年を取ると色々な病気に罹《かか》りますからね、医療費が嵩みます。二つ目は医療の高度化です。高額医薬品がその代表ですが、それらをすべて公的保険で支払おうというのですから、しかも保険料率を引き上げないで……、健康保険の財政が破綻するのは目に見えていますよ。

日：確かに、保険財政の赤字を税金で補塡しているのは知っています。「安定的で持続可能な医療保険制度の運営の確保」という名目で厚労省から年に十兆円以上廻しているとか……

英：直ぐに、その程度では済まなくなりますよ。我が国はサッチャーからブレアに政権が変わったとき、医療費の国庫負担を二倍に増大させたのですよ。

日：貴女《あなた》の国は、基本的に医療費はただですよね。すべて税金で賄っている？　それは、税金が相応に高いからできることでしょう？

英：その通りです。過去はともかく、成熟社会となっては、低負担で高福祉を望むことは無理なのです。それでも、医療支出を抑制することは必要で、そのために様々な対策を採っています。例えば、家庭医に診てもらわないと専門医にかかれないとかコストパーフォーマンスを考慮した治療法を選択するとか。

日：日本もイギリスのようにしろ、と……？

英：そんなことは言っていません。私が言いたいのは今考えないと手遅れになりますよ、ということで、日本に合った方策を採れば良いのです。しかし、急がないといけません。日本の国民皆保険は実質的にもう破綻していると言う関係者もいますよ。経済的な事情などから若者の二割くらいが保険料を支払っていないというじゃないですか？

日：税金をさらに注ぎ込むか？　保険料率を改定するか？　今の日本ではどちらも難しいですし、……とすると、現行制度を維持するためには、高額の治療費や薬代は自己負担にしてもらう、つまり、これからは公的保険で賄う医療の質を下げる。これしかないということですか……？

と、声を落とす日本医療界雑誌編集長の顔がくすんで見える。

英：日本の保険制度はrebirth（再生）のときを迎えています。実は、先日、厚労省関係の方と話をしたのですが、政府は近い内に健康保険制度の大改革を実行する計画だそうですよ。

「え!!　本当か？」

須佐見は思わずそう叫んで立ち上がった。と、同時に場内のあちこちから発せられた驚きの声音がドーム型の天井で跳ね返り、プレスセンターホールは騒《ざわ》めきが共鳴する異様な音響の坩堝《るつぼ》と化した。

五年前のことである。

第一章　ひまわりのストラップ

1

柊雄太《ひらぎゆうた》が通う高校はJR中央線のK駅から徒歩で二十分の高台にある。進学で有名な私立男子校だが、都区部から離れているため周囲に雑木林や緑地が残っていて、学校の敷地にもゆとりを感じる。校庭に遊ぶ生徒たちの動作まで心なしか緩慢に見えるのは、空間の広さとこの地の風致によるのだろう。

運動場の通用門を抜けて三人の生徒が出て来た。白い開襟シャツにグレーのズボンの制服姿で、何やら話しながら砂利道をのんびり歩いてゆく。野球の練習を終え帰宅の途に就くところだ。時折、夏の終わりを感じさせる乾いた強い風が林の枝葉を揺すり、大きな波となって草場を吹き抜ける。雄太と田中翔《たなかしょう》と本庄圭介《ほんじょうけいすけ》は中学以来の友達で、田中がキャプテンを務める軟式野球同好会の仲間だ。野球は好きでもいわゆる体育会系の組織体質や部活動中心の生活が肌に合わない生徒達が集って作った同好会である。桐成高校《とうせい》には、甲子園は無理だが都大会では三、四回戦まで進む力を持つ野球部があり、専用のグラウンドも完備されている。しかし、雄太達はそれとは別の多目的に利用できる広い運動場の一部を使って週に二〜三回練習をする。部員は一年生も入れて十一名いるのだが、全員揃っての練習は少ない。彼らは地域のクラブチームなどと試合をするのが楽しいのだ。投手の本庄と捕手の田中、内野をどこでも熟《こな》す雄太の二年生三人が中心のチームだ。この高校には他にも多種多様な同好会が存在し、これも自由な校風の一環と関係者は捉えている。

「柊、今日の練習、気が入ってなかったなー」と田中が言う。そのため、いつもより早く練習を切り上げたのだ。

「うん、ちょっと他のことが気になって……」

と、雄太は右手に持つスポーツバッグをぶらぶらさせた。

「普段は集中力のある柊が、珍しいなー。ひょっとして彼女でもできたんじゃないのか？」本庄は冗談のつもりで言った。

この三人は帰る方向も同じで、一緒に下校することが多い。

「そうなんだ。実は……オレ、恋をして……」

「え!?　本当かー？」

田中の方が驚いたようだ。

——柊との間に隠し事はないはずだ……

「柊も立和《りつわ》の娘《こ》か？」

本庄が立和女学院の生徒と付き合っているのは仲間の皆が知っている。

「立和は可愛い娘が多いからなー。制服もおしゃれだし」

と、羨ましそうに田中が言う。

「あのチェックのスカートがいいんだろう……。田中もよく見てるじゃないか」

と、本庄が返すと、雄太が澄まして言う。

「オレの恋人はスカートなんか穿いてない」

「え⁉　何だよ、それ？」

本庄が上擦《うわず》った声を出した。

「おい、四十五分の快速に間に合うぞ、急ごう！」

と、田中が走り出し、二人も後を追った。


電車は空《す》いているが三人は座らない。彼らの定位置はドア近くの座席の側方で、そこに陣取り、床に練習着の入ったスポーツバッグを置いておしゃべりをする。高校生くらいになると、家庭ではあまり話をしなくなるが、男子でも友達同士ではよくしゃべる。女子と比べても、内容こそ違え、会話の量はそう負けていない。

「おい、柊、さっき何て言った？　スカート穿いてないって？」

「あのギョロッとした丸い目はすばらしい。肌の色も真っ黒でなく、深い緑色なんだ。ウロコが光ると青色にも輝く。そしてファイトする。手強いぞ」

「なんだー、バカバカしい、魚釣りに嵌《はま》ったってことか？　誰と行ったんだ？　柊のお父さんは今、アメリカなんだろう？」

電車が駅で停車すると、二人は乗り降りする人の邪魔にならないように移動し、ドアが閉まり動き出すと定位置に戻って、また話を始める。

「お母さんの元上司で、大学教授を退任した人だよ。須佐見先生って言うんだ。小学生の頃からよく知っている人だ。田中も行きたいのなら、頼んでやるよ。本庄も行くか？　楽しいぞ、大きいのが釣れたらしびれるぞ」

一昨日の磯を思い出すと、今も雄太の胸は鼓動が高まる。

海は凪《な》いでいたが、それでも時折数十センチの波が岩に寄せてくる。雄太の赤い玉ウキがその波を乗り越えようとしていたその時、ウキは一回、二回と、海面下に沈みかけては戻る動きを見せた。かと思うと、次の瞬間、勢いよく海中深くに引き込まれて行った。

「今だ!!　竿を立てるんだ!!」

須佐見の声が聞こえる前に雄太は反応していた。反射的に竿を立て、力を入れて後ろに引いた。釣り竿が美しい弧を描きながら魚の躍動を伝えてくる。魚は竿先をぐいぐいと海中に引っ張り、右へ左へと行き先を変える。雄太はさらに大きく竿を立てて竿先を引き上げ、次に、力を緩め竿を倒しながら手速くリールを捲く。竿先が海面近くまで引っ張られると、力を入れて竿を持ち上げ、次に緩めてリールを捲く。同じ竿捌《さば》きを何度か繰り返すと、見えてきた。左右に向きを変えながら頭《かしら》を振る黒い魚影。

「グレか?!」と、立ち上がって攩網《たもあみ》を手に魚の浮上を待ち構える須佐見にもくっきりとその姿が見えた。

「無理するな。ゆっくり、ゆっくり、こっちに引いて来て……、頭をこちらに向けるんだ」

雄太が言われた通り、竿を引いて魚の頭を須佐見の方に向けようとした時、これまでの格闘で疲れている筈のグレが最後の力を振り絞って尾鰭《おひれ》を蹴った。と、魚影はみるみる海中に潜り込んで行く。

——あ！　逃がしてしまう……。岩の間に逃げ込む気だ……

「先生!!　どうすれば……?」

と叫ぶ雄太はもう汗だくだ。

「大丈夫！　少し魚の勢いに任せるといい。リールを緩めずに竿先を上下させて力を加減するんだ。竿の撓《しな》りが助けてくれる」

魚が引く力に合わせて、竿先を緩めたり持ち上げたりする内に要領が分かって来た。タイミングを見計らって少しずつリールを捲いてゆく。ゆっくりと竿を立てるとグレが再び姿を現わした。

雄太は慎重に慎重に魚の頭を須佐見の側に誘導した。グレは海面直下でピチャピチャと小さく跳ねたが、力尽きたのだろう、大きな抵抗は示さなかった。須佐見が攩網で掬《すく》い上げ、柄を短縮させて岩上に引き上げた。

「やったね、雄太君!!　グレだ。尾長と呼ばれる方だ。大きいね、五十センチ以上ありそうだ」

――国分寺、国分寺、西武線はお乗り換え……

「じゃあな、いつかオレもな」

本庄が降りた後も、雄太は釣りの話だ。

「オレ、磯釣り同好会を作ろうかと思ってるんだ」

「え!? この前は、ミステリ愛読会とか言ってなかったか？ あれ、どうなったんだ？」

「あれは、人が集まらないんで……、だから今度は田中も本庄も入って欲しいんだ」

田中はうんざりした顔で言った。

「柊は何にでも興味を持つんだな、全く……。君の頭脳がそういう構造であることは分かってるつもりだよ。だがねー、中学の時も、化学実験同好会、詰将棋創作クラブ、桐成に入ってすぐ映画研究会、それから落語愛好会とかも作ったけど、結局、どれも続かなかったじゃないか。アレもコレもは無理だよ」

「でも、今度は違うぞ、大自然が相手で大人になっても続けられる。それにしても、この前のはでかかったなー」

「まあな、何やってもいいけど、野球だけは止めないでくれよ。じゃあ」

田中がM駅で下車した後も、雄太は座らず、鞄を足下に置き、右手で座席横に架けられたパイプを摑んで、何気なく車両の前方に目を遣った。

すると、前のドアから女子高校生が三人乗り込んで来て、中央のシートに席を取った。

――あっ、立和の生徒達だ。

真正面に顔を向けてじろじろと見るのは、さすがに気が引ける。横目でそうっと三人を観察した。

――そういえば、きれいなチェックだな、本庄が言ったのはこのことか……

三人の女子高生は膝上丈の箱襞《はこひだ》スカートの上にお揃いの学生鞄を載せてお行儀よく座っている。

――スカートの色、同じじゃないんだ!?

インジゴ色の地にパープルとグリーン、ジェットブラックにダークとライトのブラウン、チャコールグレーにネイビーブルーとスカイブルー。どれも色合いの調和がとれているだけでなく、斬新な印象を受けるチェック柄だ。

――これがおしゃれという訳か……、あいつら二人ともよく見てるんだ……

服装の品定めをさらにしたくなった雄太は視線を下に移動させた。

三人揃って黒いローファーに明るい紺色のハイソックスで、外側横に校章と思われるワインレッドの花の図柄が縫い付けられていて、目を惹くワンポイントマークになっている。雄太が女性の足許などを意識して見たのはこの時が初めてかも知れない。

一度目を逸らそうと、静かに首を左に回し、逆の側の席に視線を向けた。斜め左の席にも四～五人の女子高生が座っていた。が、立和の生徒達とどこか違う。ダークブルーのプリーツスカートに特色のない白のブラウス。浅く腰を掛けているため、下肢が前に伸びて、膝が揃っていない。楽しい話題なのだろう、声を出して笑いながら、顔を縦に横に忙《せわ》しなく振る。言葉は聞こえないものの、口許あたりからも品位が感じられない。顔を背けると、自然と立和の娘が目に入る。同じ白のブラウスでも胸の高さに三本の折柄が入り、半袖の縁に刺繡の模様が織り込まれ、丸襟の首元にはパープルに近い濃いピンク色のスカーフが結ばれている。雄太でなくても女学生の清楚な艶《つや》やかさを感じる制服だ。

——毎日乗る電車の中で、今までオレは何を見てたんだろう……？　あいつらと違って、夢中になることがあり過ぎたのかもな——

さわやかな三人の立和女学生を、雄太は横目でちらちらと観察し続けていたが、しばらく経った時、「おやっ」と思った。向かって左に座っているチャコールグレーの娘の明るさが、ふっと途切れたのだ。他の二人は和やかに微笑《ほほえ》んでいるのに。

——吉祥寺ー、吉祥寺ー。京王井の頭線はお乗り換え……

三人揃って立ち上がり、前側の開いたドアに向けて歩き出した。その時、チャコールグレーの娘が何か落としたように見えた。

——携帯電話につけるストラップではないか……

声を掛けてあげようと思ったのだが、何と言えばよいのか、言葉を探している内に彼女は遠ざかってゆく。大声は出したくない。手渡してあげようと拾い上げた。後ろから近づき、小声で、「……もしもし、あのー、君！」と呼びかけると、チャコールグレーの娘が振り返った。小顔に涼やかな目許。その時ドアが閉まり始め、立和女学生達は三人とも下車してしまった。雄太は定位置に戻り、握った右手を開いて、掌《てのひら》の上のストラップをまじまじと眺めた。銀色の細かいチェーンの先端に陶器できたひまわりの花が飾られている。目にも鮮やかな黄色だった。

——この電車に乗っているのなら、いつでも渡してあげられる……

そのままポケットにしまった。

＊

「雄太君、おかえり」

奥から祖母伸子《のぶこ》の声が聞こえると、一人で塗り絵をしていた亜紗子《あさこ》が居間から飛んで来た。

「お兄ちゃん、ゲームやろう！」

亜紗子は今年小学生になったばかりで雄太とは十歳年が離れているが、これは一時期両親が別居していたためで、二人は実の兄妹である。

「しょうがない、少し付き合ってやるか」と思ったが、台所から伸子が出て来て言う。

「今日は野球してきたんでしょう？　先にお風呂に入ったら」

祖母の伸子は優に七十歳を超えているが、高血圧や糖尿病などの生活習慣病もなく至って元気だ。母親の代わりに二人の孫の面倒を見ていることが、心身共に彼女の健康を支えているのだろう。

「あさちゃん、ゲームは後でやりましょうね。そうでないと、お兄ちゃん汗臭いよ」

亜紗子はテレビゲームの遊び方を憶えたばかりだ。

「うん、じゃー後で、おばあちゃんも一緒にね」

雄太がお風呂に入っている間、伸子は食事の支度を続けた。

雄太の母親、柊奈智《なち》は城南大学産婦人科講師で産科病棟医長の重責に就いている。講師に昇進してから当直はなくなったが、その代わり重症患者に対応するため、夜中に呼び出されることが時々ある。帰宅は普段から遅く、平日の食事の準備は伸子に任せ切っている。

父親の隆弘《たかひろ》は奈智と同じ城南大学の循環器内科に籍を置き、近い内に都内の中堅病院の部長ポストに異動することが約束されているのだが、現在は米国にいる。異動の話を聞かされた時、この歳になっては今が最後のチャンスと二年間の留学を申し出た。これが意外とスムーズに医局人事として認められ、米国のサンフランシスコ市立病院で心臓カテーテルの最新技術を学び始めて丸一年になる。奈智の方は産婦人科の医局の事情で病棟を離れる訳にいかなかった。雄太を一緒に留学させるかについては、少し揉《も》めた経緯がある。当初、雄太自身は米国で父親と暮らしてみたいと思っていた。ところが、学校側が後押しをしてくれるどころか、難色を示したのだ。雄太は口煩《うるさ》い船山《ふなやま》という担任教諭の話を聞いている内に面倒臭くなって、あっさりと日本に残る決断を下してしまった。船山は、「米国の授業内容は当校より一年遅れている。特に数学などは酷い。米国の勉強だけでは二年後に三年生として戻ってくるのは難しい。日本にいる三年生に差をつけられないようにするためには、これらを自習する必要がある」と言って膨大な数の参考書のリストを示した。それに加えて、米国のハイスクールの成績を記した証明書を発行してもらうことと、成績は常に四十人中五番以内にいること、などと嫌がらせとも思われるノルマを課したのである。雄太が入学したばかりで、担任が彼の能力を知らなかったからでもあるが、自校生徒の学力、取り分け大学受験に必要な学力に対する自負の強さが、このような近視眼的な発言を産んだのだった。

雄太が風呂から上がってくると、亜紗子が「これ、なーに？　アサにちょうだい」と、いつの間にかストラップを雄太のズボンのポケットから取り出して玩《あそ》んでいる。

「アサ！　それはダメだ。人の物だから……」

雄太が取り返そうとすると、亜紗子はよほどそのストラップが気に入ったらしく、「いやだー」と甲高い声を出して走り出した。

「アサ、返せ！」と雄太はパンツひとつで追っ掛ける。

「おばあちゃーん！」と、走りながら亜紗子が叫ぶ。

伸子が台所から出て来た。

「どうしたの？　あさちゃん、部屋の中で走らないの！」

「お兄ちゃんが、いじわるするの」

と、亜紗子は泣き出して伸子に抱きついた。手にはしっかりとストラップを握っている。

「いじわるじゃないよ、これはアサの物でもなければ、僕の物でもないんだ。だから、アサに上げたくても上げられないんだ！」

「じゃあー、あさちゃん、今晩だけね。分かった？　明日の朝になったら、お兄ちゃんに返すのよ。誰か人のものだから、お兄ちゃんの大事な人かも知れないし……」

と、伸子が妥協案を提言しても、亜紗子はストラップをしっかり握ったまま泣きじゃくっていたが、伸子にもう一度同じことを言われて、漸《ようや》く首を縦に振った。

「朝まで持っていいよ。でも、絶対に壊しちゃダメだよ！」

亜紗子の小さな手に包まれたひまわりのストラップ、それが、いつの間に、何故、そんなに大事なものに変わってしまったのか、不思議な感慨を覚えながら、雄太はいつもと同じように三人で食卓を囲んだ。

＊

翌日、雄太は学校帰りの電車の中で、チャコールグレーのチェックを探して回った。野球の練習を早く終えた後の時刻、五時四十五分にK駅を出る電車の、昨日と同じ最後尾から三両目に乗って四～五両分移動してみたが、空振《からぶ》りだった。

その後もチャコールグレーに巡り合うことがなく一週間が過ぎた。だが、今日はストラップを拾った火曜日で、期待を抱かせる。雄太は練習を終えるとそそくさと着替えを済ませ学校を出た。田中達が道具の片付けに手間取っているのを尻目に、一人だけ抜け出し、五時四十五分発に間に合わせた。記憶に残っている容姿の特徴は、華奢《きゃしゃ》な体付き、ショートカットの髪、色白の顔、細っそりとしたその輪郭と、涼やかな目許だった。

最後尾から三両目、雄太は電車がM駅に停車すると、対面の乗車口を注視した。ドアが開いて二人下車したが、誰も乗ってこない。いつものように乗客の少ない車両なので、隅々まで目を遣るまでもない。

――一つ前の車両に行ってみよう……

移動は容易だった。雄太は左脇にバッグを抱えて車両間の繋ぎを通り、前方車両のドアを開けた。

「あっ！」

目の前左側に三人の立和女学生が座っていた。雄太は咄嗟《とっさ》にどう行動してよいか考え付かなかった。

ドアを開けたのだからそこに留まっている訳にもいかず、何気なく足を速めて三人の前を通り過ぎた。一つ前寄りのドア近くでパイプに右手を掛け、鞄を床に置くと、何故かほっとした。と同時に自分がやろうとしていることを疎《うと》ましくも感じられて来た。電車が次の駅に着き、その次へと動き出した時、そうっと後ろを振り返った。この前と同じように三人は、きちっと揃えた膝の上に学生鞄を載せて座っていた。

——何を悩んでいるんだ？　一週間前に落としたストラップを手渡してあげるだけでいいんだ。チャコールグレー色のスカートの子に……

雄太は右ポケットに手を入れ、ストラップを触った。

——電車が次の駅を出たら渡してあげよう……

が、その時が来ると、不可思議な緊張感が体の中を漂い始める。それでも、今行くしかない。雄太は歩きながらお腹に力を込めて心の動揺を胸中に封じ込め、三人の前に立った。

「あのー、一週間前にこれ落としませんでした？」

ポケットからストラップを出して、スカートだけを見てチャコールグレーの娘の目の前に突き出した。

すると、その娘はキョトンとした目で雄太を見て、

「私ではありません」

と言う。

「でも、君だと思うんだけどな……」

「あ、それ私のです」

と、隣の娘が声を上げた。

——え⁉　でも、たしか、グレー地のチェックだったのに……

そう思いながら顔を上げ、その娘に視線を向けると、あの涼やかな目が〝あなたは誰？〟と問い掛けて来た。

雄太は思わず息を呑んだ。

2

練習のない日の軽目のバッグを小脇に抱えて、雄太は駆け足で駅に向かっていた。ときどき後ろを振り返るのは田中達を気にしているのだ。このところ、彼らに不義理を重ねて悪いと感じているが、しばらくは「柊はどうしたんだ」と思われてもよい。もっとステディになってから彼らに話そう、と決めていた。

駅前通りに差し掛かった十字路で立ち止まり、バッグを持ち換え時計を見た。やっと間に合った……

駅が近づくと、商店が立ち並び、人通りも多くなる。雑踏の中を通り抜けK駅の改札に着いたのは、五時四十五分発の電車がちょうどプラットフォームの向かいに滑り込んで来るところだった。

最後列の車両に飛び込んだ。平日のこの時間の都心行きが混んでいることはない。雄太は息を弾ませながら車内を前方に向けて移動する。連結部のドアを一つずつ開けて前へ進み、最前列から三番目の車両に着いた時にはM駅が迫っていた。雄太は後方のドアの傍らにバッグを置き、いつものスタイルで前方のドアを見張った。

今日は濃い紺地のチェックだ。入って来るなり目線をこちらに向け、雄太と目が合うと、にこっと微笑んだ。梳《と》かした前髪が左右に割れて、両眉の上に垂れ掛かる。目指す席まで歩きながら、左手で前髪を側方にずらし、小首を傾げて斜めに雄太を見つめる。何回か会っている内に雄太はこの瞬間の夏実《なつみ》にえも言えぬ魅力を感じるようになった。横に流された夏実の瞳に見惚れる雄太は瞬《まばた》きを忘れてしまう。

夏実の目配せで、二人は車両の真ん中に並んで座った。

「やあー!」

と声を掛けてから、雄太は車両の後方を見遣った。

「本庄君達を気にしているの?」

電車で待ち合わせをするようになってたった二週間、なのに、心の中を見透かされているような言葉を聞かされるのは何回目か……

確率約六十パーセントと期待していたところに、お礼のメールが入ったのだった。本庄の彼女を介してアドレスを聞いたそうだ。本庄も立和の娘だから、と安心して教えたのだろう。

「あの人達なら、知られてもいいんじゃない? 親友なんでしょ……。私は美樹《みき》や遥《はるか》には話したわよ。

本庄君の友達の中村《なかむら》さんにも」

「知られたからどうってことはないし、そのうち、話そうとは思っているんだけど、今は自分だけの心に仕舞っておきたい気分なんだ」

「柊君って、凄く勉強できるんですってね。なのに……、そんなにナイーブだなんて……」

夏実は、〝本当なの？〟と、時々見せる問い掛けるような眼差しを雄太に送った。

「誰から聞いたのか知らないけど、勉強とは関係ないじゃないか！　そんなものが心の動きと関係あるかのように考えるのは論理的じゃないね」

「そう、柊君らしくなって来た。そのムキになるところが可愛い……」

――同じ高二なのに、どうして年上からの目線でオレを見るんだ……？

「今度、文化祭においでよ。十月二十日。うちは秋にやるんだ。野球同好会で模擬店を出す。その時に田中や本庄達に紹介するよ」

夏実は誘いへの返事を避け、

「ねえ、柊君、井の頭公園散歩しない？　今の季節とてもいいわよ」と言った。

吉祥寺駅から井の頭線に乗り換え、一駅先で降りた。改札を出た正面にはコンビニ、コーヒーショップと共に、いくつかの商店が軒を連ねるが、道を渡らずそのまま右に曲がるとそこが公園である。「井の頭公園入り口」と記された小さな表札がゲートに掛かっている。ゲートと言っても薄らとさくら色を塗ったコンクリートブロックを藤棚のように見せているだけだ。

夏実が先を行き、雄太が続いて潜《くぐ》る。階段を数段下りただけで樹林に夕日が遮られて薄暗くなり、心地良い冷気が肌に染み入ってくる。この公園の周辺の地は、檜《ひのき》や樫《かし》などの常緑高木と椽《くぬぎ》や楢《なら》などの落葉樹が混じり合った古代武蔵野の樹勢がそのままに残されていて、今二人が入った所は、それらの雑木が並び立って取り囲むちょっとした広場になっている。樹木の間から鳥獣保護区と書かれた赤い標識板が覗く。雄太は夏実の右側を歩いた。雄太は背が高い方で夏実の額は肩の辺りにある。目線を少し下げて左を見る。夏実の横髪はそのまま下ろすとちょうど耳を覆う長さにカットされているが、耳介の後ろに梳き流されていて、それが彼女の横顔を少年ぽく感じさせる。二人はゆっくり歩いた。

夏実は学生鞄を両手で持っている。鞄が体の前にあっても歩きづらそうではなかった。

「桐成高校の文化祭って、どんなことやるの？」

「特に変わってはいないと思うよ。運動部や文化クラブがそれぞれ催しをやるんだ。軽音楽部の連中はミニコンサートを開くし、ＥＳＳは英語劇とか……」

「柊君、大変ね。いろんなクラブに入ってるって中村さんが言ってたわよ」

「でも、文化祭では野球同好会の模擬店だけだよ。あとはゆうれい部員なんじゃないの？」

「ゆうれいクラブなんてあるの？　柊君がゆうれいクラブだからね」

「野球以外はすべてぼくが作ったんだけど……。一時期盛り上がって……、でも、そのうち仲間が去っていって、そうだな、映画研究会も、落語同好会も、どれも線香花火のようなクラブだったなー」

「それって、単に柊君が移り気なだけなんじゃないの？」

「言えてるかもなー……」

そう言いつつ、雄太が頬を緩めて夏実の顔を覗き込むと、夏実の瞳がどこか寂しそうな光を発していた。

――そんなに重い関係じゃないだろうに……

「君の方はどう？　茶道はずっと続けるの？」

「もちろんよ、続けられる限り続けるわ！　続けられなくなったら続けない」

――この娘は時々、この世を悟り切ったようなものの言い方をする……

茶道には雄太も興味を持っていた。祖母の伸子がかつて師範をしていたと聞いてもいるし、儀式に精神が溶け込むという奥深いものを感じている。

「いつか、君の点《た》てたお茶をごちそうになりたいなー」

「私の家に茶室はないし、そう、美樹ちゃんのお宅におじゃまできないか訊いてみましょうか……？でも、いつ頃？」

「そうだな……？」

雄太は思案顔を夏実に向けた。夏実の方はにこやかな顔を見せていたのだが……、その笑顔がふっと途切れ、そのまま口を噤《つぐ》んでしまった。電車の中で立和女学生を初めて意識して見た時のあの顔だった。

左側の樹木柵の前にブランコとすべり台があって、まだ帰らずにいる子供達の遊び声が聞こえてくる。

目の前に池が見えて来た。

「あれが井の頭池かな？」

雄太はこちら側から公園に入ったことがなかった。

「違うわよ、あれ、ひょうたん池って言うの。その向こうにあるのが井の頭池」

――どうして、この娘は年上ぶった言い方をするんだ？

「この公園、前の天皇が作ったって知ってる？」

「知らない」

と、夏実は興味なさ気だ。

「公園の正式名は井の頭恩賜公園と言うんだ。恩賜というのは……」

「ストップ！　柊君が物知りだというのは、私の学校では有名なの……。そんな講釈より、今日は、何かロマンチックな話がしたいな……」

――何て言った？　ロマンチック……⁇

と言われても……

雄太は右手のバッグをブラブラと揺すりながら言葉を探したが、何も思いつかない。

ひょうたん橋と書かれた小橋を渡り、井の頭池の北側の遊歩道に出ると、ジョギングをする人や、肩を寄せ合うカップルと擦れ違う。

日が暮れかけて、電灯の明かりがにわかにくっきりし始めた時、いつの間にか鞄を左手に持ち換えていた夏実が右手の甲で雄太の左手に触れて来た。

雄太は手の甲を前に滑らせ、掌でいったん夏実の指を包み込んでから、一本一本確かめるように指を絡ませた。

——細ーい！　しなやかな指……

「柊君って、お父さんもお母さんもお医者さんですって……？　安心でしょ！」

「何が？　二人とも忙しくて僕のことなんか全くかまってくれないよ。だいたい父親は日本にいないし。おばあちゃんの方が、よほど、頼りになるよ」

「でも、いざとなった時は、心強いと思うわよ」

——なんで急に、家の話なんか……？

僕が話した訳でもないのに、両親のことを知っている。これも木庄の彼女がしゃべったに違いない。女は口が軽いからな……

「ね、柊君、あのベンチに座らない？」

遊歩道の左側にベンチがいくつか並んでいて若い男女が二人ずつ座っているが、一番先のベンチが一つ空《あ》いていた。

ベンチは木製で、鉄の肘掛けが左右の端と中央に設えてある。一方の側に二人の腰を入れるのはいかにも窮屈そうで、左側に夏実が、肘掛けの右側に雄太が座った。ベンチの前にはコンクリートで木の切り口を象《かたど》った膝丈の柵があり、足を伸ばせば届きそうだ。そのすぐ先は池で、ついさっきまでボートを漕ぐ人達の声が聞こえていたが、ボートは見えなくなり、水面には池の向こう側の電灯に照らされてゆらゆらと小波が光っている。すぐ下を鯉が泳いでいるらしい。

ベンチの左右の後方には巨大な桜の幹があって、太い枝を池に向かって真横に伸ばし、水面を這わせるように葉を落とした小枝を広げている。太い枝は重みで落ちないよう鳥居の形をした杭《くい》で支えられているが、小枝の方はなおも伸びようと先端を上に向けていた。

「柊君、ほら、あっち!!」

夏実が指差した東の空を見上げると、桜樹の網目のような細い小枝の先に、丸い大きな月が黄色に照り映えていた。

「真南に来た時はもっと美しいでしょうね。今日は中秋の名月、まだ秋は始まったばかりなのに……」

うっとりした目で空を眺める夏実に、雄太は、幻想に浸る大人の女性を感じ、自分もその中に惹き込まれてゆきたいと思った。

夏実はそうっと雄太の横顔を窺《うかが》って、目を瞑《つむ》り、

「桜の頃に、また来れるかな……?」と呟《つぶや》いた。

そして顔を雄太に向けた。一文字に結んだくちびるに無言の誘いを込めて。

――僕の心は完全に読まれている……

雄太も目を閉じ、くちびるを重ねた。が、手をどうしてよいか分からない。夏実の両肩に置いても納まりが悪く、後ろに廻してみた。その両手を近づけると夏実を上腕ごと抱きしめる恰好になった。

――これ以上強く抱くとちぎれてしまいそうだ。柔らかくて、細い身体……

月明かりと電灯の光が合わさって薄紫色に変わった夏実の髪から、甘酸っぱい上品な香りが漂って来る。

月は黄色が薄まり、その分白さを増して、周囲に青い光の輪を飾っていた。

＊

「雄太、おかえり！　遅かったね。田中君達と一緒だったの？」

今日は珍しく母親の奈智がいる。

「ただいま」とだけ言って、そのまま部屋に入った。母親とは目を合わせたくない。心の昂《たかぶ》りが落ち着かず、胸の奥で跳ねまわっている。

――きっと顔に出るに違いない……

そう言えば、僕はどんな顔をして夏実とキスしたんだろう。洋服簞笥《だんす》の扉を開けて鏡を覗いてみた。どう繕ってもにやけた顔にしか見えない。このままベッドに潜り込んで眠ってしまおうか……？

そこにノックもせず亜紗子が入って来た。

「お兄ちゃん、どうしたの？　何か変よ」

「アサ！　ちょっとこっちへ」と言って、亜紗子の手を取って、撫《な》でてみた。

――違うなー、こんなぷよぷよじゃない、もっとしなやかで、なめらかだった……

「いやだー、お兄ちゃん、変！」と言って手を離し亜紗子は出ていった。

「雄太、晩ご飯カレーだけど……、すぐ食べるでしょ？」

奈智の声が聞こえる。

「……、うーうーん、後で食べる！」

――とにかく、この胸の弾みを落着かせないと……

祖母なら何とでもごまかせるが、母親には、何かあった、と気付かれるに決まってる。そして問い詰められる。そう思うと、雄太は自分の部屋から出てゆく気がせず、ベッドの上に引っ繰り返って天井を見ていた。

——あの香りはなんだろう。香水？　整髪料？　絹のような肌ざわりの髪。そうだ、彼女の使っている整髪クリームの香りなんだ。あの芳香の粒子がまだ鼻粘膜に残っているような気がする。カレーの臭いで消し去るような愚はしたくない、と思うと益々部屋を出て行く気がしない。

——彼女が近づいて来たら、あの香気で分かるな、きっと……

目の前に夏実の顔が浮かんでくる。夏実の柔らかい唇の感触と、そこから全身に送られた女性の温気が甦《よみがえ》ってくる気がした。

「雄太、何やっているの……？　早くご飯食べなさい！　お母さんね、今さっき病院から電話が掛かって来て、また行かなくちゃならないの。おばあちゃんが準備してくれてるから……」

天の助けだ、と雄太は思った。普段は帰宅が遅く、子供たちの夕食の支度も伸子に頼っている奈智が、こんな日に限って早く帰っていたのだ。

「良かった!!　患者さんには悪いが、病院に重症患者がいて」と思った。奈智の声で夢心地から覚めると、急にお腹がすいて来た。

「おばあちゃーん！　ご飯食べまーす」

と大声を出し、ダイニングに向かった。食事中も自然に顔が綻《ほころ》ぶのを、亜紗子が目敏く見付けて言う。

「お兄ちゃん、今日、何か変！」

若さ故であろうか、夜はぐっすり眠った。次の日もいつものように六時三十分に目が覚めた。朝食は奈智も含め家族四人一緒だったが、全くの平静を装うことができた。感情の抑制に少し疲れを感じたが、朝の時間は慌しく過ぎるので負担は軽く、家を出た途端に顔の締りをなくした自分に気付く余裕もあった。

しかし、授業が始まってからの雄太は完全におかしかった。いつもは授業に神経を集中させ、学ぶべき事柄はすべて時限内に習得してしまうのだが、この日は逆だ。先生の話を全然聴いていない。虚ろな目で黒板を眺めているだけで、脳内は夏実のしなやかな指とこわれそうな細い身体、髪のあの香りと口唇の感触に占拠されていた。

数学の時間だった。

「柊！　この速度の変化を加速度xで表わす式はどうなる？」

「はっ、はい」と言って立ち上がったが、しばらく黙っていて「分かりません」と答えた。

教室が騒然となった。こんなことはこれまで一度もなかった。雄太を指すのは、常に正解を期待していて、他の生徒に良い刺激を与えることを目的としていたのだから、先生の方が驚いて口をあんぐりと開けたまま次の言葉が出なかった。

昼休み、自分の席で伸子の作ってくれた弁当を開けようとした時に田中がやって来た。

「おい！　柊、どうしたんだよ⁉　この間からおかしいと思っていたけど……。勝手に先に帰るし……、何かあったんなら、オレに話してくれよ」

「もうすぐ文化祭があるだろう……、その時が来れば分かるよ」

と言うと、雄太はバッグと弁当を持って食堂に向かった。田中はだいたい見当が付いているのではないのかと思いつつ、目立たないように一人で弁当を食べて、空《から》の弁当箱を仕舞った。その時バッグの中のスマートホンのメール着信マークに気付いた。

——夏実からに違いない。朝入ったんだろうか……？

雄太はスマートホンをポケットに入れ、走って校庭の角にある楠の下に行った。どんなメッセージが送られて来ているのか想像しながら、ゆっくり腰を下ろし、メールを開いた。

「……、何だって……？」

雄太は画面を凝視する。

『今日から小手川《こてがわ》さんは電車で待ち合わせることができません。連絡を取ろうとしないで下さい。小手川さんから頼まれたので私がメールしました。柿沢《かきざわ》美樹』

何度も何度も読み直して、画面を消した。

放課後、雄太は急いで駅に向かい、五時五分K駅発の電車に乗ってM駅で降りた。改札口から通路を抜けホームに上がってくる階段がよく見えるベンチに座り、そこで待つことにした。

——何故だ……？　いったい何があったんだ……？　とにかく、会いたい。会って話が聞きたい……

……

雄太は美樹に直ぐメールを入れたのだが、返信はない。夏実には送信すらできなくなっていた。

待ち合わせの電車に夏実が乗ってくる時刻の二十分前頃から、立和女学院の生徒が四、五人ホームに上がって来た。その後からも立和の生徒が数人おしゃべりをしながら近づいてくる。おしゃれで可愛いと思っていたチェックの色が、今はすべて同じに見える。夏実はいないかと、それだけに神経を集中させた。

――ショートカットの髪、小柄で細身で、ゆっくりとした身のこなし、遠目でも必ずわかる……

電車を三台遣り過ごした後に、階段を上って来た二人の立和女学生を見て、はっとした。

――彼女は三人組の一人……？　脚が長く、スカートが短く見える。自然のウェーブがかかったサラサラの髪が肩に掛かる……

そうだ、あの娘は柿沢美樹に違いない。

雄太は立ち上がって近づいた。

「あの……あなたは柿沢さんですよね？」

「あっ、柊君！」

と声を上げた美樹は、まずいものでも見てしまったかのように顔を背け、そのまま歩いて行こうとした。

雄太は周囲の目も気にせず、その腕をつかまえて訊いた。

「あのメールは何？　小手川さんに何があったんだ？　お願いだ、教えて……、下さい!!」

最後は頭を下げた。

美樹は雄太の目をじっと見てから、逆に雄太の腕を取り、売店の裏に連れて行って言った。

「小手川さん、病気なの!!」

「……貧血じゃないのか？　あの色の白さは貧血のためだ。前にお父さんが言ってた。赤血球が少ないと顔の色が白くなるって……」

「そんな簡単じゃないの……、これ以上は話せないわ！」

と言って美樹はちょうど入って来た電車に向かった。

雄太はその場に佇《たたず》んで夏実の蒼白い顔を思い浮かべた。全身の力が抜けて来て手の力も緩み、持っていたバッグがホームに落ちた。〝ドスン〟と音がした。

第二章　ダイビング

1

――八年前――

　この年、京都は乾梅雨《からつゆ》の六月を過ごすと、いきなり空前の猛暑に襲われた。市内の気温は日ごとに上昇し、七月末には三九・三度という計測史上の記録を塗り替えた。山腹を吹き降りてくる風が盆地を通り抜けるうちにアスファルトからの放射熱を吸収して熱風と化す。昼下がりの時間帯になると、夏でも涼しいはずの鴨川沿いの通りでさえ行き交う人はまばらで、人々の動作も鈍く見える。身体を動かすことで余計な熱を生じさせたくないようだ。
　川端通りを南に下り、四条で右に折れ、鴨川を渡って二つ目の河原町交差点はそんな時間でも人波が絶えることはなかった。もっとも、気温が体温を超える灼熱の日は風に当たらない方がいいらしく、信号を待つ人は身体を縮め、動きを止めている。噴き出す汗をハンカチで拭うだけで、扇子など使おうとしない。誰もがげんなりしながらも、眉を顰（ひそ）め口許を歪めて感情を噴出させている。「暑くて堪《たま》らん。何とかしてくれ！」

只一人、その苦悶を感じさせない男がデパートの前の角に突っ立っていた。顔は能面のように無表情で、この炎天下に誂《あつら》えのよい背広を着てネクタイまでしているのに、両頬を伝わり滴り落ちる大粒の汗を気にも掛けない。信号が変わっても道路を渡る気配を見せない。目の前の車の流れを見ているのか、まるでテニスの試合を観戦する人のように、首だけを右から左に動かしている。

一台の黄色いタクシーが四条大橋を渡って交差点に近づいて来た。と、その男はレーダーの照準を合わせる要領で視線の先を車の動きにセットした。正面の信号は赤だ。タクシーが交差点を越えて目の前に通り掛かった時、男は膝を屈め、次の瞬間、両手両腕を上に伸ばし、その勢いで車の前に飛び込んだ。

響き渡るホーンの大音とともにタイヤの激しく軋《きし》む音が周囲の空気を切り裂いた。通り掛けの人達が一斉に音のする方向に顔を向けたが、急いで近づいてくる者はいない。傍観者心理と言われる現象だろう、ほとんどが遠見に眺めているだけだった。数秒後に停止した車のドアが開き、運転手が飛び出して来た。倒れている男の許に駆け寄り、上半身を抱きかかえながら大声で叫んだ。

「救急車を!!　誰か救急車を!!」

辺りに騒ぎが起こり、通行の人達が寄り集まって来たのはそれからだった。

＊

西都大学病院に駆け付けた妻の佐知江《さちえ》は待合室で手術が終わるのを待っていた。救急部の医師から、「交通事故による瀕死の重症」と聞かされた。病院到着後の緊急検査で次のことが分かっている。頭蓋骨二箇所に骨折あり、脳挫傷はあるが頭蓋内に出血はない模様。右上腕の骨折と肩関節の脱臼、肋骨三本の骨折と血胸（胸膜腔に血液が貯留した状態）は明らか。腹部臓器に損傷はなさそう。その他に、右膝の複雑外傷と全身の打撲がある。

現在行われている手術は開胸による出血部位の止血操作であった。執刀に当たった胸部外科の医師は、出血も大量には及ばず循環が極めて安定しているので、頭蓋内に損傷がなければ生命の危険はないであろう、右腕も何とかなる、と考えていた。ただし、右膝は大変そうだと思った。

二時間後、佐知江は夫がストレッチャーでＩＣＵ（重症患者の集中治療室）に運ばれてゆく姿を窓越しに見た。しばらくして家族面会室に呼ばれ、執刀医から説明を受けた。

「手術は概ね無事に済んだ。生命に別状はない。問題は右膝の状態で、数日後に整形外科で右上腕と共に手術を行うが、生涯、杖なしでは歩けなくなるかも知れない」

この後、看護師に連れられてＩＣＵに入った。夫の口唇に固定されたチューブが蛇腹状の長い筒を通じて人工呼吸器に繋がれている。〝シュパー……シュパー……〟と、呼吸器から抜け出す圧縮空気の音が、この部屋特有の雰囲気を醸し出す。

――この規則的な音律は夫の夢の終焉《しゅうえん》を告げている……

佐知江は寂寥《せきばく》とした夫の顔を呆然と見詰めて立ち尽くした。

――あなた……、まさか……

「警察の方がみえてまして……、お会いしたいそうですが……」と看護師が伝えて来た。

八畳ほどの面会室で、警察官二名と対面して席に着くと、まず、向こうから状況の説明があった。

警察の事情聴取を受けた運転手はこう言ったそうだ。「信号は青でした。私は規制速度の四十キロで走っていたんです。本当です。スピード違反はしていません。何の気配も見せず、全く突然、車の前に倒れ込んで来たんです。いや、倒れたのではなく、飛び込んで来たんです。両腕を……、こう上に挙げて……」

目撃者の証言も同様だったと言う。

「まるで競泳選手がプールに飛び込むみたいでした。荷物は何も持っていませんでした。ぼーっと突っ立って信号を待っていたようでしたが……この暑さで頭がおかしくなったんじゃないんですか……？」

「奥さん、ご主人の背広の内ポケットにこの封筒が入っていました。私達は中を見ておりません。よろしければ、ここで開けていただけますか？」

佐知江は手渡された封筒を、汚くならないように気を付けて、手で切り開いた。和紙に自筆で縦書きしてあった。

――やっぱり……、これは遺書だ。

何が書いてあるかは読まなくても想像がついた。

柿沢信一《かきざわしんいち》は終戦の混乱が治まった頃、富山県富山市で生まれ、その地で育った。生来の努力家で学業成績も良く、父親が薬局を営んでいたこともあって、洛西大学の薬学部に進んだ。卒後、中堅製薬会社の北国製薬に就職し、約十年間創薬研究部に籍を置いている。その間に修得した新薬開発の技術と知識、加えて薬業に関わる最新の情報を引っ提げて独立し、三十三歳の若さで、新しい製薬会社を設立したのだ。

運にも恵まれたのだろうが、それは柿沢の目敏さが一瞬の煌《きら》めきを放った時とも言える。生活習慣病を標的にした新薬を開発し起業に成功したのは、〝メタボ〟という言葉が流行る二十年も前に、日本人の食生活の欧米化に着眼したことによる。しかし、その経緯を正確に記せば、柿沢は北国製薬で自らが手掛けていた新薬を独立後に完成させたのであって、独立してから開発を始めたのではなかった。この問題について、特に創薬に携わるにあたっての会社との契約がどうであったのか、北国製薬の知的所有権の侵害となる違法行為があったかどうかについては、今となっては藪《やぶ》の中である。が、少なくとも柿沢が提訴された事実はない。

それはさておき〝富沢新薬社〟は創立三年目に高脂血症治療薬の臨床試験を開始し、その三年後には薬事承認を、引き続き薬価収載（健康保険の適用となり、価格が定められること）を受けるという恐るべき早さで事業を軌道に乗せていった。薬品名〝トミロール〟と登録されたその新薬はあっという間に年商数十億円を売り上げる富沢新薬のブロックバスター（幅広い需要を持つ大ヒット商品）となった。トミロールは中性脂肪と共に血中のコレステロール、なかでも悪玉と言われるＬＤＬを選択的に下げる強い効果を有していて、他社の類似薬にトミロール以上の薬効を示すものはなかった。この種の薬は、病気を治癒に導くのではなく、薬理効果で体内の代謝環境を良好に保ち、そうでない場合に発症するリスクがある疾病の予防を期待して服用されるもので、それゆえ、服用し始めた人が中途でやめることはほとんどない。寿命が尽きるまで飲み続けるのが常である。当時、この薬がある限り富沢新薬は百年繁栄するといわれたのだった。

トミロールのヒットに続けとばかりに、富沢新薬は自社開発と謳《うた》って新しい薬品を次々と発売した。それらは新規性のない鎮痛薬や抗アレルギー薬などだが、他社薬品の構造の一部を変更しただけの新薬も含まれている。この場合、状況次第で特許料を支払わなければならないのだが、それでも売れればもうけが出る。さらに、他社開発の新抗菌薬の共同販売なども手掛け、それらの内の数品が業績の向上に寄与して、年商は百億円に達した。そして平成八年、富沢新薬は店頭登録銘柄（現ジャスダック）となり、数ある国内製薬会社の中でも一流企業の末席に名を連ねるに至ったのであった。

この新興製薬会社に翳《かげ》りが見え始めたのは日本経済の低落が一段と激しさを増した時期で、アメリカで同時多発テロが勃発し、戦争の匂いが漂い始めたちょうどその頃である。製薬会社といえども業績は景気の動向に左右される。しかし、富沢新薬が傾き始めた主たる原因は、〝ゾロ薬〟の出現である。

業界で通称ゾロと呼ばれるジェネリック医薬品は、先発医薬品の特許満了後に、同一の有効成分を有し、効果・効能が同じであるとして新たに申請され、販売が許可された医薬品の総称である。医薬品の特許有効期限は、通常、出願から二十年で切れる。出願後販売の開始までに五〜十五年の歳月が掛かるので、状況によって五年までは延長されることもあるというが、トミロールに延長はなかった。ゾロ薬は開発費用が掛かっていないため、価格が七割〜半額程度に抑えられる。その上、先発薬に比べ製剤の大きさ、味、匂いなどが改善され服《の》み易い場合もある。国民医療費の削減を目指す政府と厚労省は平成十四年以降ジェネリック医薬品の使用促進策を進めた。具体的には、保険薬局における後発医薬品処方調剤加算の算定及びその後の診療報酬改定による処方箋様式の変更などの施策だが、それが先発薬品トミロールを販売する富沢新薬にとって決定的な打撃となった。トミロールが全く売れなくなったのだ。倒産寸前、実質的には倒産同然であった。

かつて日本には中小を含め百を超す数の製薬会社が犇《ひし》めき合っていた。昭和五十年代頃まではそれぞれが主力薬品を持ち、小さいながらも独立企業として存在し得たのである。しかし、日本経済の実力低下に伴い、グローバル化の名の下、多くの業界で外国企業の参入が著しくなった頃、医薬品製造業界にも同じ波が押し寄せたのだ。小さな会社は次々と潰れた。海外の大手に買収され、社名がカタカナになった製薬会社も数多い。買収と合併はその後も繰り返され、社名も引っ切り無しに変更され続けている。

富沢新薬社にもセルダー社というアメリカ企業との合併話があった。しかし、トミロールがジェネリックに押され始めたことが明白になった時、その交渉はあえなく打ち切りとなったのだった。

＊

三本の川が町の南を流れる山崎町は京都府と大阪府の境にある。桂川と宇治川と木津川が合流し、大阪を潤す大河、淀川が始まる地である。山崎駅から北に車で十分も行くと天王山の麓《ふもと》に突き当たる。その傾斜の少し緩やかな丘陵地に堂々と構える四階の建造物、正面が凹形の曲線を描くガラス張りのモダンなビルが富沢新薬総合研究所である。

広い敷地には噴水のある中庭が造られ、建物の中には、各種研究室の他に講義室や会議室、さらに食堂や娯楽室も完備されている。研究のための機器は最新鋭のものばかりで、この贅沢な設備と会社の規模にそぐわない高機能を持つ研究所が柿沢社長の最大の自慢だった。

太いべっこう縁の眼鏡を掛けた四十歳代の男はいかにもクールビズというボタンダウンのシャツに麻のジャケットを着ていて、若手の二十代の男は学生風のスポーツ刈りの短髪で、アルファベットの入ったTシャツにジーンズ姿だ。この二人は富沢新薬の開発部長、吉竹直人《よしたけなおと》と洛西大学薬学部大学院生の山田《やまだ》昭理《あきよし》である。

通用扉の内側に突っ立って広い室内を見渡していた。

「以前なら、何十人もが居残って働いていた時刻だがな……」と、腕時計を見ながら吉竹は口唇を噛み締める。

「まだ六時だというのに、もう誰もいませんねー」

と、話を合わせたが、山田は平然とした顔付きだ。ここは研究者たちの居室で何十ものデスクが並んでいるが、使用されていそうなパソコンと専門書やデータのコピーなどが載っかっているデスクもあれば、すべてが片付けられ、所有者が居なくなったと思われるデスクも目立つ。

吉竹には目を背けたくなる光景だ。

「行こう！」


階段を降りて三階へ行くと、吉竹は各部屋を覗いて廻った。この階には、創薬研究部門、合成部門、薬理研究部門、と新薬創出のための第一段階の中核機能が配備されていた。一つずつ訪ねてみたが、どこも人の気配を感じさせない。

「明日のない会社のために残業までして頑張ろうと考える人は居ないようですね。律儀な人は勤務時間には仕事をしているようですけど……。そう、あのＡＣ‐321関連だけは薬物動態安全部の人達が出勤していると聞いています。しかし、この時間はもう帰ったようですね」

そういう山田の話を聞き流して、吉竹は二階に向かった。

二階には生物系と呼ばれる研究室が揃っていて、細胞や動物を使っての薬物動態と安全性の研究が行われる。遺伝子組換えを行う部屋は入口にＰ‐１（最高の安全規制を示す表示）と記されたプレートが貼られ、二重ドアの構造がいかにも物々しい。

他にもBIOHAZARDと刻印されたドアがいくつも並ぶ。ハザードマークの間を縫って廊下を進んだ一番奥の部屋がマウス飼育室だ。最盛期にはマウスだけでも数千匹が飼われていて、隣の部屋ではラット、その隣はビーグル犬と様々な動物の実験が同時に遂行されていたのだが、今はこの部屋を除いて閉鎖されている。

室内を陽圧にするためのバリアーを通り、実験用の清潔な白衣に着換え、さらにエアシャワーを浴びて中に入る。実験に用いる動物の飼育には厳格な基準があり、この部屋の室温は常に二二・五度に保たれ、床の清潔性や、空気の清浄度などの保育環境は人間以上に良好と言われている。それでも何年もの間に染み付いた動物臭が微かに鼻腔粘膜を擽《くすぐ》る。

山田が棚に並ぶケージの一つを無作為に取り出し、そーっと床に置いた。鉄製の網でできた上蓋を外し、中を覗き見て、これが何度目の確認だろうか、再々確認を行った。おもむろに吉竹を見上げて、自慢気な声で言う。

「ね、凄いでしょう」

何回も瞬きをした後、目を凝らして四方八方から舐めるようにケージ内のマウスの皮膚を見尽くした吉竹が立ち上がり、誰も居ない部屋に響き渡る大声を発した。

「本当だ……。これは本物だ!!」

二カ月前に三センチもあった皮膚の癌が全く視認できないのだ。サイズが縮小したなどというのではなく、癌組織が跡形もなく消滅している。

「本当だ。君が言った通りだ……」

吉竹は興奮を抑え切れず、同じ言葉を繰り返した。

このマウスはヌードマウスと呼ばれ、免疫不全形質を有していて、古くから人の癌細胞の移植に利用されて来た。ケージ中のマウスにも四カ月前に扁平上皮癌細胞株が移植された。ほんの一ミリ角の癌組織が皮下に植え付けられたのだが、その二カ月後には三センチほどの腫瘤となって、皮膚から膨隆していたのだ。

そのマウスの皮下に、山田が開発されたばかりの新抗癌薬ＡＣ－321を注射した。皮下注射は三週毎に三度施行されたが、三度目の注射後、癌組織は完全に壊死に陥って、今や跡形もない。増殖能を失った癌細胞は、〝アポトーシス〟という機序で、自ら死んでゆくのだ。

「他のマウスも同じか？」

「ええ、五十匹ともぴんぴんしています。ＣＲ（完全寛解）です」

「すごいな、ＡＣ－321は」

と言って頬を緩めた吉竹だったが、急に顔を曇らせた。

「だが、もう手遅れかも知れない。これが臨床試験だったらな……、せめて二年早ければ……」

ＡＣ－321の開発は五年前から始まっていた。二代目ブロックバスターへとの期待を込めて、この薬には富沢新薬の創立以来最高額の開発費が投入されている。

膨大な数の癌研究論文から細胞増殖に関わる癌遺伝子のデータを分析して、コンピュータに入力、数理的な解析に基づき導かれたある塩基配列に注目し、その部分をメチル化して不活性化するリード化合物の構造式をデザインした。そして、植物の成分ライブラリーから、デザイン化合物に酷似した分子成分が、南半球に自生するタラヤという熱帯樹の葉から抽出される物質に含まれていることを発見したのだ。しかし、成分を純化し、化合物を最適化して動物実験に供するまでに二年余の年月を要し、マウスの実験を開始したのはその後からだ。

この動物実験を実施したのは山田であったが、すべては吉竹の指示による。実際、標的検索方法のアイデアからタラヤの発見までは吉竹個人の業績と言ってよく、さらに研究開発の総指揮を執ったのも吉竹である。そのため、ＡＣ‐321の製造法に関わるいくつかの特許は富沢新薬社が所有しているが、薬物としてのＡＣ‐321の物質特許は吉竹が持っている。柿沢がそうするように勧めたのだ。自ら口には出さないが、柿沢が今は亡き北国製薬から独立した経緯を考えると、自身の経験に基づくアドバイスと捉えてよいであろう。彼が吉竹にそれだけの厚情を抱いていたのも間違いないが、特許申請を行った三年前に、会社が既に、吉竹に自らの過去を重ねざるを得ぬ状況にある、との認識を持っていた証《あかし》でもある。

「吉竹さん、これを持って独立したらどうですか？　私、そっちに入社しますよ。二十年前の柿沢社長と同じことをやるだけじゃないですか？」

柿沢、吉竹、山田は三人とも洛西大学薬学部の出身で、十と二十、歳が離れている。柿沢が北国製薬から独立した時、直属の部下であった吉竹は意気軒昂たる若手研究者で、柿沢の仕事振りに憧れも抱いていたし、人柄にも惹かれるところがあったため、躊躇なく柿沢の誘いに乗ったのだった。その二十年後、富沢新薬が傾き、吉竹を慕う大学院生の山田が吉竹と共に新会社を設立しようというのだ。

しかし吉竹は、富沢新薬の業績が悪化しても、会社を辞めることは考えておらず、この新しい抗癌薬で起死回生の業績回復を狙っていた。他社のジェネリック医薬品の売り上げが伸びるに比例して負債が脹らみ始めてからは会社の運営の方に力を注がねばならず、新薬開発の研究の現場から遠ざかりがちになってしまった。そんな時に博士論文のアドバイスを受けに訪ねて来た山田と知り合い、ＡＣ‐321の動物実験をやらせたのだ。これ程強力な抗腫瘍効果があるとは、誰が予想できただろうか……？

「だがな……、私はまず柿沢社長に会社の財務状況が本当のところどうなのか、訊いてみたい」

「もうダメだって、噂されてますよ。少なくとも研究者はほとんど辞めちゃったじゃないですか？」

「君は社長のことを知らない。私は二十年以上そばでじっと見て来たが、彼の経営能力はすごい。あの才能は私にはない。新会社より、できれば……、富沢新薬社を復活させたい」

吉竹は神妙な顔でそう言った後、声を強めて山田に指示を与えた。

「社長に電話しよう。実験の結果を報告するんだ。そうだ、君から報告しろ!! 携帯がいい。AC-321の殺腫瘍効果、その凄さを正確に伝えるんだ」

＊

「お姉さん……」

開いたドアから信一の弟、淳二《じゅんじ》の悲愴な顔が見えた。九歳になる娘の美樹も一緒で、美樹はぽろぽろと涙を零《こぼ》していた。

他に人のいないICUの家族待合室、佐知江は身を崩しそうになりながら、抱きついて来た美樹を受け止め、長椅子に腰を預けた。

そして、呟くように話し始めた。

「あの人は、ノイローゼ気味だったの。全く眠れないって言うから、精神科の先生に診てもらえばって言ったんだけど……。ここんとこ、おかしかったの」

「やっぱり会社のことで？」

「うん。会社はもうダメみたい」

佐知江は項垂《うなだ》れてそう言った。

「兄さんは仕事一筋の人だったからなー」

「あの性格だから……、敗北は耐えられなかったんでしょう」

佐知江は目を瞑った。小首を持ち上げると、無意識の内に若き日の柿沢の颯爽たる姿が呼び起こされる。

柿沢と佐知江は洛西大学ラグビー部の花形選手とマネージャーの関係にあった。

──あの人は起業した頃が一番魅力的だった……。目は夢を追う少年のようで、会社に懸ける意気込みはボールを抱えて突進するラガーマンそのものだった。頭には薬しかなかった、でも、私には心の奥底を曝《さら》け出してくれた……

だが、二人は子に恵まれなかった。原因不明の不妊症と診断され、当時としては種々に手を尽くしたのだが、佐知江は一度も懐妊することはなく歳を重ねた。そんな中、八歳年下の弟に女の子が生まれ、信一は美樹と名付けられたその姪を一も二もなく可愛がった。美樹も信一が大好きである。実父の淳二によりも我儘《わがまま》が言え、少なくとも遠方の行楽地に連れて行ってもらった思い出は伯父の方が多かった。

「淳二さん、ありがとう、美樹ちゃんも……」

美樹に引き摺《ず》られて、目が潤んできた佐知江はハンカチで目じりを押さえ、その後の言葉を詰まらせた。淳二も美樹も押し黙っていたが、しばらくして佐知江が口を開いた。

「淳二さん、東京へ行くって本当ですか？」

「ええ、九月から東京に転勤になります。長くなりそうです。このあいだ、そのことを兄貴に話したら、前なら行くなとか言ったかも知れないいんだけど、〝そう〟、と一言。全く無関心な様子で、よほど精神的に滅入っているんだな、と思っていたんです」

「ご家族で？　美樹ちゃんも一緒ですか？」

美樹が涙を拭いながらこっくりと頷いた時、携帯電話の呼び出し音が鳴った。佐知江が、奇跡的に破損を逃れ、先ほど返却された信一の携帯をバッグから取り出した。

「もし、もし……、……」

「ありがとうございます。でも、それはもう無理です。柿沢は死んだのです」と言って電話を切り、信一の遺書を封筒から出して淳二に見せた。

2

冬になった。風の冷たいある土曜日の夕暮、吉竹はコートの襟を立てて道を急いでいた。左手に菓子箱の入った紙袋とＡＣ－321の資料を詰め込んだビジネスバッグを持っている。

――今日こそお会いして、きちっとお話をしなくては……

入院中はもとより、退院後の見舞も悉《ことごと》く拒絶されてきた。この日は黙って押し掛けるつもりだ。

柿沢の居宅は京都の隣町にあたる高槻の市街にあって、会社から私鉄一本で来る。築二十年の一戸建て平屋で、二人暮らしに見合ったこぢんまりとした造りの家だが、庭の手入れは行き届いていた。玄関前に植えられた山茶花《さざんか》が、葉の緑の中で花弁の淡紅色を際立たせている。

呼び鈴を押すとすぐに佐知江がインターフォンに出た。

「吉竹ですが、今日はどうしても社長とお話をしたくてやって来ました」

「主人は誰とも会いたくないと申しております。せっかくいらしていただいたのに申し訳ありませんが、どうかこのままお引き取り下さい」

「いえ、そうはいきません。会社のこれからのことなど、是非、お話ししておかなければなりません」

「でも、主人は何も話さないと思いますよ。私ともほとんど口を利きませんので……」

「どうしてもお伝えしたいことがあります。一度だけでいいんです。今日お会いして必要なことをお話ししたら、あとは社長のご判断を待ちます。二度と押し掛けるようなまねはしません」

「そう、言われましても……」

「奥様！　お願いです。後生ですから、社長に会わせて下さい。お願いします」

吉竹がインターフォンの前で頭を下げ、そのままの姿勢を崩さずにいると、しばらくしてカチッと鍵の外れる音がした。

ドアを開けて中に入った吉竹は驚きのあまり「えっ⁉」と声を漏らした。

ロングスカートにセーター姿の佐知江が応接間に続く板敷の廊下に正座して深々と頭を下げている。

「此度は主人の一人勝手な行動で、会社の皆様にご迷惑をお掛けし、誠に申し訳ありません」

「奥様、何をおっしゃる。どうか頭をお上げ下さい」

――奥さんが会わせないのではなかった。この人の言った通り、社長が聞く耳を持たない……

吉竹は靴を脱いで板間に上がり、手を引いて佐知江を立ち上がらせた。

「吉竹さんにはご苦労をお掛けして、本当に申し訳ありません」と、佐知江は重ねて謝罪の言葉を口にし、スリッパを出して吉竹の前に揃えた。

「そんなことありません。会社の問題は私達社員全員の責任で、社長だけが責任を取るというものではありません」

吉竹は佐知江の予想もしない低姿勢に戸惑いつつもそう言った。

「どうぞ、こちらへ」

と佐知江は応接間を通り越し、一番奥にある柿沢の寝室に吉竹を案内した。

「あなた！　吉竹さんがお見えです」と言ってドアを開ける。

柿沢は窓際のベッドに横たわり、大きな背中をこちらに向けている。

「社長！　お身体の具合は如何ですか？」

「……」

柿沢は一言も発しない。佐知江の言う通りだった。

柿沢は計四回も手術を受けたが、内臓に大きな損傷のなかったことが生命を存続させる結果に繋がった。右腕の骨折と右肩の脱臼は概ね治癒しているし、右膝も、関節機能は回復していないが、杖を突けば歩くことはできる。治癒していないのは心だ。

佐知江が折り畳み椅子を出して来て、吉竹を座らせた。

「社長！　開発中のＡＣ－321の資料を持って来ました。ご覧になりませんか？」

柿沢は吉竹に背を向けたままで、身動き一つしない。

吉竹は語り掛ける。

「凄い、の一言ですよ。マウスに移植し径三センチに増殖した扁平上皮癌がＡＣ－321の三回の投与で完全に消滅してしまうのです。今、薬剤動態部が副作用について調べていますが、こちらも大きな問題はなさそうです」

「……」

「社長、臨床試験を遣りたいんです！　ただ、必要なコストをどこから捻出して良いのやら……、私には分かりません。調べてみたら、本社ビルと研究所を担保に既に三十億の借金がありました。それでも何とかあと何十億かのお金を用意しなければ、ＡＣ－321を世に出すことはできません」

社長は聞いている、と確信を持って吉竹は話し続けた。

「ＡＣ－321の開発にこれまでどれだけお金を掛けてきたことか？　このままではすべてが水の泡です。薬で病気の人を助けるのが薬屋の使命だ、といつもおっしゃっていらしたじゃないですか……？　ＡＣ－321はあと臨床試験さえクリアーすれば、多くの癌患者の命を救うことができる薬なんです。間違いありません。全く新しい画期的な分子標的薬なんです」

柿沢の背中の僅かな震えを感じ取った吉竹はさらに続ける。

「社長でなければできないんです、臨床試験のコストを捻出することも、富沢新薬を存続させることも……。このままでは、我々の宝である山崎の研究所も人手に渡ってしまいますよ‼」

研究所は、トミロールの売り上げで富沢新薬の業績が最盛であった時に造られた。柿沢の夢の具現であり努力の果実であった。創薬、合成、薬効研究、動態実験、それぞれの部門に必要な計測器類はすべて揃えられた。最新の質量分析器や蛋白構造解析装置、コンピュータ制御による薬物デザイン化装置などは大手メーカーでも完備しきれない贅沢な機器である。

柿沢の背中の震えが大きくなり、それは佐知江の目にもはっきり映った。

「吉竹さん、そろそろ……」と声をかけた時、低く唸るような声が聞こえて来た。

「吉竹……、特許を持って独立しろ！」

山田に示唆されたことを社長自身の口から聞かされるとは思ってもみなかったことだ。意外な言葉に寸時の間はあったが、吉竹は以前からその選択を採るつもりはなく、迷わずきっぱりと返した。

「私には社長のような経営の才能がありません。新薬の創出は二十年前より遥かに難しく、世に出すにはコストも掛かります。経営手腕が必要なんです。それに社員はどうなりますか？　既に辞めた者も少なくありませんが、まだ残って働いている者もいるのです……」

「ワシが責任を取る……」

「命を絶っても、責任を取ることにはなりません‼」

「吉竹さん、そろそろ……」と佐知江に言われたが、吉竹は無言のまま椅子から立ち上がろうとはしなかった。

第三章　医療改革

1

――五年前――

大都会の喧騒を見下ろすかのように聳《そび》える六本木マイタウンビル、その四十階フロアーを占拠するのが世界シェア三位の医療保険会社アメリカン・メディカル・インシュランス（ＡＭＩ）の日本支社本部である。

マイク会田《あいだ》、本名・会田雅広《まさひろ》は、社長室の窓際に立って、遥か西に今日は霞んで見える富士山を望みながら長い右脚を小刻みに揺すっていた。デスクのパソコン画面にはさっき読んだばかりの本社ＣＥＯジョージ・ケプラーからのメールがそのまま残っている。

〝Every possibility should be executed.〟（あらゆる可能性を実行に移さなくてはならない）

単なる苛立ちではなく、内に憤りを秘めた面持ちで、パソコン画面を振り返る。

「社長、臨時支店長会議が始まります」

ノックの音と共に副社長の上浦治《かみうらおさむ》が入って来た。上浦はマイクが日本支社長に就任した三年前に関連官庁との繋ぎ役として厚労省から引き抜いたのだが、近くに居てもらっている内に、企業人としての能力をも見出し、半年前に副社長に昇進させたばかりだ。マイクは今や、上浦をすっかり信頼していて、事業に関わる重要な事柄はまず上浦に相談することが多い。

「うん、分かった」

と言ったが、マイクは直ぐ動こうとはしなかった。

「上浦さん、これを読んでみて下さい」

と手招きして、パソコンのディスプレーを一八〇度回した。上浦は言われるがままにメールの字面を追い、読み終わって顔を上げると、マイクに歩み寄り嗄《しわが》れた声で言った。

「彼らはどこまで欲が深いんだ……。もっと利益を上げないと、支社長を馘《くび》にするぞ、という脅しですかね、これは……」

会田雅広は東京生まれで、父親は大田区でプラスティック成型用の金型製造業を営んでいた。小さな町工場を所有していて、その空きスペースで遊んだ子供時代を、マイクは事あるたびに思い出す。その工場も少年期を過ごした家も今はない。バブル崩壊に伴う景気の低迷で、会田家も近所の多くの町工場と同様の運命を辿ったのだった。

「貧乏はしたくない。大企業に就職する」が教条として育ちゆく青年の脳の奥深くに浸透し固着した。

そのためにマイクは頑張った。城北大学経済学部を卒業後、就職先に選んだのは外資系保険会社だった。国内での営業マンとしての成績を評価されて、アメリカに渡り、その後も業績を伸ばし、六年前にカリフォルニア州サンディエゴの支店長に抜擢された。マイクは日本人離れした長身で、アメリカ人にも体格負けしていない。几帳面な性格で、髪は常にキレイに梳かし、七・三に分けている。本業でも任された仕事は確実に成し遂げることで、マイクの評価と人気は鰻登りに上がった。特に女性社員からは大持てで、いくつかの恋を経験した後、当時のアメリカ本社副社長の娘と結婚した。結婚後も仕事は順風満帆で、群を抜く好業績を積み重ね、ついに日本支社長として故郷に錦を飾ったのである。アメリカ人妻と二人の幼児を連れ、四十八歳の若さで、だった。

マイクは上浦と共に第一会議室に向かった。二人とも口を一文字に結んでいる。現在以上の営業成績を弾き出すことは、日本の現行医療制度の下では不可能に近い。ただ、状況が変わる可能性もある。それは偏《ひとえ》に政府の施策に懸かっていた。

第一会議室に入ると支店長達は立ち上がって挨拶し、マイクが席に着くのを見届けて着席した。外資系に就職した日本人社員から見ると身近にいる遠い目標であり、羨望の的でもある。

今日の議題は「日本における医療行政の今後」であった。マイクの開会の言葉を聞き終えるや否や、大阪支店長が発言した。

「社長！　たった今、国会で審議が始まりました。映像を流します……皆さん見たいでしょうから……」

会議室に備えた大型ビジョンに国会中継のライブ映像が送信されてくる。支店長達はそれぞれに席を移動し、見易い位置から画面に見入った。

時の内閣総理大臣が所信表明演説を行っている。

「……日本経済の復活には産業の活性化が不可欠であります。できることは何でも遣らなければなりません。現状を打破しなければ日本の財政赤字は膨らむ一方で、ヨーロッパのどこかの国のように、我が国も数十年の内に国家財政が破綻します。それを防ぐには産業の振興しかありません。日本が強みを持つ産業を復活させ、成長の見込める新しい産業を育ててゆくのです。その実現化のためには聖域なき規制緩和と構造改革を断行する必要があります。

そのような目で日本の全産業を洗い直してみますと、手付かずで残っている大きな分野が二つあり、その一つが医療です。我が国が、高度医療機器の開発・製造・販売や創薬や医薬品販売の分野で国際競争力を付けなければならないのは当然ですが、それだけでは不充分なのです。皆さん！　いいですか！　日本の医療は世界一優良なのです。世界一の長寿国で、医療各分野の成績を示す指標でも世界の第一位にランクされている領域が沢山あります。

日本人は緻密な思考ができます。それによって精度の高い診断が導かれます。一方、治療に関しても、手先の器用さが要求される手術などの技巧は他国を凌駕しています。

このようなすばらしい日本の医療を外貨獲得の手段にしないという話はないでしょう。インドやシンガポールでさえ、自国に外国の患者を呼んで医療を提供し、観光もしてから帰ってもらうという〝医療ツーリズム〟を成功させているのです。〝医療の輸出〟と言ってもよいでしょう。外国の患者さんのためにもなりますし、日本の観光業や他のサービス産業のインターナショナルな展開にも貢献します。ところが現在、日本の保険制度が、医療の外国人への提供を妨げているのです。医療保険における現状の問題はそれだけではありません。現在の保険制度では医療界に競争が生じないため、貴重な医療資源の極めて非効率的な利用が一般化しています。その結果、他の産業と違って、同じ結果を得るために掛かるコストが固定されたままで、医療自体の高度化と高額な新薬の使用に高齢者人口の増加が重なって、国民医療費は際限なく膨らみ続けているのです。そこで、医療界に一般市場の競争原理を持ち込むことが重要になります。試算ではそれによって現状の医療費を17％も下げることができるとされています。そうすれば、保険料率を上げなくても、全国健康保険協会を含む健康保険組合の財政は健全化され、投入されている税金の余剰分を他の社会保障にまわすこともできるのです。現実を見て下さい。公的保険のみで国民の現在の高額な医療費をすべて賄うことは実際にもうできていないのです。医療費や医療資源は有限なのです。

以上の考えに基づき、ここに『医療産業の振興と高度医療の効率的な提供を推進させるための関連法規の整備等に関する法律（案）』を提議する次第であります……」

与党議員の一部から拍手が起こったが、それらは野次と雑言で消えてしまった。いわゆる〝医療自由化法案〟には根強い反対があった。

「総理!!　これは国民皆保険制度を崩壊させる愚策です。医療界が猛烈に反対してますよ、医師会と看護協会がストも辞さないと言っています。そんな大雑把な話ではなくて、もっと詳細に、具体的にメリット、デメリットを検討する必要があると思いますが、如何ですか？」

「お金の試算だけでなく、実際の医療現場がどのように変わるかのシミュレーションをしたのですか？　だいたい、どうやって日本医師会を説得なさるつもりなんですか？」

と、野党議員が嚙み付く。

「私達はどんな利益団体からの圧力にも屈しない。国民全体の利益の総和を見据えた決断であることをご理解下さい」

ＡＭＩの支店長達は、この中継が終了するまで、与野党の攻防を映すテレビ画面に目を釘付けにされた。

2

同じ国会中継を、二人の男が見ていた。総理の一言一句を聞き逃すまいと聴神経を集中させて液晶モニターを凝視している。中継が終了するとテレビを切って、吉竹が話し掛けた。

「これはチャンスと捉えるべきなんでしょうね？」

柿沢はじっと腕組みをしたまま天井を睨んでいる。

柿沢信一の心が長い暗闇のトンネルを抜け出すには、三年の歳月を要した。身体の損傷は奇跡的に軽く、ラグビーで鍛えた頑丈な体軀のお陰で、体力は並々ならぬ早さで回復したが、その体軀よりも強かったはずの精神が無残に打ち砕かれ、容易には復元しなかった。自らが創立し、一流に育て上げた株式会社が、たった二十数年の間に業績の急転を迎え、倒産の危機に晒されるとは……。その苦痛と、四百名に及ぶ従業員の明日の糧をも危うくさせた責任とに苛《さいな》まれて神経症に陥ったのだった。抑うつ状態がだんだんと深刻に見えてきた時、妻の佐知江が精神科受診を勧めたのだが、柿沢は一切耳を貸さず、急速に深みへと滑落してゆき、ついに自殺を図るに至ったのだ。

しかし、自殺が未遂に終わった後、もっぱら精神の立ち直りを阻害して来たのは、己から命を絶つ行為を実行した自分自身に対する嫌悪であり、侮蔑であり、処断であった。自我と気概で強気の人生を歩んできた柿沢には自らの社会復帰すら許すことができなかった。そんな自分が会社に戻るなどということはあってはならない、と観念の臍《ほぞ》を固めていたのだ。柿沢のその決意を覆《くつがえ》したのは吉竹の根気と献身であったが、ＡＣ‐321という驚異の抗癌薬そのものであったと言えなくもない。吉竹から無理矢理聞かされたにしろ、その新薬の想像を絶する効力が、柿沢の心の底に落ち込んでいた創薬の志と薬屋の魂を甦《よみがえ》らせたのである。

柿沢がおもむろに口を開いた。

「医療の自由化は、医薬品業界にも極めて大きな影響をもたらすだろう。創薬や薬事認可、また医薬品販売の様々な規制が緩和されることは、我々の業界の競争が一層激しくなることを意味する。チャンスにもなるが、下手するといつでも簡単に潰される。生き残りのための厳しい闘いが始まるのだ。今や我々の唯一の武器はＡＣ‐321だ。あんなによく効くんだから、認可さえ取れれば絶対に売れる。これに勝負を懸けるぞ!!」

「問題は資金繰りですね」

と吉竹が言う。

医薬品の開発には年月と費用が嵩む。標的の薬品となる可能性を秘めた物質（リード化合物）の探索から発見までに二〜三年かかるのが普通だ。次の段階が前臨床試験で、実験動物などを使った候補化合物の薬効・薬理研究、薬物動態研究、安全性（毒性）研究、製剤化研究などに通常三〜五年を要する。さらに、この後ヒトを対象にした臨床試験で、動物実験で得られた効果を疫学的に証明する必要があり、それに要する期間は三〜七年と言われている。しかも、臨床試験はハードルが高い。前臨床試験をクリアーした新薬でこのハードルを越えることができるのは数年前の統計で〇・一八の確率（五・六プロジェクトに一つ）と計算されている。何年も研究を重ね、動物実験で良い成績が得られても、〝ヒト〟には使えないとの結論に至る薬が80％以上に及ぶのである。そもそも、新薬の開発は成功率が低い。創薬とは新薬の素となるリード化合物を見つけ出すことから始まるのだが、その化合物の中から世に出る、すなわち新薬として承認を受けるに至る確率は、何と六千分の一という低さである。

ＡＣ－321はその六千分の一に入ろうとしている。が、しかし、吉竹の工夫と努力で会社を存続させ、借金を重ねながらも研究費を捻出し、臨床研究を遂行してきたその最後の最後になって、いよいよ資金繰りに赤信号が点灯し始めていたのだ。

高脂血症治療薬トミロールの売り上げが落ち込み赤字決算となったのがこの五年前、柿沢が自殺を図った年の経常損失は十億円に及んだのだった。吉竹はその後社長代行を務め、二つあった工場の一つを売却し、四百人近くいた従業員を三分の一に減らし、その一方でビタミンドリンクの販売などを手掛け、その収益と他の薬剤の僅かな売り上げで借金を返済しつつ何とか会社を存続させて来た。もっとも社員は自ら退社した者が多く、殊に研究者はほとんどがそうだ。臨床試験の遂行に必要な最低限の人員だけは何とか確保できているが、あとは、既存薬の製造と販売に関わる創立当初からの古手社員が数十人残っているだけという有様だった。

柿沢も、もちろん、金の工面を考えている。社員が自主的に退社してくれたことはむしろありがたい。新薬が売れて収支が改善されれば、人は自ずと集まる。

「十億あれば、当面は何とかなるな……」

と呟き、柿沢は右手に握ったステッキを床に突いて、立ち上がった。

＊

この日も柿沢と吉竹は銀行に行った。会社の幹部を総動員しての銀行廻りが始まったのは、首相の医療政策演説の翌日からだった。

日和銀行河原町支店の二階にある融資相談室は、壁にさわやかな風景画が飾られ、木製のテーブルとゆったりとしたソファーが備えられていて、事務的機能よりも環境を重視した造りになっている。客の心を落着かせ寛ぎの気分の中に誘引する。融資を受ける側の者は冷静な心で慎重に考えて欲しい、という銀行の方針である。

その室中では、飯田《いいだ》支店長と融資担当の課長が待ち構えていた。名刺を交換して、柿沢と吉竹がソファーに腰を下ろすと同時に飯田が口を開いた。会社が目指す客の寛ぎなど、どこかに忘れ去ったかのようだ。

「ご希望の額が大きいもので……、私が直接お話をお聞きした方がいいと思いまして……」

日和銀行にはこれまで別の幹部が訪れていて、微かながら感触がない訳ではなかった。この銀行は製薬業界との付き合いが深いとの情報も得て、柿沢が自ら乗り込んだのだ。

「ええ、それは当然でしょう。十億というのは我が社の現在の年間総売上げの半額に近いですからね……」

と柿沢はいかにも平然と答え、壁の絵に目を向けて見入っている風を装った。が、胸の奥には緊張の糸が張り詰めていて、これが切れた時はすべてが終わりだと覚悟していた。日和銀行はこれまで交渉してきた五行目で、それこそ最後のチャンスと言ってよく、絵は目の前に存在する単なる物質で、心を癒す作用が脳に届いている訳ではなかったが、この柿沢の態度が気に障ったらしく、担当課長が不愉快そうな口調で発言した。

「その前に……、御社は東西銀行から既に三十億ほどの融資を受けておられる……。山崎の研究所、伏見の本社ビルや御社の主力薬品トミロールの特許権まで担保に入れて……。これ以上は……」

と言ったところで、「課長！」と右手の掌を当人に向けて飯田が遮った。

「私が本当に聞きたいのは、将来の見通しです。私は、御社が開発したという新薬は画期的な効力を持ち、医療界に与えるインパクトも非常に強い、そういう薬ではないかと思っています。しかも、それは近い内に相当高い利益が見込める……。そうでしょう？　でなければ、無謀とも言えるこんな話を持ってくる訳がない!!」

飯田は、今度は窓外の風景に向けた柿沢の目の動きを見定めようとした。

柿沢が向き直った。

「その通りです。製薬業界とのパイプが太いと聞き及んでいましたが……、さすがに飯田支店長だ……。新薬の中味を話せ、と言うことでしょう。これまでも新薬の開発に成功したと口にしたことはありますが、詳しい内容を外に出すのは初めてです。貴行を、中でも飯田支店長、あなたを信用してのことです。吉竹部長、説明して差し上げなさい!!」

そう言った柿沢の顔が鬼気迫る形相に変わってゆく。

——勝負処がやって来たぞ……

吉竹は手提げてきた鞄から書類を取り出し、テーブルの上に広げた。

「この新薬Xは今、臨床試験の第三相に入っています。これまでの成績を示したグラフです」と書類を繰った。

通常、新薬の臨床試験は、同意を得た少数の健康人志願者を対象に安全性のテストを行う第一相と、少数の患者で安全な投薬量や投薬方法などを確認する第二相、それらを終えてから、多数の患者で既存薬などと比較して新薬の有効性と安全性をチェックする第三相を開始するという手順が定められている。ただし、抗癌薬の試験では第一相が省かれる。

言わずもがなだが、多数を対象とする第三相に最も必要経費が嵩む。そして、無作為二重盲検試験となると、臨床試験計画の作成から、試験遂行の適切性やコンプライアンスの管理、個人情報と秘匿データの管理、試験協力患者への謝金及び協力病院への研究費援助、専門家による統計とデータ分析など、欠かせない経費が大量生産に乗らない薬の製造費に上乗せされる。第三相試験に入って、柿沢が自ら改めて経費を試算した結果、さらに十億円必要なのが分かったのだった。

癌に対してどんなに驚異的な抗腫瘍作用を有するか、吉竹が詳しく説明するのを聞きながら、飯田は、喰い入るように書類のグラフと数字を見ていたが、一通りの説明が済んだところで切り出した。

「で、上市《じょうし》に至る確率は？」

「ここまで来てるんですよ。薬事承認は百パーセントと言いたいところですが、正直に言うと八十パーセントくらいと思っています」

と即座に、そして数刻前と同じように悠然と柿沢は答える。

「残り二十パーセントは、最後の十億円の資金が調達できるかどうかに懸かっているのです。貴行がお金を貸してさえくだされば、世の中の多くの癌患者を救うことができるんです、支店長!!」

そう言う柿沢の眼差しに再び鬼気が宿った。担当課長には一瞥を投げることもなく、その鋭い眼光を飯田に送る。飯田も鷹のような目で柿沢を見返し、まるで瞳孔の真ん中からそれが見透かせるかのように、柿沢の心の最奥を読み取ろうとする。

無言のままの睨み合いは数分続いた。吉竹と課長は二人の気迫に圧倒され、息もつけない。

「最後に一つ、どんな種類の癌に有効なんですか、それを聞かせて下さい」

と飯田が沈黙を破った。

「吉竹部長！」と、柿沢が言うと、吉竹がコンピュータの画面を動かす。

「現在、癌関連遺伝子と言われているものは二百以上あります。しかし、その発現のKEY《キー》となる遺伝子は限られていて、その一つが……、その名前は言えませんが、たとえばABC－1遺伝子とすれば、新薬はABC－1の働きを制御する作用を有しますので、ABC－1が関連するすべての癌に効くことになります。

　今、治験を進めているのは乳癌と卵巣癌ですが、理論的には他にも胃癌、肺癌、前立腺癌、骨髄肉腫、白血病など多くの種類の悪性腫瘍に効果があります。私達の検討では全悪性腫瘍の67％の種類に対して抗腫瘍効果を発揮することが判明しています」

　吉竹は、持参したパソコンの画面を開き、臓器と組織型で分類すると相当な数に及ぶヒトの悪性腫瘍と、そのそれぞれに関連する遺伝子群の文献データの一部を飯田の目に晒した。柿沢もそれに目を遣りながら飯田の言葉を待った。

「……分かりました。では、次までに金利をどうするか、と、返済期限を含めていくつかのシチュエーションを想定した案を提示させていただきます」

　柿沢は充血した目が潤んでくるのを堪《こら》えた。

「ただし、担保には、三重県にある工場と、おわかりでしょうが……新薬の製造、販売に関する特許権を含めて下さい」

　柿沢は躊躇なく首を縦に振った。


　銀行を出て河原町通りをゆっくりと歩きながら、吉竹が言う。

「今日の社長の迫力、凄かったですね。そもそもその熱血がなければ、富沢新薬が立ち上がることもなかったですからね……」

「君のお陰だ」

かろうじて聞き取れる小さな声だった。

事実、あの冬以来、吉竹は佐知江への言葉を撤回し、何度も柿沢宅に足を運んだ。ＡＣ－321の前臨床試験の進捗状況を報告し、会社立ち上げ時の苦労と奮闘、最盛期の活況と充実感、研究所完成時の喜びと興奮などのポジティブなイメージを、それらが消え去っていた柿沢の脳に新しく刷り込んできたのだ。

「日和銀行、本当に融資してくれますかね？」

吉竹は、飯田が出した次のステップの話があまりにもあっさりしていたので、逆に疑心を捨て切れずにいた。

「銀行って、儲かるところしか金を貸さないでしょう。しかも、潰れそうな会社には貸さないように国が指導しているとか……、銀行が潰れないようにって。本当に大丈夫ですかね？」

と言って、吉竹は足を止めて柿沢の顔を覗き見た。

柿沢はステッキを突きながら、一歩一歩足を進め、意識して前方を見据えたまま答える。

「銀行はよく調べてるよ。そして危険な商売はしない。だが、調べているのは会社の財務状況や担保資産だけじゃないんだよ。彼らは借手の人間も見ている。特に飯田という男はそういうタイプだと直ぐ分かった。これまでの連中とは胆力が違うように感じたんだ。我々もそういう目で見られているんだ。絶対に成功する、という自信を彼らに感じさせなくては」

社長の再起は本物だ、と吉竹は確信した。

「それにしても、特許権の担保まで即断されるとは思いませんでした」

「飯田は私たちの意気込みをテストしてるんだよ。あんな時は怯《ひる》んじゃダメだ」
復調した柿沢節が続く。
「ＡＣ－321の物質特許は君が所有しているんだ。契約時には一文一句注意しろよ!! 担保は製造・販売に関わるものだけだ。もし、実施中の臨床試験が頓挫するようなことになって会社が潰れた時は、製造に関わる特許は銀行からどこかの優良メーカーに売ってもらう方がよいだろう。そうすれば、少なくともＡＣ－321を世に出すことはできる。そして、物質特許の使用権で君は収入を得ることができる」

このしたたかさがなければ厳しい業界で生き抜いてゆくことはできない、と吉竹は教えられた気がする。そして、柿沢が優秀な経営者であることの認識を改めて深くした。

その一方で、吉竹は、二人の本性に共通の薬屋魂が宿っていることも再度確認できた気がしている。この窮地の中で一度も、研究所を売り払い、会社の企業理念を変えるという発想が頭に浮かばなかったことに、今気づいたのだ。手間もかけずにトクホ（特定保健用食品の表示許可のこと）がとれたビタミンドリンクを売って生き残ろうという考えが、二人の頭の中には影絵としてすら現われなかったのである。本物の薬を売りたい、がこの二人が持ち合わせた素懐なのだ。

西の空にまだ夕日が残り、いつまでも暮れない京都の街をさわやかな一陣の風が吹き抜けた。

3

――一年前――

渋谷に新しくできたホテルのコンベンションルームの一室で「カルトミン発売記念講演会」が行われていた。

二百名を超す聴講者のほとんどは癌治療の専門医で、内科、外科、婦人科、泌尿器科など様々な診療科に属している。

演者は城南大学医学部薬理学の館山康司《たてやまやすじ》教授で、スライドを映すスクリーン横の垂幕に表記された演題名は、「癌遺伝子を巡る新しい展開」とある。

「以上、述べて参りましたように、癌の発生と増殖に関わる遺伝子は多数に及びますが、その中で、一連のカスケードの〝KEY《キー》〟となる遺伝子は限られた数しかありません、今回新しく発売となるカルトミンは、その一つに作用する画期的な新薬です。作用する部位の塩基配列を申し上げることは、ここではできませんが、そのようなKEY《キー》遺伝子を抑えることが、癌治療の新しい、そして最も効果的な手法となってゆくだろう、と私は確信しています。

本日、お話しさせていただいたことを、先生方が日々行われている癌治療のための基礎知識としてお役に立てていただければ、大変幸甚に存じます。

御清聴ありがとうございました」

大きな拍手があった後、講演会を企画した富沢新薬の代表者がステージ脇のマイクの前に立って挨拶と礼の言葉を述べた。

「富沢新薬の副社長・吉竹でございます。館山先生、すばらしいご講演をありがとうございました。また、お忙しい中御参会いただきました先生方にも厚く御礼申し上げます。此度新発売となりましたカルトミンは癌細胞増殖のKEY《キー》となる遺伝子、ALX‐3に直接作用し、その活性を抑制するため、これまでの個別の癌に有効な分子標的薬と異なり、様々な臓器の多くの種類の悪性腫瘍に抗腫瘍増殖作用を発揮する新しいタイプの分子標的薬です。只今のご講演にありましたようなメカニズムで、ヒトの体内において癌細胞を壊死に誘導する効能を有しています。その臨床効果に関しましては、お配りした資料に詳細を記させていただいておりますので、後ほどゆっくりとご覧いただければと思います。内容に関するご質問などは、お隣の部屋に準備しております懇親会の場でお受け致しますので、担当の者にご遠慮なくお尋ねください。本日はどうもありがとうございました」

深々と頭を下げる吉竹の顔は喜びに満ち溢れ、涙ぐんでいるようにさえ見える。

最後列で一人離れて耳を傾けていた柿沢も、同じように涕涙を堪えることができずにいた。周囲に気遣いながら、そっとハンカチを出して目頭を押さえた。

——これで、富沢新薬は生き返る——

隣に置いていたステッキを右手に握ると、おもむろに立ち上がり懇親会場に向かった。

懇親会場は、明るい話し声が往き交い、繁華な雰囲気に包まれている。

ダークのスーツを着た小柄でずんぐりした男が、片手にビールの入ったグラスを持って近寄って来た。背丈の割に顔が大きく、口髭がある種の威風を放っている。頭髪の色具合から柿沢と同年代と思われた。

「柿沢社長、こんばんは！　私はこういう者です」

と言って名刺を差し出した。

〈サンフラワー病院　院長　結城正晴《ゆうきまさはる》〉とある。

「結城……ひょっとして洛西大学ラグビー部の後輩……」

その大造りな顔を見詰めながら柿沢が言った。

「結城君は経済学部じゃなかったのか？　いつ医学部に入り直したんだ？」

「いやいや、私は医者ではありません。卒後は通産省（現・経済産業省）に入省したんです。その後、一時期金融庁に籍を置いたこともありましたが、だいたいは経産省に居たんです。去年ですよ、病院などという異郷の地に出向を命じられたのは。お陰で四苦八苦しています」

「そうでしたか……。たしか、一昨年でしたね、医療の自由化が始まり、自由診療病院がスタートしたのは」

「そうなんですよ、その第一号が、区立病院に自由診療棟を併設した我がサンフラワー病院でしてね。医療法の改正で医師でなくても院長を務められるようになったのです。これを成功させるために努力せよと、私が全く専門外の分野に回されたという訳です」

結城は自慢とも慨嘆ともとれる口調で話した。

「日本で自由病院がうまく機能するかどうか、独立行政法人ではあるが国が設立した第一号病院の命運が結城君の肩にかかっているという訳ですね」

柿沢は何度も頷く仕種を繰り返した。

「あ、そうだ、榎原君《えのきはら》を紹介しておこう……。ちょっと彼を探して来ます」

と言って結城は懇親会場の奥へ姿を消した。柿沢は右手のステッキで身体を支え、ボーイがトレイに載せて運んできたワイングラスを左手で取って、白ワインを口に含んだ。柿沢は酒が好きである。

――やっぱり生きていて良かったんだ、酒もうまい。

と素直に感じた。

――もう、過去は振り返るまい……。カルトミン、いい名前だ。まずは自由病院がターゲットだな……

「柿沢社長！」

結城が榎原を連れて戻って来た。

「榎原先生は、今日の講演会に是非出席したいと前から希望していたのです。うちの婦人科部長で、腫瘍班の班長も務めています。抗癌薬などを一括購入する責任者です」

「富沢新薬の柿沢です。私、足が悪いもので左手で失礼します」

と言って手渡した名刺の右上にはカルトミンの構造式の一部が印刷されている。

「御社の名刺にはすべてこれが？　力が入ってますね……、柿沢社長」

と結城は感心すること頻《しき》りである。しかし、榎原はというと、訝し気にその名刺に目を遣り、自分の名刺を出すこともなかった。食事が進み、アルコールも入っているからだろうと柿沢は思ったのだったが、楽しくもないという顔をした榎原が、突然ぶっきらぼうに口を開いた。

「資料にあるデータを私は信用しませんよ」

「それはどういうことだ？　榎原先生！」

と結城が驚きの声を発すると、

「結城院長、癌の専門家なら、誰でもそう思いますよ」と柿沢が言う。

「それもどうゆうことか？　私には分からんが……」

「榎原先生と言われましたね！　先生の疑問はもっともですが、データは本物です。開発の担当者で、臨床試験の責任者でもある吉竹開発部長兼副社長に詳しく説明してもらいましょう」

と言った柿沢は、隣に控えていた社員の一人に副社長を探すよう命じた。

「いや、まいったな！　私は院長とは言っても病院経営が本職で、医学のことは分からないので、副社長と榎原先生のディスカッションは聞かないことにします」

と言って結城は壁際に並べられたパーティ食を取りに向かった。

柿沢がグラスのワインを飲み干した時、

「社長！」と、いかにも上機嫌な顔をして吉竹がやって来た。「今日の館山先生の話は実に良かったですね。先ほどから先生方も皆そう言っておられます」

「副社長、そっちじゃなくて、資料の方、臨床データに疑問をお持ちの先生がいらしてね……」と柿沢は吉竹に榎原を紹介した。

「このデータ、統計のとり方が間違っているのではないのか……？　でなければ、対象に偏りが……？」

と、いきなり質問を始めた榎原に、

「先生、隣の部屋でゆっくり説明しますよ」と言って吉竹は機嫌を崩すこともなくすたすたと歩き始めた。榎原が大股な歩調でその後を追う。

柿沢は笑みを浮かべて二人を見送った。

4

ＡＭＩ日本支社本部の第一会議室、重役会議に臨むマイクの顔は苦渋に満ちていた。

「もう一度商品を一から見直す必要があります」と発言したのは第一営業部長だった。四年前の国会でいわゆる医療自由化法案が可決された時に感じた追い風は幻だったのか？　あれ以来、予め企画していた新しい保険商品の売り込みに向けて、全社員が活発な営業活動を展開して来た。規制緩和後最初に発売した医療保険はアメリカで販売されていた保険の類似品ではあったが、数回行った市場調査の結果を踏まえての改変は加えられている。カバーする疾病の範囲に差をつけてＡ、Ｂ、Ｃの三種類の保険商品を揃えた。

ここでいう保険商品とは、「一日入院につき一万円支給」などといった公的健康保険による診療に対して自己負担分の一部を補塡する従来の医療保険とは違って、新制度でスタートした自由診療に対する診療費を被保険者に代わって支払う保険のことである。

「契約数が伸びないんです」と営業部長は言う。

「もともと日本の場合、アメリカと違い、全員強制加入する国民皆保険（公的健康保険）が存在する中で自由診療部分を拡大しただけですから、それを対象とした保険商品では需要が増えないのは当然じゃないですか？」

と、商品企画部長が発言した。それが弁解に聞こえたのか、

「シンガポールなどでは公的保険制度もある中で任意の自由診療保険の需要が相当高いと聞いていますよ。こんなに売れないのは商品の内容に問題があるんじゃないのか？」

と、営業部長が反論した。

「商品が問題じゃない!!　営業の遣り方こそ見直すべきだ」

と企画部長が言い返す。

「じゃあ、訊くが……」と営業側がさらに論争を続けようとした時、

「二人ともそこまで！」とマイクが割って入った。

「今の議論は我が日本支社の浮沈に関わる重大な問題をはらんでいる。上浦副社長、日本の新制度と諸外国の制度の違いを説明してくれないか？」

上浦は医療の自由化論議が白熱していたちょうどその頃、厚労省の保険局長を務めていた。医療自由化に関わる政府の意図も、新制度の問題点についても最もよく知る者の一人である。

上浦は、「外国との違いですか……？　それを詳しく説明すると数時間かかりますので、アメリカとシンガポールを例に挙げますね」と前置きして話し始めた。嗄れ声で聞き取りにくいのを本人が意識していて、営業の者にも分かるようにと、いつもより丁寧な解説をしてくれた。

「よく日本と対比されるアメリカにも、高齢者及び障害者のための〝メディケア〟と低所得者向けの〝メディケイド〟という公的保険制度がありますが、基本は自由診療で、一般国民は民間の医療保険に入っています。しかし、中所得者でも一部の人はその保険料を支払うのが負担なので保険に入っていない人が数千万人いて、その人達がまともな医療を受けられないことが問題になっています。これは皆さんご存知でしょう?! 〝オバマケアー〟ができて、その数が減少したとは聞きますが、それでも保険未加入者は二十パーセント近くもいます。一方、シンガポールは日本とアメリカの中間と言って良いと思います。基本は自由診療なのですが、強制的な医療積立金制度があって、労働者は毎月の給料の六～八パーセントくらいの積立てが義務付けられています。これは将来の年金にもなりますが、病気をした時は医療費の支払いに使うことができます。しかし、日本の相互扶助の考えと違うのはあくまでも個人の積み立てで、病気をして使ってしまえば年金が減ることにもなりますので、健康に気を付けようという自助努力を促すことにもなっています。それでも五パーセントくらいの人は自己の積立金では医療が受けられず、政府拠出の基金から病院への支払いなどが支給されていますが、それはさておき、大事なのは次の点です。今お話ししたシンガポールの強制保険では、大病を患った時などの高額な手術料や入院費までは賄えないのです。そこで、多くの人が民間医療保険に加入するのです。この自由診療の部分は、病院側も医療の質の向上やサービスに努め、保険会社も様々な工夫をした商品を提供して競い合うことで全体の価格を抑えコストパフォーマンスを高める仕組みになっています……」

と、ここまで話を進めた時、気の短い営業部長が中途で質問を入れた。

「それは、日本が新制度で目指した方向と同じじゃないですか？　シンガポールでは民間医療保険がよく売れているのに日本では何故こんなに売れないのか？　私達は、その理由が知りたいんです」

「そう逸《はや》らないで、ゆっくり説明してもらいましょう」

とマイクは言ったが、上浦は営業部長からの質問に答えることにした。

「それは、シンガポールでは強制保険で受けられる医療の質が低いから、より高い質の医療が受けられるように任意の医療保険に入るのです。具体的に言えば、腕の良い医師にかかることや、高度な医療機器や高額の薬剤を使った医療とか、キレイな病室で高級なサービスを受けることは自由診療でないと適《かな》わないからです。それに比べて、日本は公的健康保険で受けられる医療がほぼ現在の世界最高水準のレベルですから、わざわざ自由診療に保険を掛けようとする人は少ないという訳です」

「そう言えば、天皇陛下を診るような超のつく名医に、誰でもかかることができるのは日本だけだって、イギリス人の友人が驚いた顔で言ってましたね」

と企画部長が言うと、上浦が続けた。

「税金や公的基金で国民の医療費を負担する国は少なくありませんが、必ず制限があるのです。イギリスは診てもらえる医師が限られていて、その家庭医が必要と判断し、紹介してもらわない限り専門医には診てもらえないのです。つまり、医療へのアクセスに制約がかかっているのです」

「その点、日本はフリーアクセスと言って、患者が自由に医師を選ぶことができる、しかも公的保険で。また、その医療の質も高い。その意味では患者天国だと、アメリカの本社の連中は言ってましたね」

マイクが追述すると、企画側が質問した。

「日本の国民皆保険制度がそんなに良いのだったら、何故わざわざ改正したんですか？」

「そこは皆さん分かっていると思っていましたが……、副社長から説明して上げて下さい」

マイクの指示で再び上浦が話す。

「日本における国民医療費の公的負担は、いわゆる共助としての健康保険料だけでは間に合わず、組合によって状況は異なりますが、全体で約三割くらいは国が応援している、つまり税金を使っているのです。しかし、医療以外の社会保障費の増加を考えると、税金をそう医療費に回せない状況になって来ています。そんな中で、国民医療費の方は恐ろしい勢いで増加し続けています。ですから、あのままの公的健康保険で国民全員が一律に、益々高度化し進歩してゆく医療を受けることは無理だと、政府が判断したのです。保険料を上げるか、保険組合が破綻するのを防ぐためにさらに税金を投入するか、どちらかしかなかったのです。そこで皆保険で診療できる部分を限定することにして、特別に高度な医療や高額の治療薬などを使用する医療は自由診療にして、民間の医療保険を活性化することで対応したいと考えたのです。一方で、診療提供者側つまり病院運営にも自由診療という競争原理を導入した、ということです」

「なるほど。それでも、公的保険でカバーする医療の質が相当高いので、任意の民間医療保険に入る人がシンガポールのように多くならないってことですね」

企画部長は納得したようだが、営業側は不満だ。声を荒げて言う。

「それで、企画部は需要が少ないからだと言って、手を拱《こまね》いて見ているだけか？　需要を喚起するような魅力のある商品を考えたらどうだ！　だいたい、どれも保険料が高額過ぎるよ！　もっと安くしないと国民の九割と言われる中間層が入れないじゃないか」

「企画部長、この件についての資料があると言ってましたね」

　とマイクが言うと、企画部長は、

「今、データを提示しますから皆さん見て下さい」

　と、テーブルの各席の前に設置されたディスプレーに、保険に関する個別の収支表を映し出した。全員が注目する中、企画部長が表の説明を始めた。

「これ、ある患者のデータですが、第四行目の数字は抗癌薬の代金です。週一回投与、四回で百二十万円。これに入院費、検査料などを加えて、こちらが支払った金額はこの人一人で一月に約四百五十万円。しかもこの患者さん、同じ治療をこれから何回受けるのか分からない。月数万円くらいの保険料じゃ数十人に一人、大病の人が出れば我が社は大赤字です。数カ月前にも恐ろしく高額な抗癌薬が薬事承認を受けたらしいですし、他のタイプも同じです。自由病院への支払いが高いので保険料を下げることができないのです」

「その四百五十万というのは誰が決めているんですか？　健康保険の診療報酬点数とは額が違うのですか？」

　と、今度は社長のマイクが尋ねた。

「それは病院です。自由診療ですから、彼らが勝手に決められるんです。薬代は別ですよ。薬は保険適用になっていなくても薬事承認を得ていなければ、正規の医薬品として使えませんから、その手続きの関係上、薬価は実質的に厚労大臣の諮問機関である中央社会保険医療協議会（中医協）で決められているのです」

上浦が答えた時、再び営業部長が発言した。

「保険の通らない高額の薬代だけを自由診療として、入院費や注射料は公的保険で、という訳にはいかないのですか？　そうすれば自由診療部分をカバーする私達の保険料を安くできるじゃないですか？」

上浦は、そんなことも知らないのかと、呆れたが、顔には出さずに答えた。

「それは、混合診療と言って、何年も議論してきた話ですが、日本医師会が絶対に認めないんです。最高裁も混合医療禁止を容認してますしね……。数年前にも解禁の動きはありましたが、まだ実現していません」

「自費の薬を使うなら、入院費まで自費にしろ、というのは私らの目からすると、日本医師会のいじわるのようにしか見えませんがね」

と営業部長は不満顔だ。

「日本医師会も保険外併用療養費制度と称して一部は混合診療も認めてはいるのですが、基本は反対なんです。混合診療を解禁すると、医師会が医療として認めないいまがい診療まで医療の中に紛れ込んで、保険診療による安全な医療の提供が脅かされる、というのが言い分ですが、彼らは理想家なんですよ。全国民に、貧富の差なく平等に、しかも最高の医療を提供するという理想を追っているんですよ。財政的に考えて、今それが無理なことはわかっているんですがね」

「それに業を煮やして……、ということで、政府は医療自由化法でしっぺ返しをしたという訳ですね」

この二人の話を聞いている内に、全員が黙りこくってしまったが、何かを黙考していたマイクが立ち上がり、出席者の一人一人に順に顔を向けながら言った。

「事情がどうあれ、政府が自由診療促進策を打ち出したからには、我々のビジネスチャンスが増えることは間違いない。これまでは営業戦略がぬるかったのだ。私達は病院に圧力を掛けなければならない!!　それから、私達は製薬会社を支援しよう!!」

「支援……？　ですか……？」

マイクは社長室に戻ってパソコンを開き、一昨日アメリカから届いたメールの文面に再度目を遣った。

〝Every possibility should be executed.〟

（あらゆる可能性を実行に移さなくてはならない）

四年前と同じアルファベットが並んでいる。

秘書を呼ぶベルを押して立ち上がり、窓から外を眺めると、神宮外苑の銀杏並木の緑が浅く変色し始めていた。美しくもあるが、何か寂しげにも感じつつ眺めているところに、

「ご用ですか」と秘書が入って来た。

振り向いたマイクが指示したのは、次の二点であった。大手製薬会社の役員名簿を手に入れ、出身

校、経歴を調査すること、及び全国自由診療病院の院長以下すべての医師のリストアップとその経歴を調べ出すこと、であった。

秘書が出て行った後、パソコンの前に座り直してインターネットの接続画面に入力した。

「薬事承認　保険収載」

――私は今ここから出てゆく訳にはいかない。出てゆくのは三年後、その先はＡＭＩ本社の重役室だ……

――しかし、冷戦時代と同じ構図とは知らなかった。自由主義の西側と平等を旨とする東側、その中間は修正主義と疎まれた……

第四章　自由診療病院

1

　A駅を降りて家路にある大通り、色付き始めた街路樹の根元に寄り掛かって天を仰いだ。まだらに黄色みを帯びた欅《けやき》の葉が秋風にそよいで空を揺らしている。随分と長い間同じ場所で考え込んでいた雄太だったが、バッグを持ち直すと、急に早足で歩き出した。

　お母さんに訊いてみよう、と思い至ったのだ。

　家に着くなり、

「今日、お母さんは何時に帰る?」と伸子に尋ねた。

「ママ、もうすぐ帰るって」と亜紗子が言う。

「どうしたの?　具合でも悪いの?」

と、雄太の元気のない様相に気付き、伸子が心配した。

「僕じゃなくて、友達」と言って自分の部屋に入った雄太は、バッグを放り投げてベッドの上に寝転がった。

——病気って、何の病気だ？　簡単じゃない？　……重い病気ってことか？　昨日まで歩いて学校に通っていたじゃないか……それどころか……、一緒に井の頭公園を散歩して……

「ただいま！」と言う奈智の声が耳に届く。玄関を上がってリビングのテーブルの椅子に座る頃を見計らって部屋を出た。

「お母さん！　ちょっと教えて欲しいんだけど……」

雄太はテーブルの向かいの椅子に腰掛けた。

「僕の友達が病気なんだけど、貧血って何が原因なの？」

「高校生の貧血？　あまり聞いたことがないわね。本当に貧血なの？　脳貧血じゃないの？　それなら血圧の低めの人とかが朝、急に走ったりすると……」

「違うよ！　本当の貧血だよ。顔色が真っ白なんだから……」

「本当に貧血だとすれば先天的な血液の病気か、何かの病気に続発しているのかも知れないわね。心臓なら普通、顔色は白じゃなくて紫色になるし……、男子でもやはり鉄欠乏性かな。動悸とか息切れとかあるの？」

「……、男じゃないんだ」

奈智が「えっ！」と驚きの声を発して、雄太の顔を見る。雄太は目を逸らしたが、顔付きは真剣そのものだ。

「へぇー、お母さんの知らない内に、ガールフレンドができたんだ……!!」

「ガールフレンドってなーに？」

と傍にいた亜紗子が訊く。

奈智はにこっと笑って、亜紗子の頭を撫でてから、

「女の子なら、圧倒的に頻度が高いのは鉄欠乏性貧血ね。無理なダイエットとか偏食とか……、胃が悪くても貧血になるよ」

「それから、他には？」と雄太は詰め寄る。

「女の子でも先天性の血液病もあるけど、安心しなさい、雄太！　最も多いのは生理不順とか、過多月経とか、雄太はもうわかるよね?!　そうゆう婦人科の病気ね。鉄剤を服んで、貧血を治して、それでも調子が戻らなければ……、私は嫌だろうから、誰か紹介するから一度産婦人科の先生に診てもらうのね」

そう言われても、雄太は納得しない。

「お母さん！　そんな軽い病気じゃなくて、もっと重症の病気!!」

「重症!?」と言って雄太を見る奈智を、雄太は思い詰めた顔で見返す。

「そうね……」と少し考えて、奈智は言った。

「十七歳の高校生でしょ！　重症と言ってもママには、赤血球が壊れ易い先天性の病気か、そうね……、他には再生不良性貧血という病気もあるけど……」

「もういいよ‼」と言い放って、雄太はテーブルを離れ自分の部屋に入った。

机の前に座ってパソコンの画面を開いた。アメリカに留学中の父親、隆弘からメールが届いていたが、見向きもせず、ネットの検索サイトに入り、入力する。

『17才　女性　貧血』

直ちに〝検索結果〟が表示されたが、その数は何と三十六万件もある。いくつかの書き込みをチェックしてみると、鉄欠乏性貧血が圧倒的に多い。

――お母さんの言った通りだ……

雄太は安心してパソコンをオフにし、ベッドに寝転がった。「ご飯よ！」の声が掛かるまで少し眠ろうと思った。

――大変な一日だったな……、あっいけない‼

雄太はむくっと起き上がり、再びパソコンを開いた。隆弘からメールが届いていたのだった。開けてみると、〝Hello Yuta! How are you?〟と始まり、すべて英語である。隆弘は雄太の勉強のためにといつも英語の手紙文を送ってくるのだ。もちろん、高校生が理解できるように、易しい単語を使った簡単な文章なので、今日のメールも雄太の知らない単語は二つ三つ、意味は完全に理解できた。父親は、大リーグのプレーオフを見に出掛けたこと、日本人投手の活躍を目の当たりにして感動したことを書いて来た。最後に、雄太の学校生活はどうだ？　とある。

以前は雄太にも英語で返信するように書かれていたが、さすがに雄太が嫌がって、返事は日本語で送っている。返信文を考えキーボードを敲《たた》き始めると、頭に浮かぶのは今日の出来事。

——でも、お母さんの言う通りだった。医者だからね、しかも大学病院の医長。ネットより正しいに決まってるじゃないか……。じゃ、オレは何故ネット検索をしたんだ……？

柿沢美樹の言葉が頭にこびりついているのだ。

「そんな簡単じゃないの……」

雄太は夏実のことには触れず、学校の授業はおもしろくないなどと適当なことを書き込んで隆弘への返信をさっさと済ませ、再度、検索サイトに入った。

今度は『貧血』を入力する。

すると、フリー百科事典からの出典で、分かり易い解説が出て来た。〝1概説、2病態、3分類、3‐1原因……〟

〝原因〟をクリックすると、いくつもの病名が並んでいたが、読んでいるうちに瞼《まぶた》の中でだんだん大きくなってくる病名がある。〝白血病〟。この三文字が雄太の脳裏に焼き付いてゆく。

数分後には〝白血病〟のページを読んでいた。

『……白血病とは血液の中の白血球が悪性腫瘍になった血液がんの一つです。……治療は……』

解説を読みながら雄太の頰を一筋の涙が伝う。その姿を、奈智がドアの隙間からそうっと見詰めていたのだが、とても声を掛ける空気ではなかった。

もちろん、奈智は意識して〝白血病〟を挙げなかったのだが、雄太の方も母親がすべて話していないことを察してはいた。ただし、奈智は白血病と決めつけてはいない。他の病気の可能性もあると思っている。

三十分後、雄太はまだパソコンの前に座っている。何か考えていたようだが、突然手が動き始めると、画面には病院名が並んでいた。

『総合病院——杉並区』とある。雄太は「白血病なら、内科。重い病気だから大きな病院でないと……。まずは夏実が住む杉並区から。明日、片端から探してみよう！」と考え付いたのだ。病院名、設立母体、診療科名、住所、電話番号、メールアドレスなどが数行のスペースに載せられている。数えてみると、掲載されている病院の数は十一施設に上った。

——どこから当たってみようか……？

と、所在地をチェックしていると、また、だんだんと大きく見えてくる文字があった。

——サンフラワー病院……Sunflower……ひまわり。

2

二日後、授業が終わるや否や教室を飛び出した雄太は、サンフラワー病院に電話を入れた。

「もし、もし、……小手川夏実さんという人は入院しておられますか？」

「申し訳ありませんが、個人情報に関するお問い合わせにはお答えいたしかねますので……」

「分かりました、すみません」と電話を切ったが、雄太は確信を持っていた。

——あのストラップの黄色は希望を表わし、花弁の多い明るく鮮やかな花柄はこれまでの〝病院〟のイメージを一新するための趣向に違いない……

吉祥寺駅で井の頭線に乗り換え、T駅で降りた。スマートホンのナビを見ながら表示に沿って進むと、カラフルな遊戯器具の備わった児童公園が現われ、子供たちが遊び、母親が見守っている。こんな公園でも夕暮になれば、カップルがベンチで肩を寄せ合うのかな、と思いながら横を通り過ぎると、左前方に見えて来た。堂々と据わる十階建ての真新しいビル。外装は白が基調で、明るい青と緑の帯状のアクセントラインが目立つ。もう少し近づいて見ると、大きめの窓が建物の外面に対して斜めに設えられていて、その並びの外観が美しい。広い敷地を廻り正面に出た。玄関の真上に橙色で刻まれた〝サンフラワー病院〟の表示が目を惹く。

病院の中も明るく、若い人向けの斬新な内装で、外資系のホテルと間違えそうだ。背の低い丸テーブルとソファーのセットが数脚置かれていて、談笑する人達の声が聞こえる。

洗練されたデザインの制服を身に付けた数人の受付嬢が、てきぱきと患者や見舞いの人達の応接にあたっている。左側の先には、初診、再診、会計、相談などと表示されたカウンターが見える。

——ふーん、キレイな病院なんだ……最近の新しい病院は皆こんな風なんだろうか……？

雄太は母が勤める城南大学病院と比較してしまう。

まず、総合受付で訊いてみることにした。

「こんにちは、どうされました？」

と丁寧な口調の声が掛かる。

「あのー、友達の見舞に来たのですが、部屋を教えてくれませんか？」

「大変申し訳ありません。私どもがお部屋をお教えすることはできかねますので、ご家族の方にお尋ねいただき、その上で、あちらにございます〝お見舞〟と書かれたカウンターでお手続きをなさっていただくようお願い致します」

――またか……、高校生相手に、言葉遣いだけはやけに丁寧だけど、結局は教えてくれないってことだ……。何とか部屋を見つけ出す手立てはないものかな……

雄太は病院内を歩いてみた。

正面玄関から真っ直ぐ奥まで進むと壁に突き当たり、そこには左右への大きな矢印が掲示されていて、矢印の先は左側が〝自由診療棟〟、右側は〝保険診療棟〟とあった。

――夏実さんは病気なんだから、保険診療棟だろう。とにかく行ってみよう……

右に曲がって廊下を通り抜けて保険診療棟に着いた時、病院玄関からロビーまでの明るくさわやかな雰囲気と異なり、周囲が急に薄暗くなった感じがした。空気まで違っていた。どこかから重症の患者さんの臭いが漂ってくるような、そんな気配さえして来た。

――病院なんだからしかたがない……

雄太は気を取り直して、入院病棟と表示されたエレベーターに乗った。他に乗ってくる人は誰もいない。

ケージ内に階の案内が表示されていて、内科は五階、六階、七階とある。

五階から順繰りに当たってみることにした。エレベーターを降りると、正面に病棟カウンターがあって、左右の廊下の向かい側に病室が並んでいる。右側の廊下の奥を覗いてみると、何だか古びた床と壁で、昔からある病院のイメージと変わらない。

病院の外観を見た時や正面の入り口からロビーに入った時に受けた印象とはあまりにかけ離れていて、別の病院に来たような錯覚に陥ってしまいそうだ。

その時、「あのー、すみません。どちらへ行かれますか？」と、背中から声を掛けられた。振り返ると中年の看護師さんらしい人が立っていて、怪訝な顔で雄太の胸のあたりに目を遣っている。

咄嗟《とっさ》に言葉が出ず、雄太が、もじもじしていると、

「ここから奥には〝面会者〟の名札がないと入れません!!」

と冷たい口調で言われた。

雄太は「すみません。一階でもらって来ます」と踵を返し、逃げるようにしてエレベーターに向かった。

ちょうど来た階下行きのケージに乗って、ほっと息をついたと同時に、雄太の胸には悲しみが込み上げて来た。

――夏実さんが、見舞の人も入れない暗くてきたない部屋に閉じ込められていて、夏実さんを閉じ込めている病室は、雄太が来るのを拒んでいる。きっと、会うなってことだ……夏実さんにはもう会えないってことなんだ……何が〝サンフラワー〟だ。太陽には表を向けるが、病人には裏を向けるという意味か……？

雄太は堪らない気持になって、早くこの病院から出て行きたいと思った。エレベーターの扉の上の

表示を見つめ、一階でケージが開くと同時に飛び出した。

その瞬間に何かとぶつかった。跳ね飛ばされた雄太は仰向けになって床に倒れ込んだ。

「どうした？　大丈夫か」と声を掛けて来たのは清潔そうな洗濯仕立ての白衣を着た大柄な男性だった。口振りと振舞の雰囲気から、医師だと思われるその男は、雄太の腕を持ち肩を抱いて引き起こしてくれた。

「すみません‼　急いでいたもので……」

雄太が謝ると、その男は急に目を凝らして雄太の顔を見始め、穴が開くほど見詰めた後、

「君は、柊先生のお子さんでは？」と言った。

雄太も思い出した。

「あっ！　榎原先生‼」

胸のネームプレートにもそう書いてあるのを確かめた。

――こんな所で母親の知り合いの医師に会うなんて……、神様はまだ僕を見捨ててはいない。夏実さんをあの暗い病室から助け出せるかもしれない……

「榎原先生、少し時間ありますか？　お願いしたいことがあるんです」

「ああ、いいよ。十分くらいなら……。何か訳がありそうだな！　確か……雄太君って言ったな。大きくなったね。柊先生の自慢の息子さんだ！　あっちで話そう」

二人はロビーのテーブルに向かった。

榎原がソファーに腰を沈めると、雄太は立ったまま込み上げてくる思いを口から吐き出した。

「僕の友達が白血病なんです。お見舞に来たんですけど、部屋を教えてくれないんです。白血病って内科ですよね……、それでさっき保険診療棟の五階に行ったら、怖そうな看護師さんに睨まれて……、逃げて来たんです」

「雄太君、まあ、座って」と言い、雄太が腰を下ろすと、「白血病なら血液内科だが、保険棟の五階って言うのは間違いないのかい？」

と榎原が訊いた。

「いいえ、それは僕の勘なんです」

「保険診療棟というのは確かかい？」

「普通の人は保険棟じゃないんですか？」

「必ずしもそうではないんだよ。その辺の話は今説明する時間がないから、今度お母さんに訊いておくといいよ。それで、患者さんの名前は？」

「小手川夏実」

「こてがわなつみ……」

「はい、僕のガールフレンドです」

どうしてか、榎原には胸を張ってそう言えた。

「そう、君のガールフレンド……」

と榎原は言ったが、その口調が、雄太には何やら意味含み気に聞こえた。

その時、「榎原先生！」と呼び掛ける太い声がした。声と共にやって来たのは小柄だが顔が大きく、口髭を生やした背広姿の男だった。

「いや、探していたんだよ。よかったら、今、私の部屋に来てくれないかね」と榎原に言う。

榎原は雄太に向かって、「今晩か明日にでも電話するよ」と、挨拶代わりに軽く右手を挙げ、背広姿の男と連れ立って行ってしまった。

それを見送るしかなかった雄太は、榎原からの電話を待つことにして病院を出た。

すっかり日が暮れて、街灯にも明かりが灯っている中、下からのサイドライトで照らされた病院の標札、〝サンフラワー〟が放つ派手な輝きは、周辺地区の風土にそぐわない感じがした。

3

「まあ、そこに座ってください」と結城院長は手で指し示して榎原をソファーに誘導した。

榎原は何の話かと考えながらゆっくりと腰を下ろし、次の言葉を待った。

「実はね、先ほど、事務長がこの書類を持って来ましてね、説明してくれたんだが……」

と、榎原に対面して着席した結城はコピー用紙を数枚テーブルに広げ、一枚ずつ向きを逆にして並べた。

「自由診療棟の先月の科別入院収入と今期の目標達成率です。婦人科の欄を見て下さい。……乳腺外科や消化器外科などと比較して数値が低過ぎませんか？　目標達成率も顕著に悪いのが婦人科ですよ。

特に患者一人当たりの請求額は他科のほぼ七割ですね」

榎原は「まともに診療すればこんなものです」と答えたが、それを無視して結城は続けた。

「期待された婦人科がこれでは、新しい医療体制下でモデルとなるべき我が自由診療病院の経営が危うくなってしまう。ご存知だと思っていますが、この病院には日本の新しい医療体制の将来が懸かっているのですよ。少子高齢社会で財政が逼迫する中、どうすれば国民が良質な医療を受け続けられるか、それを考え抜いた末の答えがこの病院なんです」

「私は現場の一臨床医で、国の政策云々には何の興味もない。私の専門とする婦人科癌の患者の一人でも多くの命を救い、できる限り質の高い医療を提供する。ただそれだけです。そんな私の臨床能力を見込んでくれて、前の病院から引き抜いたのは貴方じゃないですか？」

榎原はかつて城南大学産婦人科の婦人科病棟医長を務めていた。一途な臨床志向とその働き振りが買われ、須佐見の次の主任教授の候補に名が挙がったこともあった。手術が上手で、雄太の母親、奈智にも一時期婦人科手術の実践指導を行ったことがある。が、厳しい臨床姿勢は必ずしも若手医師に慕われるとは限らず、一方で上司への気遣いなどが苦手で、世間の慣習と食い違う言動が目立つこともあった。そんなことで大学における彼の評価は二つに割れてしまい、それが教授選では不利に働いたのだった。その後、大学と関連の強い公立病院で産婦人科部長を務めていた時に、手術の腕が良いとの評判を耳にした結城が、サンフラワー病院の開設にあたり、高額の給与を提示して勧誘したのであった。

「自由診療病院では、医師に実力と実働に応じた報酬を支払う」

榎原はその言葉が気に入り、この病院に勤めることを受諾した。

「榎原先生、検査をもっと沢山やったらどうですか？　その方が診断精度や手術における安全性も向上するし、医療の質を高めることに繋がるんじゃないですか？」

「院長は医者じゃないから、そんな素人みたいなことを言うんです。医師の診断能力が高ければ、少ない検査で正しい診断が下せるのです。日本は画像診断の回数が多過ぎる。それは保険診療体制下での診療報酬配分が歪んでいるからです。医師の診断や手術そのものに相応な保険点数が付かないので、CTやMRIといった点数の高い画像診断が増えてしまったんです。不必要な検査でも保険が通るからやるんです。そうしなければ病院経営が成り立たなかったからでしょう」と榎原は堂々と持論を述べ立てた。

このあたりの問題に関しては、榎原よりよほど詳しい知識を有している結城だが、今のところ表情一つ変えずただ聞き流している。榎原は続ける。

「しかしですよ、自由診療病院では料金設定は自由、患者さんが納得しさえすれば、難しい手術にはそれだけのお金を支払ってくれる。院長は前にそう言ったじゃないですか？　不必要な検査をやるんじゃなくて、私の手術の技術料を上げればいいんじゃないですか？」

ここまでは黙っていた結城がおもむろに反対の論述を始めた。

「榎原先生、このことも前に言ったと思いますが、患者さんが納得すればというのは、民間の医療保険会社が支払ってくれれば、ということなんですよ。自由診療を受けるのは、健康保険が通らない医療に関してだけでないことはご存知でしょう。健康保険が通る診療でもわざわざ高額の自由診療を受けようとする人は、皆、それをカバーする契約の民間医療保険に入っているんです。相当な額の保険料を払っているのですが、いざ、病気になった時は、公的保険医療より良質の医療が只《ただ》で受けられると思っているからです。しかし、実際に医療費を支払う保険会社は病院の言うなりにはなりません。彼らが査定してくるんですよ。先生がいくら手術がうまくても、例えば子宮癌の手術は八十万円と、保険診療における点数の十三倍（金額で一・三倍）程度と決めているんですから、手術だけならそれ以上請求しても支払ってくれないんです。付け加えて言うと、君がやっている内視鏡下のリンパ節郭《かく》清《せい》にもそれを評価した手術料は払ってくれてないんですよ。もちろん、これは、交渉事なので、保険会社と病院の合意に基づいて決まるんですが、その合意に従う限り、自由診療とは言っても検査だとか入院料とか付加サービスに対する料金とかで収益を上げなければ、やはり病院は赤字になってしまうんです」

「それじゃ……」と榎原が苛立って反論した。「民間の医療保険会社も沢山あるでしょうから、高い手術料を払ってくれる会社と契約すればいいじゃないですか、それが院長の仕事でしょう!!」

いかにも榎原らしい発言で、大学病院時代と変わっていない。自分が信じる道理を相手構わず臆面もなく口にする。

そう言われても何ら動揺を示すことのない結城は平静な口調で答える。

「榎原先生、一つ誤解していることがあります。医療保険会社と病院の関係についてです。いいですか、よく聞いて下さい。日本は基本的に健康保険診療で患者が病院を自由に選ぶことができる世界で稀少な国なんです。ところが自由診療病院に来る患者は、自分の入っている医療保険に縛られていて、受診する病院が決まってしまうのです。全く自由に、という契約もありますが、それは保険料が相当割高になります。それで、お分かりでしょう……。私達が高い手術料を請求すれば、医療保険会社は私たちの病院を患者との契約から外すか、またはリストにサンフラワー病院の名があったとしても、実際はこちらに患者を紹介してこないという対抗処置を取ってきます。今、この病院に患者を一番多く紹介してくれているのがＡＭＩで、その平社員に私が脅されたんですよ!!」

　この時初めて、結城の口調に感情が籠もった。

　聞いていた榎原は顔を曇らせて「情けない」と呟いた。そして、

「ということは、院長！　私達の医療は民間医療保険会社に支配されているということですね。そのうち治療法も保険会社が決めることになるって訳ですか？　それじゃ、アメリカと同じじゃないですか?!　もういいです、こんな話、聞きたくありません」

　吐き捨てるように言い放つと、立ち上がって部屋を出て行こうとした。

「榎原先生！　待って下さい。それに対してはこちらも策を考えています。それこそ院長の仕事ですから……」と引き止めた結城が「お座り下さい。もう一つお話があります」と言う。

　座り直してはみたが、医師という職業に強い誇りを持っている榎原は、認め難い現実を聞かされ……、といって、怒りの鉾先《ほこさき》を院長に向ける訳にもいかず、ただ不機嫌を丸出しにして言った。

「何でしょう？」

「話は変わりますが、例のカルトミンという抗癌薬はどうですか？　富沢新薬が社運を懸けて開発したという薬です」

「ああー、カルトミン!! あれは凄いの一言です」

この話なら付き合ってやろうと、榎原は思った。

「使い始めてまだ一年ですから、五年生存率や、本当の意味の長期予後について、うちにはデータがありませんが、短期予後に関しては、あの日、吉竹副社長が示した資料通りです。薬効が認められると記された癌腫では、奏効率は80%以上、CR（完全寛解——癌組織が完全に検出できなくなること）の率も他の抗癌薬と比較して約二倍くらい良好です。驚異の新抗癌薬と言って良いでしょう」

「そうですか、それは良かった。で、他の科でも同じ効果が出ているのですか？」

「現在のところ、消化器科、乳腺外科、血液内科、などでも使っていますが、だいたい婦人科と似たような好成績が得られています」と榎原は答えた。

悪性腫瘍に対して使用する抗癌薬も多種多様に亘《わた》る。従来は診療各科が独自のレジメ（複数の薬剤の組み合わせ）を持っていて、病院全体としては無統制な投薬が行われて来た。それは薬剤の購入・管理の観点からは非効率な経営方針である。現在は、発癌に関与する遺伝子異常が明らかで薬剤選択を個別化すべき症例は別にして、似たような効果であれば、同一薬剤に絞って一括管理する方式を採る病院が増えている。サンフラワー病院は設立当初から一括管理方式を採用していて、榎原はその責任者でもあった。

「カルトミン、どんどん使って下さい。現在使っていない科にも、そうするように榎原先生から指導してもらえませんか？」

医者じゃないので、こんな発言が出るんだ、と榎原はまた同じことを思った。

「院長、カルトミンがいくらいい薬でも、癌の種類によって効果が違いますから、効かない癌もあるんですよ」

「これは失礼しました。私は効かない薬を使ってくださいと言うつもりはありません。もちろん、カルトミンの効く人にですが、保険会社の支払いのことは気にせず、どんどんお使い下さってよいという意味です」

院長が何故ここまでカルトミンにこだわるのか？　榎原は訝し気に、結城の顔を覗き込んだ。

＊

雄太は自宅で勉強することがほとんどない。授業中に先生の話をよく聞いて理解し、重要な事柄はその場で覚えてしまう。だから、普段は学校から帰るとお風呂に入って、ご飯を食べて、亜紗子と遊んでやって、その後の自分の時間はテレビを観るか、科学雑誌を読むか、スマホでゲームをやるかして過ごし、そのうち寝てしまう。雄太らしいことと言えば、時々新しいクラブの構想を練るくらいだが、それがこの二〜三日は違っている。この日も、野球の練習をサボってまっしぐらに帰宅した雄太はパソコンに向かっていた。田中や本庄が、そのような最近の雄太の行動をどう思っているかを考える余裕など全くなかった。

雄太が〝白血病〟のサイトで治療法についての記載に目を走らせていると、奈智が帰宅した。

「ただいま」の次に「雄太！」と来た。

瞬時に、榎原先生は僕にではなく、お母さんに電話したに違いないと思った。

「雄太、いるんでしょ！」とノックもせず部屋に入って来た。

雄太が知らん顔でパソコン画面に向かっていると、「お母さん、ここに座るわよ」と言って雄太のベッドに腰掛けた。そして言う。

「お母さん、今日、病院で榎原先生からお電話をもらったの」

雄太は意に介さない振りをした。

「雄太のガールフレンドが病気で、雄太がとても心配しているのは、お母さんも榎原先生もよく分かっているわよ」

「で、榎原先生は何か情報を教えてくれたの？」

雄太はそれだけが知りたい。

「雄太、よく聞きなさい。たとえ雄太が彼女にとってとても大事な友達であったとしても、榎原先生が医師としての立場上知り得た彼女の病名や病状を雄太に話すことはできないの。それは法律違反になるのよ！」

「それは分かってるつもりだけど、では、どうすればいいの？　その大事な友達が病気の人のお見舞に行くには……？」

「病気の人本人の承諾が必要というのが一般常識ね。本人が重病で判断できない時は家族が代わりに判断することになるでしょうね。医師の許諾も得てね。雄太は彼女のご家族の人、知ってるの？　電話で、お見舞に行ってもいいですか、とか訊ける関係になってるの……？」

「……」

――そんなことができるんなら、話は簡単だ……

「じゃあ、次に取るべき手順は、まず雄太のガールフレンドのお友達の誰かに会うか、メールでも入れて、雄太がお見舞に行きたいと思っていることを彼女に伝えてもらうことね。その返事を待って行動するしかないわよ」

「〝連絡してくれるな〟って友達にメールさせたんだから、会いたくないに決まってる」

言うつもりはなかったのだが、つい口を滑らせてしまった。

「でしょう！　だから勝手に押し掛けてはダメなの!!　普段は雄太と会いたいと思っていても、女の子はね、病気で具合の悪そうな顔や整髪していないバサバサの髪を、人には、特にボーイフレンドには、見られたくないと考えるものなのよ」

――髪か……、いい香りがしたな……

「雄太！　聞いてるの？　分かったでしょう？　榎原先生がね、自分がよく見てるから大丈夫だよって伝えてくれって……」

と言いながら、奈智は立ち上がって雄太に近づき、後ろから肩に手を当ててぽんぽんと二度叩いた。そして、パソコンの方を向いたままの雄太の両上腕を強く摑んだ後、ゆっくりと上下に撫でた。

雄太は、黙って何度か首を縦に振った。

夕食の時、夏実のことは一切話題に上らなかった。亜紗子が相変らず「お兄ちゃん、このごろ変！」を連発した以外は、伸子がいつまでも元気で助かるとか、父親の隆弘の様子とか、奈智と伸子が飽きもせずにいつも繰り返している同じ内容の会話に終始した。雄太は食事中ずっと考えていた。

——部屋に戻ったら柿沢美樹にメールを送ろうか……？

『柿沢さん！　お願いがあります。私がお見舞に行っても良いか、小手川さんに訊いてもらえませんか？　返信を待っています』

——ちょっと待てよ。榎原先生が、〝自分がよく見てるから大丈夫……〟と言った？　ということは夏実さんは婦人科？　に入院？　そういえば、榎原先生の〝こてがわ〟と、聞いた時の様子……、知っているような感じだったな……。するとと、夏実さんの病気は月経不順とかそんなものなのか……？　もしそうなら重症の病気ではないことになるが、母親が自分の上腕に込めた力は何を意味するのか？　やはり、何かある。僕を強く励ます理由があるに違いない……

そんなことを考え、迷った末、結局、母親のアドバイスを聞き入れ、雄太は美樹にメールを送信することにした。

4

六本木マイタウンビルの四十階、ＡＭＩ日本支社の社長室にはただならぬ張り詰めた気配が漂っている。

「御社の方がね、まだ若手の営業マンなんでしょうが、私の病院に来て、いろいろと言われるんですよ」

「若手であろうが、ベテランであろうが、我が社の社員は、社の方針に則って、各病院の責任者や各科の先生方にアドバイスを差し上げることはございますが……、何か失礼な言句を申し上げましたでしょうか？」

ここで普通の人なら、腹立たしい気持ちを表情に出すのだろうが、結城は百戦錬磨の元経産官僚である。心の動きを容易に読み取らせることはない。それのみでなく結城が秀でているのは、官僚的話し振りを完全に放下して、すべての者と同列の立ち位置で対話する術《すべ》を会得している点である。

「会田社長！　私が問題にしているのは営業マンの言動や態度のことではありません。貴方のおっしゃる〝社の方針〟そのものについてです」

「我が社の営業方針について、重要な取引相手であるにしても、一病院からとやかく言われる謂れはないと思いますが――」

どちらも丁寧な話し振りだが、言葉は既に火花を散らしている。

マイクは、ビジネスに於いて取引相手などについての情報を、手早く詳しく得ることの重要性を米国で学んだ。この時も結城の経歴などは調査済みであったが、医療改革戦略を進める現政権内の役職に関する知識はなかった。そのため、結城より四、五歳分の若さ振りを発揮してしまった。

「我が社が貴病院を提携のリストから外すことはしたくないのです。どの自由病院さんにも、提携をしていただく限りは我が社の方針を受諾していただかなければなりません」

「手術料は保険点数の十三倍（金額で一・三倍）以下、高い薬剤は使うな、検査を減らせ、入院期間を短縮せよ、と病院に圧力をかけること、これが御社の方針と考えていいのですね」

結城の口調は落ち着いている。

「それに従わなければ、患者が私の病院で診療を受けても御社は医療費を支払わないっていうことですね」

「その通りです。お分かりいただければ、その範囲の中で貴院としての経営努力をして下さい。我が社の方針にけちを付けるのではなく……」

「会田社長、貴方は正直な人だ。今の話を録音でもされてたらどうするんですか？　〝二〇一X年経済産業省局長通達第Y号　医療保険業務における公正な活動に関する通知〟をご存知ないはずはありませんがね」

マイクはぎょっとした態度を見せた。が、瞬時に平常の顔を取り戻した。

「どの社も遣っていることです。私達が、自由診療病院の請求通りに医療費を支払っていたら、どうなります？　病院はいい気になって高額の医療費を請求する。そうすれば、私達保険会社は保険料を上げざるを得なくなります。今以上に保険料が高くなると、いわゆる中間層の人達はほとんど加入できなくなります。そうなれば、現政権が断行した医療改革が完全な失敗に終わりますよ。貴方がた病院関係者はそこまで考えていないんでしょうけどね、自分の病院のことで精一杯でしょうから……」

とマイクが自己主張に走った時、結城は名刺を差し出しておもむろに言った。

「これは先ほどお渡ししたのとは違う名刺です」

名刺の肩書きには〈内閣官房参与　医療改革・自由診療促進担当〉とある。

それを注意深く読んだマイクは、名刺を持つ手を力なく下げた。と同時に項《うなじ》も垂れかけたが、その後また、気を取り直したらしく、すぐに顔を上げ反撃に出た。

「何ですか？　これは極秘の調査ですか？　あるいは囮《おとり》捜査とか言う手法ですか？　そして我が社に行政処分を科そうというのですか？　そんなことをして、どうなる？　自由診療は私達の提供する民間医療保険が有効に機能しなければ成り立たない。自らせっかくの医療改革を潰してしまうのと同じ行為ですよ!!」

話しているうちに、マイクは興奮を抑え切れなくなったようだが、逆に結城はあくまでも冷静に話を進める。

「よく聞いて下さい、会田さん！　私は今回の医療改革を成功させなければならない立場の人間ですよ。そのためには、自由診療病院の経営を安定させる必要があるのです。だから、そのシンボルであるサンフラワー病院の院長に就任し且つ内閣官房参与として現政権に情報を提供し助言を与える立場も兼任しているのです。御社に行政処分を科すためにここに来たのではないことを、まず御理解願いたい」

――じゃあ、圧力をかけに来たのか？

とマイクは思った。

「病院側からの請求に文句を付けず、医療費を支払えと……」

「一つの提案があるのです。というより相談です。自由診療病院の経営が成り立つように、医療保険会社も協力して下さい」

と、結城は本題に迫った。今日、医療保険で日本トップシェアを誇るＡＭＩ社に出向いたのは、この相談をするためだったのだ。

「現在の医療費の高騰要因の一つに高額医薬品があります。ご存じのことでしょうが、新薬を開発するのには莫大な費用がかかっていますので、薬価を不当に安く抑えることはできません。ですから、その対策はジェネリック医薬品に期待することになり、厚労省もゾロ薬の普及に力を入れているところです。それともう一つ、今回、厚労省が採った政策は、新薬の保険収載のハードルを高くしたことと言われています。そのため、良い薬でもなかなか健康保険の適用にならない。高額医薬品は自由診療で賄ってもらって……、それによる保険者の側（健康保険組合など）の財政改善を狙っているのです。ですから、高額の新規医薬品を使用する診療費はすべて貴方がたの民間保険会社が支払うことになってしまったのです」

「結城参与！　ちょっとお待ちいただけますか？　薬事行政について専門の者を呼んで参与のお話を聞かせたいのですが……」

マイクの話し振りから、敵対的感情の薄れていく様子が窺え、結城は予定通りに事が運ぶ、と確信した。

マイクは秘書をコールし、「上浦副社長に直ぐ来てもらうように」と指示を出した。

その間に結城はソファーから立ち上がって窓の景色を眺めていた。東京の中心部一帯が一望に見渡せる。神宮外苑の銀杏並木は最良の鑑賞季節を迎えていた。

「外資系の企業はこんな立地条件の場所に本社を構えたがる。特にアメリカ人はこういう眺望が好きなんだな、自宅もそうだ」

と独りごちたつもりが、

「高い所から見下したいという潜在的志向が存在するみたいですね。日本人だと、興趣は別の所にあるんでしょう？」

とマイクが反応したので結城は続けた。

「そうですね。豊かな自然に囲まれた一戸建てで、散策できる日本庭園などあれば最高ですなー」

そこに、例によってノックと同時にドアが開き、「お呼びですか？」の嗄《しゃが》れ声と共にパソコンを小脇に抱えた上浦が入って来た。

マイクは上浦を紹介しようとしたが、どうやら二人は前から知り合っているようだった。

上浦の顔をしっかり見定めて、結城が口を開いた。

「いやー、三年振りですか？　貴方の声はよく覚えていますよ。医療改革審議会で……、散々議論しましたね、お互い考えをぶつけあってね……」

「サンフラワー病院の院長がいらしてると聞いていたのですが、結城さんとは存じ上げなくて失礼しました。最初にご挨拶に伺うべきでした」

「まあ、まあ……。そんなことより今、会田社長と新薬の保険収載について話し合ってた所なんです」

結城は小柄だが顔が大きく見え、髪は適度に薄いがその分口髭が全体のバランスを取っていて、年齢と地位に相応した恰幅をしている。上浦は、再会した瞬間、その堂々とした容姿から発せられる言葉が実際以上に重く感じられた過去の経験を思い出した。

「結城さんが行かれたんですから、サンフラワー病院はほくほくでしょう。自由診療病院を日本に定着させた男として、この業界で名が残りますよ」

と上浦は言う。

「ところがね、そう上手くも行ってないんだ。それは……、自由診療の推進、それ行け！　と会社中の者が精神を高揚させたが、期待に反して業績が上がらない御社と似たような状況です」

と、ここまで言って、結城は今までマイクと意見を対立させた議論の概要を説明し、話を今日の本題に戻した。

「上浦さん、今度の改革で、抗癌薬などの高額な新薬を健康保険の薬価に収載させないよう政府が厚労省に圧力をかけているというのは信憑性のある話ですか？」

「政府の圧力かどうかは知りませんが、相当厳しいらしいですよ。臨床試験のスタディーデザインからチェックをしますから、一時的な症状改善などでなく、治癒率を向上させるという最終目標における有益性が証明されていなければならないのです。副作用のチェックも厳しいし、最後にかなり多数の臨床使用の実績が要求されます」

と上浦が答えると、結城が続ける。

「そうすると新薬はどんないい薬であっても当分は自由診療で使われ、保険収載が認められる頃になると、もうジェネリックが出てくるのも近い。私が聞き及んでいた通りですね……。健康保険の保険者側は支払いが減って助かるでしょうね」

「破綻寸前の健康保険財政を建て直したい政府としては、有効な政策かも知れませんが、お金のない人は新しい良い薬がしばらくの間使えないということになります」と上浦が言うと、マイクが頷きながら続けた。

「だから、我々の民間医療保険に入ってくれればいいんだが、新薬の代金だけでなく検査費も入院費もすべてこちら持ちとなると、我々の支払いが増えて保険料を高く設定せざるを得ない。だから保険加入者の増え方が鈍いんですよ」

結城はマイクの発言を聞きながら、いよいよ核心に迫ろうとしていた。

「上浦さん、製薬メーカーの方はどうなんですか？　このまま自由診療で使ってもらえばそれでいい、と思っているのですか？」

「いいえ、彼らもできれば健康保険の薬価収載に持っていきたいのでしょう。処方される数が違うでしょうからね……。ただし、沢山の症例での臨床試験となるとお金が掛かることもあるし、副作用のデータなども厳しくチェックされるので二の足を踏んでいる会社が多いんじゃないですか……」と上浦は答えた。

この時マイクが、ここで口に出してよいものかためらいつつ、

「今日は突然の話だったので、その点について以前から頭の中で考えていたことを失念していました。実は……、その高額医薬品を健康保険に通してもらうように製薬会社に働きかけることを考えていたんです」と言った。

それを聞いた結城は驚いたような目付きでマイクを見据え、見直したという風な口調で応じた。

「その通りです、会田社長！　それが実現すれば、御社はかなり収支が改善するはずです。私達の病院は、その薬を必要とする患者が保険診療棟に移るだけですから、基本的に収支は大きく変動しません。ただし、御社との関係は良くなりますよね」

「関係が良くなる……？」

「まだよく理解されていないようですね」

と結城は言う。

「いいですか、例えば今売り出し中のカルトミンですが、あの薬は薬事承認は取れていますが、新しい基準では保険収載まで相当年数がかかる。それを早めるためには我々病院側の協力が必要なんです。まず多くの症例で使用実績を上げること、副作用調査も含め種々のデータをきちっと提供して上げることです。御社の努力だけでは、カルトミンの早期保険収載は実現できません。私達の協力が必要なんです。それは取りも直さず、私達が御社の収益の向上に力を貸すということですから……、御社もそこをよく理解して、我が病院と良い関係を持ってお付き合い願いたい」

結城もここだけは少し口調を強め、続けた。

「どの薬を使うかは医師の裁量で決まります。そこの関係、分かりますよね。私は全国自由診療病院協会の会長もしていますので、協会から話を持っていってもいいですよ」

「そうですね、病院と保険会社が連携して事に臨めば、この件はうまく行くような気がします。我が社の収益改善に繋がることは間違いないですね」

とマイクは口許を締めた。

病院の方はその見返りに医療費請求分の査定を緩めてもらい、手術料などの料金アップと検査の充実などを実現することができる、と結城は暗黙の了解を得たものと思っている。両者にとってｗｉｎ－ｗｉｎの関係が結ばれそうであった。

「一つ気になることがあります」とマイクが言った。「現在自由診療で使用されている高額医薬品が健康保険の適用を取り、保険診療で使用されるとなると、政府が目指す健康保険組合の財政改善計画に罅《ひび》が入ってしまうのではないでしょうか？　これは、私達よりも医療改革を進めておられる結城さんにとって大きな矛盾になるのではないでしょうか？」

「いや、いや、ご心配いただいてこれはどうも恐縮です」

結城の顔に困惑の色もなければ悩ましがる様子もない。平然と答えた。

「そこはやむを得ないところです。しかし、自由診療部門の体制がしっかりすれば、それからは自ずと保険組合の支出も減ることになりますから。上浦さんの元同僚などは、このような話も視野に入れた次の戦略を既に考えているんだと思いますよ」

「おっしゃる通りです。日本は薬価が高く、英国やフランスと比較して二倍くらいします。それを下げる努力もするでしょうから、原価計算方式を変更するかもしれません。さらに厚労省は薬だけでなくあらゆる保険診療の単価の見直しを始めています。いずれにしても、国民が受ける医療の質を低下させずに、いかに医療費の増額を抑えるか？　これについて数十年間ずっと苦慮し、何とか切り盛りし続けてきた厚労省ですから……、次の手も既に考えていますよ」

「それでは、具体的な行動計画を立てましょう」

と、会田が言ったが、結城は乗らない。気が早い男だと思った。

――アメリカ流の即断即決か……？

「今日の会合はそろそろ終わりにしましょう。あとは高額医薬品を自由診療市場で売っている製薬メーカーを調べ上げて、勝目のある戦略を練ってから、順番に攻略してゆくというので、どうでしょう」

と結城が言うと、上浦がすかさず、「リストはできているんです」と言って、持参のパソコンを開いた。ちょうど一年前の重役会議の後、マイクが製薬会社のリストを整理させたものだ。

それを見ながら、「そうですか」と呟いた結城は、この時も意外にやるな、という顔をし、それではもう少し話を進めようと思い直した。

「トップに挙げられているのが、さっき例に挙げた富沢新薬。目標はカルトミンですね」

「その通りです。結城さんもカルトミンのことはご存知なんですね」

「多くの癌に効果がある驚異の抗癌薬なのに、保険適用になっていない。よく効くから医師は使いたがる。この薬だけでも御社の支払いは相当底上げされてるんでしょうね」

「本当に結城さんはよくご存知だ。全くその通りです。それで、私達としては富沢新薬に掛け合って、何とかカルトミンを自由診療から追い出したいんです……保険診療部門で活躍してもらえるようにね」

「実は私、富沢新薬の社長を知っています。彼は洛西大学ラグビー部の先輩なんです。一年前のカルトミンの発売記念講演会でお会いしています。今度二人で京都に押し掛けませんか……？　それまでに作戦を立てて。私が日程をアレンジしますので……」と結城が言うとマイクも大きく頷く。

「これで決まった。後はちょっと一杯やりながら、日本の医療の未来を語りませんか？」

と言ってマイクは秘書に結城のコートを持ってこさせると共に、壁に備付けのロッカーから自分のコートを取り出し、出掛ける準備を始めた。

「それでは副社長がご案内しますので、階下の方に向かってくださいますか？　私は一件電話をして直ぐ降りますので……」

マイクの言に従い、上浦が結城を案内して部屋を出て行った。

それを確かめたマイクはプッシュボタンを押した。

「営業部長、悪いんだけど、サンフラワー病院の結城院長の経歴を調べ直してくれ。審議会でのこれまでの発言などから、彼の医療政策に対する本音を知りたい。それと、サンフラワー病院からカルミンという抗癌薬の代金、月にどれくらい請求がきているか？　それから、現在サンフラワー病院からの請求に対し我が社は実質何パーセント支払っているか、などだ。近い内に京都に行く、それまでに、今の資料を揃えてくれるとありがたい」と言って電話を切った。

第五章　補習の時間

1

一昨日、榎原と結城は院長室で意見をぶつけ合った。自由診療病院のあり方について、榎原は患者を診療する現場の医師として、結城は病院の経営者としてそれぞれ持論を展開した。その翌日、結城は早速AMI日本支社長のマイク会田と面談し、医療保険会社と自由診療病院が両者共に収支状況を改善させるべく立案した戦略を協同で進めることに合意した。高額医薬品の健康保険適用に向けてのアクションを連携して取ろうというのである。

結城はこの時、自身が、自由診療を推進する立場の役職にあることを強調し、AMI社を不安なく協調路線に同乗させた。

一方、結城により引き抜かれ、サンフラワー病院で重要な責務を担わされている榎原は、二年間の在職中に自由診療のあり方への疑問を膨らませていた。そして一昨日の結城院長との口論を機に、自らの将来の身の振り方について、誰かに相談したい気持ちがにわかに高まったのだった。榎原がそのような事柄を相談できるのは恩師である須佐見しかいない。

　須佐見誠二郎は城南大学産婦人科の前教授で、定年退任後は医師免状を返上し、悠々自適の生活を送っている。榎原は彼の指導で手術の腕を上げ、教室の准教授にまで推挙されたのだ。今でも事ある時はまず須佐見に相談してみようと考える。


　世田谷の自宅を訪ねると喜んで迎えてもらえた。応接間に通され、奥様がお茶と和菓子を運んでくれた。

「教授、ごぶさたしています。お元気なご様子、なによりです。それが証拠に、柊（奈智）先生の息子さんを魚釣りに連れていって上げたそうですね。しかも大きなのが釣れたとか……」

「君がそんなことを知っているとは……。誰から聞いたんだ？」

「昨日ですよ。息子さんの雄太君から頼まれたことがありまして、柊先生に電話をした時、彼女がその話をしてくれました」

「雄太君は利発な子でね。かしこいだけじゃなく、実に素直で好感のもてる少年だ。私の孫にしたいと思うくらいだよ」

　それには相槌を打ち、榎原が相談事をどう切り出そうか、と考えながらお茶を啜《すす》っていると、

「サンフラワー病院はどうですか？　外国人患者は増えているかね？　自由診療病院ができたのは、メディカルツーリズムに対応させようという政府の意図もあったのだろう？」

と、須佐見の方から話を向けてくれた。

「外国人はほとんどいませんよ。政府もそんなことで外貨を稼ぐなどというせこいことを考えるより、日本人の診療をしっかりさせる方を優先すべきです。それはそうと……、先生にご相談しようと思って来たのは……、実は……、一昨日、院長と遣り合いまして――」

「まさか診療内容についてではないよな！　彼は医者じゃなくて、元経産省の役人だろう？　そう聞いたが……」

「おっしゃる通りです。病院経営の専門家として、今回の医療改革のシンボルであるサンフラワー病院の院長に就任したのです」

　榎原は自分の気分を落ち着かせるようにここでまたお茶を一口飲んだが、思いつめた気持ちは声に表われる。ワントーン高い音調になった。

「教授！　私、あの病院、辞めようかと考えているんです。昨日まではそんなつもりはなかったのですが、今朝起きて病院に向かう途中、この前の院長の言葉が脳裏に甦って来て……」

「辞めろ！　と言われたのか？」

　須佐見に驚いた様子はない。彼からこの種の相談事を受けたことは前にもあった。

「いや、そうじゃありません。検査をもっと多くやれとか、高額な医薬品をどんどん使え、とか……」

「院長は、患者のことを考えてるんじゃなくて、頭にあるのは病院の収支のことだけで、そんな病院で働く気がしない、と言いたいんだな」

概要が摑めた須佐見はここでお茶を一口飲んで、それから続けた。

「院長は医師でなくても良いと、医療法が改正された時、そのようなことはいずれ起きるだろうと思っていたよ。まあ、これまでの健康保険下の診療でも病院経営は楽でなく、検査を多く施行するとかは実際に行われて来たことだがね……。君が言いたいのは、その程度がひどいということか？」

「まあ、そう言われればその通りですが、だいたい、自由診療病院とは、今までの健康保険の診療点数の柵《しがらみ》から外れて、患者のためにベストを考え、自由な診療ができること、これが謳い文句だったですよね。診療費も自由で、医療従事者に妥当な報酬が支払われても経営が成り立つ病院の収入が得られる仕組みになっているはずなんです。ところが、その胆《きも》である自由なはずの診療内容が民間の医療保険会社に押さえられているんですよ。医療を知らない民間会社にですよ!!」

と言って、榎原は一昨日結城から聞かされた病院と保険会社との関係を説明した。

「健保でも査定はされるが、医療費の支払いは元来営利目的の企業活動ではないので、甘いといえば甘い査定になる。ところが医療費を支払うのが実質民間会社となると収益を上げなければならないから、健康保険組合などとは比較にならないほど査定が厳しい。当初の考えと全く逆の結果になっている、ということか……。それは想定されていなかった事態だな」

須佐見も今回の医療改革には注目していて、榎原の言わんとすることは直ぐに呑み込めた。

「今回の医療改革の目玉の一つは、医療も自由に競争させて消費者、つまり患者に安くて良い病院を選ばせる体制を作り、医療を提供する側の効率化を図ることだ。そのようにして国民医療費を減らすために自由経済原理を導入した訳だが、しかし、医療は普通の商品やサービスとは根本的に異なるもので、単に競争原理を導入したって、そう簡単に効率性の改善や質の向上には結び付かない、と私は前から思っていたんだよ。保険会社に頭を押さえられた医療がどこへ向かうか？　あまり良い方向に進むとは私にも思えないな……」

榎原は、かつて教授の講義を聴いていた時のように真剣に耳を傾けている。その榎原の様子を意識して、須佐見は話を続けた。

「だが、今までの話で結論は出せない。少なくとも今、君が口にした不満は医療提供者側、つまり医師側からのものだろう。一方で診療を受ける患者の立場から見てどうかは、もう少し長い期間追跡して、また広い視野から検討する必要があるんじゃないか？　もし、新制度のために患者の側に悪い影響が及ぶ事態が生じるのであれば、それがいちばんの問題だがね」

榎原から言葉が出てこないので、須佐見は自身の関心事についての話をさらに広げた。

「ところで、サンフラワー病院は保険診療もやっているんだろう？」

「ええ、それは……、同じ病院内ですが、完全に別の病棟として運営しています」

「そちらの方はどうだい？」

と、須佐見は問う。

「病院側としてはそちらに力を入れてはいませんので、保険診療部の、特に入院棟は昔の病院そのものの雰囲気で、暗くて貧相な感じがします。隣の自由診療棟がキレイですから、よけいに古さが目立ちますね」

「そうか……。それで、いわゆる中間層、つまり普通のサラリーマンクラスはどっちに入院してるんだ？」

「そうですね……、病気の種類にもよるのですが、自由診療棟はお金持ちが多くて、普通のサラリーマンクラスは、どちらかと言えば保険診療棟が多いですね」

「そうか、そうすると民間の医療保険料が高いということだな。両方の病棟を見比べるだけでだいたいの人は自由診療棟に入院したいと思うだろうから、民間の保険が安くなりさえすれば、それで自由診療棟に入院する人は増えるだろうけどな……」

　榎原にはそれほど関心のない話だが聞かない訳にはいかない。

「もう一つ確認しておきたいことがある」

　と、須佐見の質問が続く。

「本当のところ、保険診療と自由診療とで診療の質に差はあるのか？　入院食や部屋の広さなどという環境の面ではなくて、一番肝心な診療の中味についてだ。診断の正確さや治療の巧拙《こうせつ》や非侵襲性（患者の身体への負担が少ないこと）や安全性、そういう医療の本質に、差はあるのか？」

「他の科は分かりません……、担当医師が違っている科もありますから。しかし、婦人科に関しては私が両方責任持って診ていますから……、そうですね、保険診療では保険適用のない高額の薬が使えないという点くらいですね、診療内容に差が付くのは」

　榎原はきっぱり言った。自身、そうでなくてはならないと思っているのだ。

「君が両方を診ているのなら、そうだろう。しかし、今後、医師の振り分けが進むようになれば、真の意味の診療格差が生じる恐れはあるな」

と、一瞬心配そうな目をした須佐見だったが、顔を上げて榎原に向き直り口調を改めて言った。

「こういう風にいろいろ考えて見ると、自由診療病院はこれからが正念場だ。君も短気を起こして辞めるより、改革が良い方向に進むように保険会社と交渉するなり、現場で努力すべきではないかね……。それでも、どうしても居られないと言うのなら、もう一度ここに来てその理由を話してほしい。そしてその時は、さきほど言った今度の医療改革の患者側への影響についても分かった範囲で報告してくれるとありがたいが」

教授時代と全く変わらない話し振りだ。須佐見が現役の時から医療体制の問題には一方ならぬ関心を寄せていたことは知っている。

それでも、サンフラワー病院で須佐見の関心事を調査する気など榎原にはない。だからと言って、私は辞めますと、この場で言い切れるだけの強い意志もなかったので、結局、もう少し現病院に勤めることにせざるを得なかった。

——これから結城院長とどう付き合うべきか考えなくては……

榎原の悩みはかえって深まってしまったようだ。

2

柿沢美樹からの返信を朝な夕なチェックしたが音沙汰のない日が続いたので、雄太は前と同じメールを再送信した。それでも返信はない。何故だろうと考えながら、雄太が次に頼ったのは親友の田中だった。田中にアイデアがないか訊いてみようと思った。

——母親からは、たとえ友人であっても、当人の許可がないのに勝手に見舞に行ってはダメだと言われた。まして、どんな病気か詮索するなど、以《もっ》ての外《ほか》だと。でも、それを頭から切り離すことはできない。どうすれば会えるか？　を考えるのは、高校生であろうが社会人であろうが、好きになった交際相手に抱くごくごくあたり前の感情じゃないか……

放課後、雄太は田中に声を掛けた。

「田中！」

聞こえていないのか？　田中は振り向くこともせず、教科書をしまった鞄を持って教室を出て行こうとする。

後を追い、廊下に出た所で近づいて、もう一度呼び掛けた。

「おい！　田中！」

やはり返事がない。

——怒っているんだ……。今まで声を掛けてもらっても、こちらが避けていたからな……

だが、それでも今は田中に助けてもらうしかないと思った雄太は田中の前に廻り、頭を下げた。

「田中、すまなかった！」

「柊というオレの親友は、オレに隠し事はしないはずだ……」

と言って、田中はそのまま歩き始めた。

雄太は再び追い付き、後ろから肩に手を掛けて言う。

「隠すつもりはなかった。ただ……状況が普通じゃないんだ……分かってくれ」

立ち止まったまま耳を貸してくれる気配を示した田中に、雄太はこれまでの経緯を話し、野球の練習をサボったことや黙って一人で別の電車に乗ったことなどを謝った。

田中や本庄たちも、雄太にガールフレンドができて、照れもあり、また、出だしの盛り上がりでデートに忙しいため自分達との付き合いを犠牲にしているのだと察していたが、それを咎《とが》める気はなかった。しばらくそうっとしておいてあげよう。彼女との交際がいつまで続くか知らないが、そのうち落ち着いてくれれば、元通り野球や魚釣りへの興味を取り戻すか、また新たな趣味に熱中するかの時がやって来て、自分達とも以前の関係に戻るものと信じていたのだ。

寛大で気の利く仲間である。

しかし、それにしても、ここ数日の雄太の様子は只事《ただごと》ではない、と田中は感じていた。「重大な問題を抱えているのなら、何故、オレに相談してくれないんだ!!」と、そのことに腹を立てていたのだ。

「だいたい、そんなことだろうとは思っていたよ!」

と、田中は言ったが、夏実の病気についての雄太の心配は伝わっていない。「専門医のお母さんが言う通りなんじゃないのか、そんなに心配するな!」と軽く見ている口振りだった。

――オレの勘は間違っていない、いやこれは勘ではない。柿沢さんやお母さんや榎原先生の言葉と話し振りなどから推量すると、やはり生理不順などというありふれた病気ではないんだ……

「病気が何であるかは詮索しないようにしても、一日でも早く会えるように努力するのは自然なことだよな――」

「そら、そうだが……、退院を待てないのか？」

――田中が話に乗って来てくれた。やっぱり友達だ……

「すぐ退院できると分かっていれば、こんなに焦らないよ。当分退院できないいんじゃないかと思ってるんだ……」

「え！　本当にそんな重い病気なのか?!　重症なのか……」

田中が今日初めて真顔になって雄太を見た。そして、

「会う方法か……？　何か特別の理由でもあればな……。もし、そういう状態だと、日本ではすべてが家族優先だからな……。でも柊にメールをくれた柿沢さんとか親友は見舞に行ってるんじゃないのか？　学校での出来事を話したりとか……。宿題を持って行ってるってことはないだろうけど、勉強が遅れないように何かの方法を採っているかも知れないし……」

「女子高はどうなんだろう……？　勉強とかうるさいのかな――？」

と雄太は応じた。と言っても具体的に良い手立てが思い浮かんでくる訳ではなかったが、

「そうだ！　こんなのはどうだ？」

と田中が思い付きを口に出した。

「今度、僕が柿沢さんに会ってみるよ。そしてこう提案する。入院が長くなると学校の勉強についてゆけなくなるかも知れない。授業に遅れないために家庭教師を付けたらどうだ。柊君は飛び抜けて学

力優秀だ。それに教えるのもうまい。彼も週に何回か見舞を兼ねて家庭教師に行くことは厭《いと》わないと言っているが……」

「どこか、ちょっと違うような気がするけど、会えるんならそれでもいいよ」

と雄太はどこまでも素直だ。

「これは、あくまでも方便で、君が彼女を部屋に見舞う口実なだけだよ。お見舞に行かせてもらえば、好きな話をすればいいじゃないか？　手でも握りながらな……」

と、田中は少し妬ましい心中を顔にも出した。

「そうだな、僕がメールを入れても返信がないんだ。田中が電車で柿沢さんを摑まえて、話をしてみてくれないか？」

「こじつけは見え見えだけど、柊の気持は伝わるかもな……」と言って、田中は元の顔に戻り指でOKサインを作った。

雄太は、彼女のいない田中の心情に配慮することもなく、また、こうして話に乗ってくれる友達のありがた味を意識する余裕もなく、今は、夏実に会いたい、しか頭にない。

――こんな遣り方が成功するかどうか？　成功率四十パーセントくらいか……、でも何の手立てもない状態よりは、望みらしきものを繋げている……

三日後の夜に美樹からメールが入った。

『田中君の言ったことを小手川さんに伝えたら、今度私が行くことになっている来週の水曜日に、できれば柊君も一緒に来て欲しいと言ってました。予定はどうですか？　時間が空いていれば、五時頃にM駅のプラットフォームの売店の前（以前にお会いした所）で待ち合わせることにしましょう。連絡下さい。　柿沢』

雄太は、田中に頼んでよかったと素直に喜んで、直ちに返信を送った。

『ご連絡ありがとう。水曜五時にM駅の売店前に行くようにします。何か不都合が生じたらご連絡下さい。　柊』

とまで書いてから、送信の前に最後の文章を削除した。

——こんなにうまく行くとは……。ひょっとして、彼女の方も僕と会う口実が必要だったのかも知れないな……。それはどうか？　本当に勉強のことを心配しているのかも知れないし。でも、確かなことは、面会人に会えないほど重症でないことだ。入院中の治療で大分良くなったのか……？　いずれにしても、僕に会いたくないという心情が彼女の中に存在しないことは証明されたようなものだ……

雄太の心に一筋の光が差して来て、その光が、病気への心配を掻き消し、ひまわりのストラップを手に彼女を探して電車の中を歩き回った時の自分の姿を照らし出した。雄太は久し振りに、わくわくした気分に浸る時間を持つことができた。

＊

夏実の入院している部屋は、サンフラワー病院自由診療棟八階の〝女性外科病棟〟と標識が掲げられたフロアーにあった。部屋は個室で、柿沢美樹と草津《くさつ》遥と雄太が順に入って行くと、夏実は嬉しそうに微笑んで、掛け蒲団の中から右手を出して小さく振った。そして横目で雄太にも微笑みかけたのだが、次の瞬間、両手で蒲団を引っ張り上げて顔を隠してしまった。

気恥ずかしさ、それ以外には何もないのだろうと雄太は思った。顔色も良かったし、笑顔も前と違っているようには見えなかった。ベッドの右脇の丸椅子に腰掛けている父親らしい男性に気付くのが遅くなってしまったが、慌てて自己紹介をした。お父さんの小手川利男《としお》は既に何度か来ている美樹たちと同じように、雄太も歓迎してくれている風に見受けられた。

雄太は「お見舞に花を買ってきました」と、数本の黄色いバラを透明のセロファンに包んだシンプルな花束を高く掲げた。夏実がそうっと蒲団から顔を出し、その花束を手に取りたい仕種をしたが、お父さんが受け取ってくれ「花瓶に入れてくるよ」と、廊下に出ていった。

「柊君！　お見舞に来てくれてありがとう。私、大分良くなったの。ほら点滴のラインもこれ一本！」と言って、左手の甲に貼り付けられた留置針を見せた。

「顔色もいいでしょう。きのう輸血したの」

体調が良くなったことで、気分も高揚しているのか、夏実は入院前よりよく喋るように感じた。

「ちょっと見せて！」

と遥が、ベッドの左側から夏実に近づいて腕を手に取って見た。

「この前二本あったよね。それに、鼻に酸素の管が繋がってたし」と言うと、

「そうそう、もう一つ、酸素のサチュレーションモニターっていうのが右手の薬指についてた」と夏

実はすっきりした両手を自らまじまじと眺めた。

　そこに美樹も寄っていって、何やら夏実の両腕を二人で玩んでいるようだ。

　雄太が少し離れてその様子を見ていると、夏実がちらっとこちらに視線を向けて、〃後でね〃っと合図を送ったような気がした。雄太は小さく頷いた。

「夏実ねー、駅の前にケーキ屋さんがオープンしたの。この前二人で入ったんだけど、ちょおーおいしかった。退院したら、行こうねー」

「うん、直ぐ行こう！」

「もう、テレビ観れるの？　おとといの〃異国の二人〃観た？　私、泣いちゃったよ」

　そこに利男の声がした。

「ちょっと、開けて下さい」

　急いで雄太がドアを開けると、利男は折り畳み椅子二つを右手に、グラスの花瓶にバラを生けて左手に、それぞれ抱えるようにして入って来た。

　雄太が花瓶を受け取ると、私がやります、と二人の女性組が椅子を引き受け、ベッドの右側に並べて置いた。部屋の左側の窓際の棚には、他にもお見舞の花がいくつか飾られていたが、その右端に置いてみると雄太の持って来たバラがすっきりしていて、最も綺麗に見えた。

「今日はこれで帰りますので、皆さんもう少し居て遣って下さい」と言って、利男は部屋の隅に置いてある小物を片付け、帰り支度を済ませた。

「お父さん、ありがとう！」

「明日も四時頃来るからね」

ひとしきり夏実の顔を見詰めてから出てゆく利男に、雄太と女性組は揃って頭を下げた。顔を上げたと思ったら、美樹と遥は直ぐに枕許に駆けより、折り畳み椅子に座ってお喋りを始めた。夏実も電動ボタンでベッドの頭側を持ち上げ、二人と顔を付き合わせた。さすがにその輪に入ることのできない雄太は手持無沙汰で部屋中を見渡した。小綺麗にしてあるが、やはり病室で、枕側の壁に酸素の配管口と吸引管の接続口があり、横の壁に小さな風景画が飾られてある以外、印象に残るものは何もない。

——でも、自由診療棟というのだから、私費で支払うのだろう。この部屋でどれくらいするのだろうか?……。お父さんはお金持ちなんだろうか……、などと考えていると、三人揃っての楽しそうな笑い声が聞こえて来て、思わずそちらに目を向けた。

——やっぱり立和の制服はしゃれてるな……。三人の中で髪が短いのは夏実さんだけだ……。それがよく似合っているし、飾り気なく清楚なのがいい……。素顔だからか? 病気だから余計に魅力的に見えるのだろうか……?

「柊君、お勉強の時間よ! 私達帰るから、補習の授業、しっかりやってあげてね」と声を掛けられ、雄太は「え! はい!」と素っ頓狂な声を出して立ち上がった。

美樹と遥も腰を上げ、「じゃあね、またね」と手を振って、あっけらかんとして、部屋の外へ姿を消した。

——オレに気を遣ってくれたんだ……

一人になった雄太は夏実の枕許に移動した。

「体調、良さそうじゃない、病人とは思えない顔色だよ」

「うん、今日は大分いいの」

雄太は僅かに顔を綻《ほころ》ばした。が、次に夏実に掛ける言葉が出てこない。

病気の彼女を見舞った時、どういう言葉を掛け、何を話題にするのが良いか、全く考えていなかった。

——さっき一人でボーッとしていた時に考えておけば良かった。彼女達はそれを心得ていたんだ。夏実さんの好みそうな話題を次から次に用意してた……

雄太はそう感じながら、話題を探して頭を巡らせたが、何も思い付かない。

「お父さん、優しそうな人だね」

結局、ただ、さっき感じたことを口に出した。

「私ね、お母さんいないの。小さい時、病気で亡くなったの。お父さんが一人で育ててくれて、今の学校にも入れてくれたのよ」

「ふーん。ごはんとかどうしてるの？」

「お手伝いさんが週に三回来て、後はお父さんが作ってくれたわ。最近は私が作ることもあるけど……」

「すごいお父さんだね。仕事は何？」

「貿易の会社を自分でやってるの。昔は大変だったらしいけど、今、会社はうまく行っているみたいで、お母さんが重い病気だったから、私が病気をした時のためにって、高い保険に入ってくれたの」

「誰よりも君のことを考えているんだね」

と言ってから、雄太の頭にある疑念が湧き上がった。

――お母さん、病気で早く死んだ……？　夏実さんの病気、ひょっとして遺伝性？

雄太は自分の体から血の気が引いてゆく思いがした。

――だから彼女達は電車の中よりも、ずっとずっと明るかったのではないか……。意識して、屈託もなければ何の心配もない単純極まりない明るさを演出していたのだ。夏実さんも、それを知りながら調子を合わせていた。僕に会いたくなったのは、少し本当の自分を出したくなったからかも知れない……

「柊君、どうしたの？　急に難しい顔をして……」

と言う夏実の声に、雄太も気を取り直して、父親の話題を続けることにした。

「僕のお父さんは今アメリカなんだ」

「お医者さんのお勉強なんでしょう。心臓の専門医だって言ってたわよね。それなのにまだお勉強、すごいなー」

「でも、君のお父さんのように子供のことを大切に思ってないよ。たまにメールが来るけど、自分のことばかり書いてある」

「そんなことないわよ。愛情の表現の仕方が違うだけよ。それと置かれた環境!!」

――また、お姉さんぶったことを言い出した、本当に体調がいいんだ……

雄太は微笑んだ。

すると、蒲団の中から夏実の右手が出て来て、雄太の手を弄《いじ》り始めた。雄太の左手に自分の指を絡め、雄太がその手を握ると、

「私の指、温めてくれる？　指先がしびれるの」

「え！　これでいい？」

雄太は両手で夏実の右手を包み込み、指先を撫でるように優しくさすった。

「ああ、そうしてくれると気持ちいい……」と、夏実は目を瞑った。

雄太は手を握ったまま夏実の顔を見詰めていたが、そうしてじっくり見ていると、入院前よりは窶《やつ》れた感じがしてくる。

――今までは皆が居たので意識的にはしゃいでいたのだ。それだけで疲れてしまったのかも知れない。いつまでもこうしていてあげたい。

でも、指がしびれるって、何だろう……？

と考えているところに、ドアのノックが聞こえたので、雄太は手を離した。

入って来たのは榎原だった。

「榎原先生！」と思わず声を出すと、

「え、柊君、知ってるの？」と夏実が驚いた。

「うん、お母さんの先輩」と言った雄太にはさらっと一瞥を投げたのみで、榎原は左手に温度板（体

温や脈拍のグラフに検査データなど重要な事項だけ記載した厚紙、一見して患者の病態の概要が分かる）を持って夏実に近づいた。

「今日はどう、大分良さそうだけど、不整脈は出ない？」

「今日はあまりひどくないです」

「手足のしびれは？」

話しながら、榎原は温度板のデータに目を遣った。

その時、雄太の頭にあの疑問が甦った。病気はなんだ？　榎原の持つ温度板を見たい。でも、そんなことは許されることじゃないと頭の中で考えたが、身体の中のどこからもやめておけという声は聞こえてこなかった。何気なく夏実の方を見ているふりをして、目の焦点を温度板上に絞り、文字を盗み読んだ。目に止まったのは〝病理診断〟の項だった。

〝Embryonal Ca.〟

しっかり記憶した。

夏美の様子に問題がない、と安心したのか、

「雄太君よかったね!!　お父さんの許可が取れたんだね!!」と、榎原が雄太の方に顔を向けた。

「私がお友達に言って連れて来てもらったんです」と夏実が言う。

「そうだったの、それはベストだね」

と言ってから、榎原は「雄太君、少し席を外してくれないか？　五分でいい、診察をしておきたいんだ。もうすぐ退院だからね……」

と、目で退室を促した。

「それじゃ、僕、帰ります。大分長く居ましたから」

あまり考えない内にそう口から言葉が飛び出てしまった。

家に帰って頭を整理したいとも思った。

「柊君、ありがとう」

夏実も引き止めなかったので、「それじゃ、また来るよ」と、手を振ってから部屋を後にした。

――いったい病気は何だ、何のために入院したのだ。入院前と変わらない状態のように思えるが……。しかし、美樹や遥の様子は変だ、重症の病気を意識しているのは明らかだ。でも、榎原先生は婦人科だから、白血病ではない……、亡くなったお母さんの病気は何だったのか……？　それにしても、「もう直ぐ退院」は本当なのか？　帰ったら〝Embryonal Ca.〟を調べなくては……

＊

帰宅した雄太は「ただいま」と一声出しただけで、居間でゲームに興じていた亜紗子と伸子の横をすり抜け、自分の部屋に入った。バッグを床に放り投げ、そのままデスクの前に座った。

手足のしびれ、不整脈も気になる。しかし、まずは病名だ。英和辞書を繰って〝Embryonal〟を探すと、「Embryo　胎芽・胎児」と記されていた。

――妊娠？　まさか……。でも何か妊娠に関係した病気なんだろうか、-nal は「……のような」の形容詞。そうすると胎児のような Ca.。Ca. とは何だ……？　CA：California の略、Ca：calcium の化学記号、ca：circaの略、circa：「およそ……のころ」、と辞書には載っているが、どれもしっくりこない。

Ca.は医学用語なのだ……

次に雄太はパソコンを開き、インターネットの検索サイトに入った。

〝Embryonal Ca.〟で入力してみたが、ヒットしない。Ca.が問題だ。父親や母親がよく使っている医学用語の略語に違いない。雄太は英和辞書のcaから始まる単語を順次調べた。CA：Californiaから始まって何ページも続く、医学や病気に関連する単語を探してゆくと、〝cancer：がん〟に行き当たった（実際にはcarcinoma：癌腫という専門用語の略）。

やっぱり、〝がん〟なんだと雄太は思ったのだが、前に白血病と思い込んでいたこともあり、この時はそれほど大きな衝撃は受けなかった。実際に元気そうな夏実に会って来た直後だったからでもあろう。それでも病気のことは知りたい。夏実への思いと生来持ち合わせた好奇心が雄太の行動の後押しをする。

検索ネットに〝Embryonal Cancer〟と入れてクリックすると、変換されてEmbryonal carcinomaと表記されたページに入った。雄太は得意の拾い読みでポイントを把握してゆく。

日本語は胎芽性癌と呼ぶ。卵巣腫瘍の中の胚細胞（卵巣の中に存在する卵子の細胞）を起源とし、二十歳前後の若年者に好発する。全卵巣腫瘍の25％を占める胚細胞性腫瘍の中の一種類である。病理的には卵細胞が自然に発生し胎芽（胎児の極初期段階）の初期像に酷似した形態を呈する。通常は腹痛、稀に腫大した腫瘍が破裂して生じた急性の激痛、または腹水の貯留による腹部膨満、のどちらかで発見されるが、他の疾患で手術を行った際に発見されることもある。

予後因子としては腫瘍の径と組織型が重要で、十㎝未満で完全切除できた場合は予後良好である。逆に巨大で、腹腔内に転移や広範囲の播種《はしゅ》をきたしている場合は予後不良な事もある。

治療の原則は片側（病側）の附属器切除（卵巣と卵管の切除）、腹腔内精査、後腹膜リンパ節腫大部分の切除であるが、進行している場合は化学療法を追加する。ＢＥＰ療法（ブレオマイシン＋エトポシド＋シスプラチン）がファーストチョイスの主流。最近発売されたカルトミンの有効率は非常に高いが、健康保険の適用外である。

化学療法を行うにあたっては、挙児の希望がある人に対して、化学療法による正常卵細胞への影響を避けるため、一時的に正常卵巣を摘出し凍結保存して病気が治ってから体内に戻す妊孕性温存の方法が施行される場合もある。

再発例には自家骨髄移植や末梢血幹細胞移植下での大量化学療法が行われる。そのレジメは……

ここまで、速読で内容を理解することに精一杯だったが、治療法の項を読むにつれ、急に夏実が可哀相になって来た。あの細い小さな体で、雄太でも怖い治療を受けている姿を想像すると、夏実への愛《いとお》しさが一層募ってくる。何としてでも治って欲しい。自由診療棟に入院しているのは、保険適用のないカルトミンという薬を使用しているからだろうと、これにも雄太は確信を持った。

――カルトミン!!　頼むから効いてくれ。夏実さんの身体を蝕む癌細胞を完全に死滅させ、元気な身体に戻して下さい。お願いします!!

いつの間にか、雄太は座ったまま両手を胸の前で組み、頭を垂れていた。祈る相手は神でも仏でもない。運命という人の巡り合わせを司る時と世の流れに、心を込めて祈りを捧げ続けた。

第六章　三者の契り

1

結城とマイクが京都駅に降り立った時、ホームには思わず身震いする冷たい風が吹き付けていた。

厚手のオーバーコートを着て、「結城さん」と手を振る柿沢がステッキを突き右足を引き摺りながら近づいてくる。

「ようこそ京都へ‼　そう遠くない所でゆっくり話せる京料理の店を予約してますので、タクシーで行きましょう」

「わざわざ迎えに来て下さってありがとうございます」と、結城は頭を下げ、「こちらがお話ししたAMI日本支社長の会田さんです」とマイクを紹介した。

「会田です。どうぞ宜しく」とマイクは左手を出し握手を求め、にこやかに応じる柿沢に、

「マイクと呼んで下さい。ビジネスマンとしてはアメリカで育ったようなものですから……」と言いながら、お辞儀も忘れなかった。

柿沢の歩調に合わせ、三人は下りエスカレーターに向かってゆっくり歩いた。

「そうですか、アメリカに長くいらしたんですか……」

そういえば背広の着こなしや話し振りにいかにもアメリカ人という雰囲気を持っている、と柿沢は思った。

「十一月というのに真冬並みで、今年は寒いんですよ。さあ、行きましょう」


祇園にある老舗の料理屋の一室、柿沢がそう頼んであったので、料理は時間を掛けてゆっくり出てくる。三人ともこの会合の重要性を意識して、酒の量は控えめだ。

柿沢が京料理の講釈を一段落させた後、次はビジネスのあり様について日米の違いが話題になった。

「アメリカではこんな会合にも奥様を同伴されるんですか？」と柿沢が訊くと、マイクは箸を置いて生真面目に答えた。

「それはミーティングの目的や内容によります。重要な話の時はワイフは連れて行きません。それより、ビジネスの話は朝食や昼食を摂りながらの方が多いですね。夜は家族で、というのが普通です」

「日本ではこんな機会を重要なビジネスの交渉に利用するんですよ」と柿沢が日本酒を注ぎながら言う。それを受けて、

「もちろん、アメリカでも様々な機会をビジネスに利用することはあります。それはどこも同じでし

ょう。でも、日本のビジネスは人間関係を大切にしますから、日頃からの付き合いの重みがアメリカとは違いますね」

とマイクが答える。

結城は旬の素材を使った伝統の京料理に舌鼓を打ちながら、「これはうまい」を繰り返す。料理が進む中、柿沢は二人が京都までやって来た本当の目的を測り兼ねていた。その腹を探るつもりで、

「結城さん、自由診療病院はうまくいってますか」と話を振った。

和やかそうであっても、柿沢の顔にはどこか緊張感が覗く。この会合の話を持ち掛けられた時以来、柿沢は、結城がラグビー部の後輩であっても、君付けで呼べる関係でなくなっていることを意識している。結城は、合鴨と野菜の煮付け料理を平らげたところで、ぐいっとお猪口の酒を飲み干してから、いつもの抑揚のない口調で答えた。

「今のところ、そう順調とは言えませんね」

「へえ、政府の肝煎りで結城さんを院長に据えたサンフラワー病院がですか?」

柿沢の方は驚きの表情をみせた。

「柿沢社長も広い意味で医療関係者ですから、今度の政府の方針はご存知ですよね」

「いやー、どこまで正しく把握しているか自信はありませんが」

顔を引き締めて結城が話し始めた。

「強制加入の公的保険による医療と、民間の医療保険を利用した自由診療を両立させることは、そう

容易ではありません。今問題になっているのは、その境をどの辺りに持ってくるかなんです。世界に誇る国民皆保険の制度を維持しつつ、際限なく進む医療の高度化と医療費の高騰にも対応すること、これが主眼の医療改革ですが、要するに、ある程度の所得のある人には民間の保険にも加入してもらって、高額な医療費の一部をそちらで賄ってもらおうとする政策なんです」

「我が社でも調査しましたが、シンガポールの制度が一つのモデルのようですね」

とマイクが続いた。

「全く同じではありませんが、考え方の一部は似ています」

と言って、鰤の粗《あら》の吸い物を啜る結城に、

「おたくの病院でうまくゆかない、というのはどうしてなんですか？」

と柿沢は率直に訊いた。早く本題に近づきたい。

「医者という人種は扱いが難しいんですよ。だいぶ前の厚生大臣が言ってましたが、医者はお札で頬っぺたを引っ叩《ぱた》いても動かないって……。お医者さんだから患者のことを考え診療するのは当然で、それは良いことなんですが、そのための医療費はどこかから自然に湧いてくると思っているんですよ」

言葉はシビアだが話し振りに棘《とげ》がないので、柿沢はそのまま納得し、相槌を打つ。

「結城さんでも、部下にコントロールできない医者がいるんですね」

「うちの病院にもカチカチのお医者さんが数人居ますね。診療の腕はいいんですが全体が見えていない」

結城がこんな風に遠回しに話を持っていく内に料理も出尽くし、ご飯が出て来た。宴が始まって二時間経ったこの時を見計らったように、結城は姿勢を直してから、本題を切り出した。

柿沢も結城の動きを見て身構えた。わざわざ京都までやって来たのだから、話は自社が販売している医薬品のこと、しかも軽々と論じられない内容であることは推察がついている。その話には、もちろん、真剣に取り合うつもりでいた。

「柿沢社長は、カルトミンの保険適用を取る気はないのですか？」

予想外の話であったが、柿沢が返答に迷うことはなかった。箸を置き温顔を引き締めて答えた。

「それは……、今は考えていません。何故かを一言でいえば、健康保険への収載の基準が厳しくなったからです。臨床試験の成績を提出するために必要な症例数を桁違いに増やされました。その試験を実施するための費用もかなり高額になりますし……」

「コストの問題がネックですか？」

とマイクが訊くと、

「それと、もう一つは症例を集めるために年月が掛かることですね。この二つが、今、新薬の保険収載の大きな障壁になっています。お金の方も、開発費用は当然のこと、薬事承認を得るためだけにも既に多額の出資をしていますからね。これから病院で使っていただいて、やっと開発コストの回収ができそうになって来たところですから、正直言って臨床試験を大きく広げる余裕がないんです」

柿沢はこれで断ったつもりだった。が、

「保険収載のハードルが高くなったことは私達も知っています。ですから、ただお願いに来ただけではありません」

と結城が言うと、

「それなりの戦略を用意して、ご相談に出向いたんですよ」

とマイクが続けた。

「……ちょっと待って下さい。これは我が社にとって大変に重要な薬品販売の方針に関わりますね……」

柿沢は困惑した体で少し考えて、

「この後、もう一軒行きましょう。そこで話を詳しくお聞きします」

と持ち出し、二人の返事を待たずに、仲居を呼んで電話を掛けさせた。

「いやあー、おいしかったですね。すっかり御馳走になってしまって……、そんなつもりはなかったんですが……」

と、会計を済ませて玄関口に出て来た柿沢に結城が礼を言う。

「とんでもない。さあ、次に行きましょう」

と柿沢が歩き出した時、

「結城院長じゃありませんか？」と言う声が聞こえた。

洛西大学産婦人科の大西教授だ。

「あー、大西先生でしたか。藤林先生も御一緒で」

結城は病院長に就任して以来、関係する診療科の会合や講演会などには可能な限り出席し、各科の著名人などに顔を売る努力をして来た。婦人科癌の権威である大西教授とは、先月、ある会で言葉を交わしたばかりだった。

結城は、それぞれを紹介して、めいめいが名刺を交換し合う間に、聞こえよがしに大西と話し出した。

「柿沢社長は驚異の抗癌薬と言われているカルトミンの開発者ですよ」

「そうでしたか……。カルトミンは富沢新薬でしたね」

「洛西大学病院でも、自由診療ではカルトミンを使ってるでしょう?」

「もちろんです。長い間癌治療に携わって来ましたが、あんなに切れ味の良い薬は初めてです」

「柿沢社長の前だからという訳ではありませんが、どんどん使って下さい。自由病院協会からも推奨することになりますし」

偶然ではあったが、結城がうまく運んだこの会話に、柿沢の頬が緩まないはずはなかった。

祇園には五十軒を超す数のお茶屋さんがある。風が強い中を歩いて角を二つ曲がり、一軒の麻暖簾《のれん》を潜った。

この茶屋も株式会社だと聞き、病院もいずれそうなると結城は思った。

「柿沢はん、ほんま久し振りやわ!」

と、出迎えた女将に、「少しだけ三人にしてくれ」と柿沢は言った。

三人が通されたのは八畳ほどの小間で、真ん中に掘炬燵《ほりごたつ》が設えてある。足を入れると身体全体が暖まり、心も休まる気がする。女将がビールと乾き物だけを運んで来た。

「さあ、まずあの話を片付けましょう」

と柿沢が切り出したので、結城が続きを話す。

「大西教授との話も聞かれたと思いますが、カルトミンは臨床医の評判もいいですし、私達が協力すれば治験データも比較的早く揃えることが可能だと考えています」

「そうは言っても、今回の改正後は薬事審議会（薬事・食品衛生審議会、薬事分科会）が何だかんだと難癖を付けて、なかなか通してくれなくなったと聞いていますが」

持ち上げられて上機嫌の柿沢だが、この件では慎重な姿勢を崩さない。

「そこなんですよ。結城参与は顔が広いんです。今の内閣にも発言力がありますし、全国自由診療病院協会の会長でもいらっしゃる。様々な角度からバックアップしてくれます。何より、多種類の癌に対して、全国レベルで症例を集める力をお持ちなんですよ」

ＡＭＩ社での会談後、マイクは営業部長から、社長室での結城の言葉が真実であることの報告を受け取っていた。そして、結城への信頼は相当に固まっている。

柿沢は芯から不思議そうな顔で結城を見た。そしてビールを一口飲んでから訊いた。

「自由診療病院の院長がどうしてカルトミンの保険適用にそこまで力を入れるのか、私には分かりませんが……」

「私達の病院経営に直接響くことではありません。ですが、医療改革を推進する立場からは、民間の医療保険会社を育て、多くの国民がそれに加入する状況を創りだすことも大事で……」

結城が答える途中で、マイクが続ける。

「国民医療費の一部を民間保険で賄おうとするのが今回の改革ですが、それがあまりに急激に、しかも多くの部分をとなると、つまり高額の治療薬はすべて自由診療で、ということでは保険料が高くなり過ぎ、我々のような民間保険会社は手を引かざるを得なくなりますからね。結城さん達が中心となって進めている新しい制度が頓挫してしまう恐れがあるのです」

結城は感情を顔に出さず、ただ頷く。

が、柿沢はなおも慎重である。

「にしても、臨床試験にかかる莫大な費用をどう捻出するか……？　これを解決しないと……」

このタイミングとばかりに、マイクが顔を突き出し、両手を炬燵台の上について言った。

「大変に僭越ですが、お金のことなら我が社がお手伝いできないこともありませんが」

柿沢はマイクの顔を凝視してから、

「保険会社さんがそこまでとは……」と驚嘆の表情を示した。

「御社の方は、売れる数が同じなら健康保険で支払ってもらおうが、民間の医療保険会社が支払おうが、収入はそう変わらないのでしょうが、我が社にとってはカルトミンのような高額の医薬品の支払い、それに加えて入院費などもすべてがこちらに回ってくることは営業収支上大きなマイナス要因なのです。こちらが支払えなければ、病院も大変です」

とマイクは露骨に本音を口にした。

続いて結城が言う。

「改正された薬事法の下《もと》では、自由診療と保険診療で、薬価にそれほど大きな差は付かないのです。自由診療でも医薬品の価格は中医協で決められているでしょう。保険適用となった場合は、その八割になるよう調整されることを前提としているのです」

と、医療改革の政策そのものに関与している結城が、今度は諭すかのような口振りになった。

「いいですか、保険適用になったら薬価は少し下がりますが、カルトミンの売り上げは二倍どころではない。数倍にも跳ね上がりますよ。抗癌作用は圧倒的に他薬品を上回ると専門医が言っています。しかも、多種類の悪性腫瘍に対してです。癌患者の多くが使って欲しいと思っているのです。ただ、保険適用になってないので、お金のある人以外はその恩恵に与れないというのが現状なのです」

柿沢はコップのビールを飲み干し、思案に耽り始めた。その間、結城とマイクはビールを注ぎ合い、柿沢の次の言葉を待った。「会社に持ち帰って検討」とは言わせたくなかった。

柿沢の返事がなかなか出てこないので、結城がさらに踏み込んだ。

「早い内に多く売らないと、ジェネリックにやられますよ。それこそ開発費の元も取れないでしょう。それより、カルトミンはすべての癌患者に恩恵をもたらす薬なんです。そのための御社の努力は会社の利益だけではなく、社会貢献でもあるのですよ。患者のためなんです、柿沢社長!!」

珍しく、結城の口調が強まっていた。

「結城参与との繋がりは、御社にとって今後も大きな力になりますよ」とマイクが誘引の言葉をぶつける。

じっと聞いている柿沢、

――我が社にとって何かデメリットはあるか……？

……、ついに決断した。

「了解しました。貴方がたを信用し、多くの癌患者のために本件を必ず成功させましょう」

と言うと、炬燵の上に置かれたベルを押した。結城とマイクが声を出す間もなく、襖が開いて三人の若い芸妓が現われた。黒を基調とした着物に日本髪を結い、白粉と紅で顔をよそおった三人は「小菊です」「綾乃です」「里美です」と名乗る。

柔《にこ》やかに迎える柿沢の携帯に着信があった。

「ちょっと失礼」と言って、電話に出た柿沢は「吉竹か！　今日は大事な会合だと言っただろう。我が社にとって特別な日だ。明日にしてくれ」と言って電話を切った。

――もし、彼らの言うように臨床試験にかかる経費も融資してくれ、試験の対象となる症例の確保にも協力してくれるのであれば、カルトミンを保険収載に持ち込むことは可能だ……。そうなれば、カルトミンの売り上げは三倍、四倍に増えるだろう。我が社の経常収支が著しく好転することは間違いない。しかし、彼らの狙いは何だ？　ＡＭＩ社は自由病院への支払いが減り収益が改善する。癌患者の入院費などもすべて公的健康保険に廻るからな……。だが、結城院長は何を考えているんだ？

このことは今回の医療制度改革の成否にそれほど強い影響を及ぼすことなのか……？

2

よく晴れた午後、二人は井の頭公園を散歩していた。日曜日のこの時間、池を囲う遊歩道は子供連れの家族や若者達で賑わい、楽しげな話し声が飛び交う。十一月になって日中の気温が急に下がり始めた。雄太は黒いニットのカーディガンを羽織り、夏実はベージュのセーターを着ていた。セーターの裾回りに赤い毛糸の小さな花柄が並んで織り込まれていて、おしゃれなアクセントになっている。袖が長目で手の甲まで覆っているのをみて、雄太は夏実の身体が縮んでしまったように感じた。

「あっ！　あのベンチ、また空《あ》いている」と夏実が指差した。池の畔《ほとり》の他のベンチには人が居て、空いているのはこの前座ったベンチだけだった。

「誰かが、僕達のためにリザーブしてくれていたのかな？」

と雄太が言うと、夏実はにこっと、今日初めての笑顔を見せた。

「きっとそうだわ。せっかくだから座りましょう」

と先に歩を進め、前と同じ側に座った。

「ねえ、私の病気が何か、知ってるんでしょう？　ゴメンナサイ、知られたくなかったので、あんなメールを美樹に頼んで……」

夏実は真っ直ぐ前を見たまま話した。

「そんなこと謝るなよ、あの時はどうなっているのかと思ったけど……、退院もできたし、こうしてまた会えたし……。そのうちどんどん元気が戻ってくるよ」

雄太はさりげなく夏実の顔に視線を向けた。

頬がそげて入院前より顔が細くなっている。その分、瞳の輝きが引き立ち魅惑的な顔立ちにも見えるが、病気を知る雄太にはいたわしく感じられる。

夏実は今度が四回目の入院だった。点滴をするために三週間ごとに五〜六日の入院を繰り返している。

「私ね、最初太ったのかと思ったの。だんだんお腹が大きくなって、スカートのウェストが合わなくなっちゃって……。そのうち、時々しくしくと痛み出したの。私、お母さんいないでしょ。お父さんには何か話しづらくて、しばらくそのままにしてたのね。でも、美樹ちゃんが絶対おかしいからって、お父さんに黙って近くの内科にかかったの。そしたら、直ぐに婦人科へ行けって言われて、榎原先生に診てもらうことになったのよ。聞いてる？　柊君」

「聞いてるよ。そして手術したの？」

ガールフレンドの病気の詳しい話など聞きたくないのが普通かも知れないが、雄太の好奇心は何に対しても並外れて強い。殊に、夏実の病気に関してはインターネットで調べたこともあり、むしろ詳しく知りたい気持ちの方が強かった。

「そう、卵巣の腫瘍だって。すぐ手術しなくてはダメと言われて——、その時はお父さんも一緒だったんだけど、お父さんの方がびっくりして口がきけなくなっちゃって、私が、よろしくお願いしますって同意書にサインしたのよ」

「へえー、君はしっかりしてるんだ。手術は怖くなかった？」

「全然！　だって今時手術で死ぬ人なんかいないでしょう。心臓の手術とかじゃないんだから」

「そうでもないよ。お母さんは手術は何が起こるか分からないから、執刀する方はどんな手術でも緊張するって言ってるよ。君の場合は無事でよかったけど……」

「でもね、手術が終わって後から説明を受けたら、私のは悪性の腫瘍で、腫瘍の塊は取れたけど、お腹の中のいろんな所に小さな転移が沢山あったんだって……。そしてお腹が膨らんでいたのは腹水が五リットルも溜まっていたからなんだって」

　夏実は、遠い過去のことで、しかもまるで日常のありふれたことのように話し、命に関わる重大な事態を述懐している風ではなかった。

「後から聞いたんだけど、お父さんには癌の可能性が高い、と話していたって。だけど私にはただ腫瘍としか言ってくれなかったわ」

「本人には悪性だって言わないものなのかな……。今度お母さんに訊いてみるよ」

「もう、そんなことどうでもいいのよ」

　こういうところ、夏実はさっぱりしている。

「それで、手術の後、お腹に残った沢山の小さい癌のつぶみたいなのを薬で治すという話があって……」

「それ、腹膜播種っていって、卵巣の癌ではよくできるんだって」

「ほんと!!　柊君は物知りね。私の病気のことまで、私よりよく知ってる……」

「ネットで調べたんだ。君が心配だったから……」

雄太は少し顔を赤らめた。

「……そして、どの薬を使うかって話になった時に、榎原先生が一年前に新しく発売された凄く良く効く薬があるので、それにしようって言ったの。ただそれは高い薬でしかも保険が効かないので、すべて自費になるけどどうしましょうかって父親に相談したらしいの。でも、お父さんがちゃんと別の医療保険に入っていてくれたので、自由診療棟に移ったの。キレイな部屋だったでしょ?!」

夏実はおしゃべりな方ではない。なのに、こんなに一人で話し続けるのは、病気のことをすべて話しておきたいのかな、と雄太は思った。少なくとも信用だけは得られているようだ。

「あと、何回点滴するの?」

「あと一回で終わりだって、三週間後!」

「それでお腹の中の播種は治ったの?」

「うん、榎原先生は、三回目の点滴のあと、完全になくなったはずだって言ってたわ。マーカーとかいう検査も全く正常なんだけど、完全に大丈夫にするためにその後二回点滴を追加するんだって。そしてその一回が終わった」

「良かった。あと一回で治療も終わる。そしたらその後は普通にやってゆけるね。でも抗癌薬の点滴って、やっぱり大変なんだ。君の身体、小さくなったような気がする」

雄太はそう言って、夏実の肩を抱いた。

「小さくなった? 柊君も非科学的なこと言うのね。柊君って、おもしろい! 最初の時、私がいつも同じ色のスカートを穿いていると思っていたし……」

と言いながら、夏実が濃いグリーンのスカートを両手で少し持ち上げた。

その時、「うっ！」と小さな声を出して、顔を顰《しか》めたので、雄太はびっくりし、「どうしたの？　大丈夫」と両腕を摑んで尋ねた。

夏実はしばらく俯《うつむ》いていたが、やがて顔を上げ、

「大丈夫よ。でもね、時々胸が苦しくなるの。不整脈のせいじゃないかって榎原先生は言ってたけど……」

「抗癌薬の副作用かな……？」

「そうだろうって。でも日本中でたくさんの人に使っているけど、不整脈がひどくなって大きな問題になったことはないから心配いらないって、言ってた。それに点滴は次が最後だから、そのあとは自然に治るだろうって」

夏実は自分に言い聞かすように話す。

「指のしびれも薬の副作用なんだ……それも治ったの？」

雄太が訊くと、

「それは入院中とあまり変わらない。指先は痺れたままよ」

と両手の指を雄太の前に差し出した。

雄太が「どっちが先」と訊く。

左手をひっこめたので、残った夏実の右手を両手で包んで優しく摩《さす》り揉んであげた。

手を入れ換え入れ換え同じことをしていると、俄《にわか》に空の色が変わり始め、まだ三時だというのに公

園全体が灰色の帳《とばり》に包み込まれてゆく。

　夏実は気持良さそうに目を瞑っている。

「小手川さん！　見て、空の色が変だよ」

「……」

　眠っているのか？　いや、違う!!

「小手川さん!!　夏実さん!!」と両肩を抱いて揺すったが、夏実は目を閉じたまま、頭を前に垂らしてきた。雄太の手に上半身の重みが掛かってくる。そのまま前方に倒れそうだ。

　雄太は両手に力を込め、夏実の身体を支えてもう一度呼び掛けた。

「小手川さん!!　小手川さん!!」

　完全に意識をなくしている。まさか、そんなことは……、雄太は鼻口に手を当ててみた。

　微かに空気が流れるのを感じる。

「誰か救急車を呼んで下さい!!」と道に向かって大声を発した。

　通りすがりの人達がこちらに目を向け、そのうちの何人かが携帯を取り出して一一九番を押してくれたようだ。

　雄太は、夏実の身体を揺すり、声を大きくして呼び掛け続けた。

「小手川さん、小手川さん!!」

「どうしたんですか？」と一組の若い男女が寄って来てくれた。

「急に意識がなくなってしまったんです」

夏実の様相を見て、「大変だ!!　直ぐ一一九番を」と男が連れの女に言う。女はバッグからスマホを取り出した。雄太は「もう誰か電話してくれたようです」と言おうとしたが、何人掛けても良い、その方が早く来てくれるかも知れない、と思い直し「すみません」と言った。その時、夏実を横に寝かせた方が良いと気付いた。

「手伝ってくれませんか?!」

雄太が頭と背中を持ち、男が腰と尻を、女が脚を抱えて道端まで運び、草の上に夏実を寝かせた。二人に頭を下げた後、雄太は手首の脈を取ってみた。打っているのかいないのか、全く分からない。雄太は冷静だった。素人に脈は分からない、と即座に察した。再び鼻口に手を当てると、温かい息が微かに掌《てのひら》に伝わってくる。

いつの間にか周りに人集《ひとだか》りができていた。

騒めきのなか、遠くから聞こえるのは救急車のサイレンか……?　そうだ。しだいに大きく高くなってくる。

「救急車はここまで入ってこられますか?」と男が訊いた。

「ほら、あっちから……」

と、女が西の方向を指差すと、聞き慣れた救急車の警報音がどんどん近づいてくる。救急車は木立の間に姿を見せたかと思うと、あっという間に目の前に来て止まった。ヘルメットを被った救急隊員が一人飛び出してきて、夏実に駆け寄り、

「この人ですか?」と訊いた。

「はい、さっき急に意識を失ったんです」と雄太が答える。

救急隊員は胸のポケットからペンライトを出し、夏実の瞼を指で開け光を目に当てた。両目で同じことを確認すると、持って来た救急バッグから聴診器を取り出してセーターの裾から内に入れ、心音と呼吸音を聴きながら何やらぶつぶつと呟いている。そこに二人の救急隊員がストレッチャーを押して来た。

「急ごう！」と先に来ていた救急隊員が言い、三人で夏実をストレッチャーに乗せて運び、そのまま後方から救急車に滑り込ませた。隊員の一人から「君が一緒だったの？」と尋ねられ、

「はい、僕の友達です」と答えると、

「何かこの娘の所持品とかない？」と訊かれた。

——そう言えば手提げの小さなバッグを持っていたはずだ……

急いで池の方に行ってみると、探すまでもなくベンチの前に夏実のバッグが転がっていた。雄太はそれを拾い上げて走って戻り救急車に乗り込んだ。

「君はダメだ」と言われるかと思ったが、救急隊員も同乗させるつもりでいたようだった。

救急車がサイレンを発し動き出すと直ぐに、ストレッチャーの傍らに座った雄太に救急隊員が訊いて来た。

「この人の自宅の電話番号は……？」

「自宅ですか……？　いつもメールかスマホで連絡を取っているので……」

「じゃあ、この娘の掛かり付けの病院とかがあったら教えてくれる？　近くならそこが一番いいんだ

けど……」

「サンフラワー……」と即答しかけたが、「ちょっと待って下さい!!」と返答を中断した。

「僕の母は大学病院の医者なんです。彼女の病気のことも知ってますから訊いてみます」と言って家に電話を入れた。呼び出し音は鳴っているが……

――昼に出掛けた時は家に居た……。お母さん、出て……

奈智は近所に買い物に行って帰ったばかりだった。

「もしもし、お母さん……」

雄太はここまでの経過をかいつまんで説明した。

奈智の意見は、城南大学病院に搬送してもらうのが良い、であった。心臓か中枢神経（脳）に問題があると思われるので、先端的な検査や高度な治療が必要となる可能性があるから、とのことだった。

その間、救急隊員の一人が消防庁コントロール室の医師と連絡を取り、指示を受けて、プラスティックのマスクを夏実の顔に宛《あて》がい、血圧を計り、腕の静脈に点滴の針を入れた。次に、セーターを脱がせ下着も取って心電図の電極を胸に付けた。「ピッ、ピッ、ピッ、……」と、心電計から規則的な電子音が聞こえ始める。

雄太が「城南大学病院に行って下さい」と言うと、

「そこは遠いなー。近くで三次救急をやっている所に……」と返って来た。別の隊員がモニター画面で救急指定病院を検索して、「さっき君がいったサンフラワー病院が受けてくれれば、そこが一番近い」と言い、病院と連絡を取り始めた。救急隊員の一人は夏実にくっついたまま、電話でコントロール室の医師に何か尋ねているようだ。救急車は公園を出て井の頭通りに入ったところで、サイレンを鳴らしながら疾走している。

別の隊員が、医師が行う問診のように、夏実が倒れた状況を尋ねて来たが、この時、雄太の気力はもう限界に達していた。気が遠くなりそうで、質問に答えられないどころか、自分が前に倒れ込まないで座っているのがやっとだった。

その時だ。

突然、心電図の電子音のリズムが乱れ、次の瞬間には一段と高く平坦な電子警報音が鳴り響いた。夏実に付いていた救急隊員が「ＡＥＤ!!」と叫んだ。

ＡＥＤが〝自動体外式除細動器〞であることを雄太は知らない。

だが、自分に質問をしていた隊員が、慌てて立ち上がり、棚から何か機械の入った箱を取り出して夏実の傍に置くのを見て、「心臓が止まったんだ」と直感した。

反射的に上半身を上に伸ばした雄太だったが、怖くて救急隊員の行動を見ていることができない。瞼に力を入れて目を瞑り、両手で耳を塞いだ。何も考えられない。真っ白になった頭をただ下に向けて、時が経つのを待つしかなかった。

隊員は箱から電極のパッドを二枚取り出し、一枚を右胸部上方に、一枚を左胸部の下方に貼り付けた。次に電流のスイッチを押す。電流が流れた瞬間、夏実の全身の筋肉がピクピクと痙攣した。その夏実の上に別の隊員が飛び乗って胸骨圧迫（心臓マッサージ）を始めた。もう一人の隊員はアンビューバック（人工呼吸の器具）で鼻と口をふさぎ、夏実の肺に酸素を送り込む。

三十秒ほど経ってから、夏実に跨《またが》った隊員が手を止め、心電図モニターに目を遣った。と同時に「ピッ、ピッ、ピッ、……」と心電音が鳴り始め、その電子音は塞いだ指の間を擦り抜け、雄太の鼓膜にも届いた。

——生き返ったのか……？

でも、まだ目を開ける気にはならない。

「自発呼吸でています……」

「はい!! 先生、……ボスミン……、ですね。分かりました」

「点滴速度は……？」

電子音が規則正しく聞こえ続ける間から、隊員たちの声が漏れ聞こえてくる。消防庁コントロール室の医師の指示を訊いているらしい。

「60拍は打ってます」

「血圧、70ありますが……はい、分かりました、ボスミン点滴早くします」

「……」

「ラリンゲルマスク（気道を確保するための器具）ですか……？ 呼吸はしっかりしているようですが……。今は必要ないと……」

＊

救急車がサンフラワー病院の救急部入口に到着した時、雄太はもう一度気力を振り絞った。

――僕がしっかりしなければ……

救急隊員が、点滴ボトルをぶら下げたストレッチャーを押す。毛布を掛けられた夏実が受付の前まで運ばれた。隊員は意外に落ち着いて事務員と話している。何とか一命は取りとめたようだ。しかしまだ意識の戻らない夏実の傍に立って、ふと周りを見ると、何だか薄暗く、壁の色が白茶けていて、雄太はサンフラワーとは違う病院のように感じた。

――あっ！　ここは保険診療棟だ！

救急隊員に駆け寄り、思わず言った。ここには厭な思い出がある。

「小手川さんが掛かっているのは自由診療棟で、ここではなく、隣のキレイな病棟の方です」

隊員と一緒に行って事務員にそう話すと、「診察券ありませんか？」と言う。

隊員がストレッチャーに載せて来た夏実のバッグを持って来て、雄太に「君なら開けてもいいだろう」と手渡した。

雄太は言われた通りバッグのチャックを開いた。直ぐに定期入れが見つかったので、それを手に取ったが、その時、下にある若草色の封筒が目に入った。表紙に「未来の私へ」と書いてある。

定期入れの中から黄色い横線の入った診察券を取り出して隊員に渡した後、雄太はじっとバッグの中の封筒を見詰めていた。

――何が書いてあるんだろう……？

封筒を開けてみたい衝動にかられたが、それはしてはならない、と思い止まった。

「君、隣に移ることになったよ、そのバッグはもう仕舞いなさい!!」

救急隊員の声で我に返った雄太は、バッグをストレッチャーに載せ、一緒に隣の建物へと急いだ。

自由診療棟の救急部は循環器の専門医が当直をしている。自由診療を受ける患者は高額の保険適用外医薬品を必要とする場合が多く、薬剤の種類では循環器病薬か抗癌薬が圧倒的多数を占める。そのため、入院患者の過半数は癌か循環器病である。

救急部の当直医は隊員から話を聞くと、ストレッチャーを直ちにCCU（心臓集中治療室）に向かわせた。雄太はCCUの前までついて行ったが、中へは入れてもらえず、廊下の長椅子に腰掛けて待つことになった。

——ついさっきまで何ともなく僕と話していたのに……

夏実の身体に何が起こったのか、頭を巡らせてみた。しかし、雄太の知識では推理の入口で思考が止まってしまう。とにかく、今は自分で息をしている。薬が効いたのだろう、心臓も普通に打っているようだ。ぼおーっと、今日の出来事を思い起こしていると、急に「未来の私へ」が気になり出した。

——何が書いてあるのだろう。将来読み返してみるために病気と闘う今の心境を書き残しているのだろうか？　それとも自分の未来を予想しているのか……？

そんなことを考えながら一分ほど経った時、CCUのドアが開いて、救急隊員が空《から》のストレッチャーを押して出て来た。立ち上がって近寄り、

「小手川さんは大丈夫ですか？」と訊いたが、隊員達は、

「私達には何とも言えません。後で先生が話してくれるでしょう」

「君は御苦労だったね」

と言って、仕事を終えた安堵感を背中に漂わせ、ゆっくりとした足取りで帰って行く。雄太は長椅子に座り直してみたが、落ち着けるはずがない。立ち上がって、そのまま〝CCU〟と表示された大きくて頑丈そうな扉を見詰め、開くのを待った。

しばらくそうしていると、廊下の奥から足音が聞こえて来た。

白衣を着た背の高い男が大股で近づいてくる。

「榎原先生！」思わず大きな声を出してしまった。

「お母さんから電話をもらってね。車で二十分の所に住んでいるんで……」とだけ言って、榎原はそのままCCUに向かった。扉の脇にある受信器にカードを当て、観音開きのドアを開けて中に入って行く。後ろからついて行って覗き見ると、中にはベッドがいくつもあり、患者達は大型の医療機器に守られているような安心感も覚えるが、機器類が発する心拍動の電子音と圧縮空気の放出音が交錯し、独特の緊迫感も伝わって来る。

ドアが閉まった後、雄太が廊下をうろうろと歩きまわっていると「柊君」と、声が聞こえた。振り返ると、小走りで近づいて来たのは夏実の父親の利男だった。病院の診療録に連絡先が記されてあったのだろう。

軽く会釈すると、「夏実はどうですか？」と息を切らせながら尋ねられ、雄太は、倒れた時の様子や、今専門医が診てくれていて、受け持ちの榎原先生も来てくれたことなどを話した。心臓が一度止まったことについては、雄太には本当にそうだったのか確信がなかったので何も言わなかった。

利男は、「柊君、いろいろ迷惑を掛けてすみません」と言った後、CCUの扉の前に立ったまま、

「退院して間がないし、寒くもなって来ていたので外に出るのは心配していたんだが、夏実も言い出したら聞かないから……」とぶつぶつ独語している。

雄太は自分にも責任がある、とこの時初めて感じ、そのことを口に出すタイミングを計っているところに三人目の来院者が現われた。

「雄太！」と声を出した途端、隣の利男の存在に気付き、髪を直しワンピースの腰の辺りを引っ張ったりして身繕いを整え直した。利男もジャケットのボタンを留めて待ち構えた。間合が詰まると二人は同時に深く頭を下げ合い、自己紹介し挨拶を交わした。その後も立ったまま何か会話を続けている。

その光景は雄太をほっとさせた。夏実との仲を両方の親が公然と認め合う状況になったのである。夏実の容態が回復しなければ、それどころではないのだが。

奈智は、二人が城南大学病院に行っていると思い、先に大学に電話を入れたのだった。そんな連絡はないと言われ、消防庁に問い合わせてここに搬送されたことを知った。それから榎原に電話をして夏実の様子を知らせ、自分も駆け付けて来たのだ。

奈智と利男が話しながら、何度も頭を下げ合っていると、ＣＣＵの扉が開き、榎原と当直医が出て来た。

榎原は「大丈夫です」と安心させる一言を発してから、循環器内科の渡辺《わたなべ》医師を紹介した。

「渡辺先生が小手川さんの病状について説明してくれますので、お父さんはあちらの談話室に行って下さい」

雄太はまた置いてきぼりだ。

「さあ、こちらへ」と渡辺が利男を連れて行くと、自分も後から行くからということらしい目配せを渡辺に送った榎原は、奈智と話し始めた。

「久し振りですね。雄太君も大きくなって……。先生の大学での活躍、聞いていますよ」

「とんでもない。それより、すみません、お休みの日にでて来ていただいて……。此度は雄太が先生のお世話になって、何とお礼を言ってよいか……」

「それにしても、こんな偶然があるんですね。相当低い確率ですよ、私が雄太君のガールフレンドの受持ち医になるなんて」

「先生のお子さんは……、もう十二～三歳でしょう？」

「ええ、中学に入りました。元気に育ってます。あの時は母子共にダメかと思いましたけどね。家内も元気にやってます……」

何事もないように会話を続けているのは、夏実の状態が悪くないからに決まっているし、医者というのは病気の人を見慣れているので、今の状態が彼らにとって特別なものでないことも理解できる。とはいえ、自分の気持をあまりにも軽視した二人の態度に憤りを感じると共に、夏実の病状をいつまでも説明してくれないことに痺れを切らし、雄太は大声を発した。

「榎原先生!!　小手川さんの状態はどうなんですか?!」

3

久し振りのお茶屋で三者の契りを交わした柿沢は帰宅した後も上機嫌だった。

「佐知江!!　この前の日本酒、残ってなかったか？」と、まだ飲むつもりだ。

佐知江は水の入ったコップと薬を盆に載せて入って来た。

「大分、飲まれたんでしょう?!　今日はもう終わりにして……。はい、薬を忘れないで服《の》んで下さい」

柿沢は会社が傾いた時、心を病んだと共に心身のストレスから高血圧を発症した。時々不整脈が出る。精神安定剤も飲み続けている。佐知江への話し振りは相変わらずだが、以前と比べれば彼女の言うことをよく聞くようになった。

「そこに置いてくれ」

柿沢は酒の代わりに薬を服んで、ソファーに深く腰を沈めた。何かあるたびに八年前を思い出す。

大手の製薬会社は今も収益を伸ばしている。高額の新薬で利益を上げ、それを次の薬の開発に回すという好循環が鉄の鎖のように強固に形成されているのだ。利益の出る薬品を多数保有しているので、一つや二つに問題が生じても会社全体に及ぶ影響は大きくない。対照的なのが中小の製薬会社である。利益を産む薬品は限られていて、それが転ぶと即座に会社は経営困難に陥るのだ。富沢新薬の現在のエースは言うまでもなくカルトミンだ。

――吉竹は大したものだ……。彼がいなければ、会社は間違いなく潰れていた。それにしても、この勢いは何だ。時流に乗るとは正にこのことか?!　私にとっては二回目になるが……。それにしても、保険会社や自由診療病院協会までが会社の後ろ盾になってくれるとは……、人生とは運だな……

いつの間にか眠り込んでしまったようだ。佐知江が来て、ベッドに入るのを助けてくれた。


柿沢は朝食前に犬を連れて散歩する。リハビリを兼ねて始めた習慣だが、右手にステッキを持ち、左手を犬に引っ張らせて歩く。この日はいつもの倍ほど歩いた。柿沢の浮き立つ気分が伝わったのか、犬も右に左に飛び跳ねながら飼い主を誘導した。

戻って朝食を摂っている時に昨夜の電話を思い出し、食べ終えてから吉竹に連絡を入れた。

「……、何だって?! そんなはずはない!!……、それじゃ、直ぐに本社に来てくれないか。ワシもこれから出勤する」

吉竹は副社長になっても、研究所には顔を出す。今でも研究開発が本職と自任しているのだ。この話は昨日の午後に伝えられたのだが、大事な会合と聞いていたので、吉竹は夜の時間を見計らって柿沢に電話したのだった。朝になって柿沢からの指示を受け、吉竹も急いで烏丸の本社に出向いた。

「日和銀行から私に直接電話がありました、先月分の返済と利払い分が落ちなかった、どうなっているのか、と言われました。経理部長に訊いたら、東京の新首都病院を始め、全国で大きな五つの自由診療病院からの薬品代金の支払いが滞っていて大変だ、と今頃言うのです」

この時期、富沢新薬は文字通りの自転車操業であった。大部分はカルトミンだが、薬の売上代金は直ちに借入金の返済に回されるという状況である。

「結城さんがわざわざ来る訳だ……」

と呟いた柿沢は、昨夜結城とマイクから聞かされた自由診療病院と医療保険会社との関係と、高額医薬品によって両者ともに営業成績が悪化している現状を吉竹に説明した。

「それは全く知りませんでした……。で、我が社はこれからどうすれば？」

と、吉竹は顔に不安を滲《にじ》ませる。

「心配するな！　そのために昨夜二人と会ったんだ!!　これから日和銀行へ行こう。飯田さん、いるか訊いてみてくれ」


飯田支店長は渋い顔をして頭を抱えていたが、〝ふう～っ〟と長い溜息を吐《つ》いてから口を開いた。

「私は、柿沢社長、あなたを信用してお金を貸したんです。貸付金は担保の総額を超えているのですよ。例の抗癌薬がよく売れているとの報告を聞いて、安心していたんです。あなたを信用して良かったと。それが、どうしたんですか？　二カ月続けて入金がない。先月は次にまとめて、と経理部長が言われたので……、一カ月はと思いましたが、もし来月も支払っていただけない場合は、契約通りこちらで伏見の工場を閉鎖します。そして、否でもしかるべき措置を取らざるを得なくなります」

「それは困ります。生産ラインが止まると、カルトミンが出荷できない。私達は手足を捥《も》ぎ取られた虎のようなものだ」

と、吉竹が飯田に膝を擂《す》り寄せた。

「副社長、落ち着きたまえ」

柿沢が低い声を出した。

「飯田さん、私が貴方との約束を反故《ほご》にすることなど考えないで下さい。しっかり手当てをしていますから……、これはほんの一時的な事態です」

「あんなに薬が売れているのに、急に返済が滞るというのは、それなりの訳があるんじゃないんですか？」

飯田は鋭い眼差しで柿沢を見る。

「さきほど言われた通りでかまいません。来月もし返金できなければ、工場を閉鎖していただいて結構です。大丈夫です。差しあたっての返却はできますし、近い内にカルトミンがもっと売れるようになり、その分確実にお金が入るようになります。来月には三カ月分まとめて必ず返金しますので、待っていて下さい」

柿沢はどこまでも落ち着いている。

その声には、横顔をじっと見ていた吉竹の方にも伝わってくる重厚な波動のような響きがあった。

「分かりました。柿沢社長、もし来月二十日に入金していただけない時は、実行に移しますよ。これは、あなたと私の最後の約束です」

飯田の頬が緩《ゆる》むことはなかったが、柿沢は満足顔で銀行を後にした。

「その手当てというのが、昨夜の会合ですか？」

柿沢のゆっくりした歩調に合わせて足を運びながら、吉竹が訊く。

「まあ、そうゆうことだ」

と答えた柿沢はステッキを上げてタクシーを止めた。二人が乗り込んで、柿沢が告げた行き先はAMI保険の京都支店だった。昨夜、マイクが支店に寄ってから帰京すると言っていたことを思い出したのだ。ちょうど昼前、支店にいる頃だろうと踏んだ。果たして、マイクは京都支店にやって来たばかりでランチョンミーティングに入るところだった。

応接室に案内され、ていねいに昨夜の礼を言われた。続けて、この後社内ミーティングを予定しているので、用件を速やかに告げて欲しいとも言われた。

柿沢はまず吉竹を紹介し、ここでも落ち着き払って後方支援の話を持ち出した。

「昨夜約束して下さいましたね。貴方と結城さんと私の三人で協力しようって……」

「ええ、その通りです。必ず実現させましょう。それが三者にとっての共通の利益ですから」

マイクは深く考えず、柿沢の話に同調した。

「それで、急なんですが、十億ほど融通していただけないかと思いまして……」

と柿沢が切り出した時、女子職員がコーヒーを盆に載せて部屋に入って来た。無防備の状況下に虚を衝かれた格好のマイクには良いタイミングだった。十億円はAMI日本支社にとってみれば、直ぐにでも動かすことが可能な金額だ。しかし、そうはいっても、口約束で「はい、お貸しします」と言える額ではない。カルトミンの保険収載のための臨床試験にコストが掛かることは昨夜聞かされている。「支援しますよ」と言ったことも覚えているが……

「どうぞ、お飲み下さい」と言って、自分もコーヒーを啜りながら考えた。柿沢のように直截的に切り込まれると「考えさせて下さい」とは言いづらい。マイクは、日本の商習慣とは人間関係を重視した信用に基づくもの、とアメリカで学んでやって来た。せっかく築かれたばかりの協調路線をここで潰す訳にはいかない。それに、カルトミンが保険収載されれば、他の高額医薬品への波及効果も絶大で、AMI社の収支改善効果に繋がることは確実だ。今ここで決断して、気《き》っ風《ぷ》の良さを見せたいとも思った。

　コーヒーを飲み終えると、カップを置いて何事もなかったかに口を開いた。

「よろしいでしょう、いつまでにご用立てすればいいのでしょう？」

「私達は来月から、これまでの治療成績の分析を始めると同時に、報告すべき症例数を満たすための第二次臨床試験を開始します。プロトコール（試験の手順などの計画書）は既にできていますので……。ですから、今月末までに用立てていただければ大変助かります。大金をお借りするのですが、保険収載された暁には五年以内に金利分も添えて返却します。私達の試算では保険適用になれば少なくとも今の三倍は売れます。しかも健康保険で支払われますから、売掛金が回収できないなどという事態も避けられますし」

　二人は同時に立ち上がってがっちり握手した。

「書類の作成等は吉竹副社長が担当しますので、そちらからも経理の人を出して下さい」

　柿沢は吉竹の唖然とした顔を横に睨み、堂々と胸を張っていた。

4

夏実の病状についての詳しい説明を雄太は訊くことができなかった。家に帰り、パソコンの前に座ったが、今度ばかりはどう検索すればよいのか、適当なキーワードが見付からない。

――小手川さんの身体にいったい何が起こったのだろう……？　お母さんも、榎原先生も専門じゃないし……

しばらく考えて、雄太は突然メールを打ち始めた。お父さんに訊くのが一番、と思い付いたのだ。前書きもなく、「お父さん、質問があります……」から始めて、今日の出来事を具《つぶさ》に書き込み、「原因について教えて下さい……できるだけ早く!!」で括《くく》った。

その後も雄太は考え続ける。

――抗癌薬の副作用なんだろうか？　不整脈が関係ありそうだ、CCUに入ったのだから……。それに救急車の中で心臓マッサージみたいなことをしていたし、やっぱり心臓の問題なんだろう。抗癌薬の副作用で貧血が悪化したのかも知れない。そしたら輸血とかで良くなるのだろうけど、お腹の癌の再発じゃないだろうな……。脳に転移とか……？　それが原因で、普通に話もしていて急に倒れるかな……？　癌が心臓に転移するってことはないのかな……

まてよ……、お母さんが病気で亡くなっている。お母さんの病気は何だったんだ？　その遺伝という可能性は？

雄太はパソコンのキーボードを叩いた。

「遺伝性心臓病」で検索すると、染色体異常によるもの、単一遺伝子異常、多因子疾患の順に、それぞれ多くの症候群や聞いたことのない難しい病名が記載された書き込みが出て来た。順番に読み進めたが、専門用語が多く、また基礎知識がないと理解できない記述内容で、さすがの雄太もギブアップせざるを得ない。お父さんからの返事を待つしかないな、とベッドの上に寝転んだ。

「雄太！　小手川さんのお父様からお電話よ」

と奈智の声がした。と思ったら、電話の子機を持って部屋に入って来た。全く普通の話し振りで、母親は何も心配していないようだ。病院での榎原先生との会話の様子から考えても、夏実さんは重態ではないのかな……？　急に意識をなくしたのに……、と思いながら電話に出た。

「柊君、今日は本当に……、どうもありがとう」

「いいえ、僕は何も……」

「夏実はあの後、直ぐに意識も回復し、さっきまで、私と元気に話をしていました」

「本当ですか？　良かった……！」

「渡辺先生のお話では、一時的に血圧が下がって脳へ送る血液の量が足らなくなったということでした。心臓の働きがおかしくなったらしいのですが、薬がうまく効いたので、状態は安定しているようです」

「そうなった原因は何なのですか？」

「それは、明日になったら詳しい検査をして調べるそうですが、それほど心配はいらない風な話し振りでした」

「あの……、お母さんの」とまで言い掛けて、雄太は訊くのを止め、「……夏実さんの様子を知らせてくれて、ありがとうございました」と言って電話を切った。少し安心した気分になると急にお腹が空《す》いて来た。

「お母さん！　晩ごはんは？」と大きな声を出し、自分の部屋を出て居間に行くと、伸子と亜紗子がテレビゲームに興じている。

「お兄ちゃんも一緒にやろーよ！」

「よーし、お兄ちゃんに勝てるかなー？」

気を紛らわすには持って来いだ。


夜、雄太は夢を見た。

二人は池の畔のあのベンチに座っている。

ふいに、「これ、柊君預かっていてくれる？」と言って「未来の私へ」と上書きのある封筒を手渡された。

「読んでもいいの？」と訊くと、何のこだわりもなく「どうぞ」と答える涼やかな目許に悲しみが宿っていた。

「貴女は今二十五歳くらいかしら。大学を卒業して子供達に英語を教えているのね。あれ、そこはイギリスの庭……？　だから、色取り取りの花が咲いているのね。私の好きなあの香りを漂わせて……。でも一年中同じ花が同じ香りを放っているわね。そう、ここには四季がないから……」

雄太が手紙から目を離し隣を見ると、夏実はいなかった。

第七章　専門医の見解

1

「自由病院はその後どうですか？」

榎原は須佐見宅を訪ねていた、というより、須佐見に呼び付けられたのだ。

「そうですね……、最近、何だか妙に静かですね」

榎原がそう答えると、

「静か、とはどういう意味だ？」と追及された。

「保険会社の連中があまり病院に来なくなりました。前はＡＭＩの社員が私達の診療に注文を付けに来てたんですが。それと、結城院長が何も言わなくなりました。抗癌薬の臨床試験に協力せよと、それだけです。経営の方がうまく行き出したのでしょうかね……」

「結城さんは確か経産省からの出向だったね。やはり、経営能力が医者とは違うんだな……。で、患者さんの方はどうだ？」

「お金に余裕のある人達はそこそこハッピーじゃないんですか。医療保険の種類も増えましたし、患者さんの側の選択の幅が広がりましたからね。でも、やはり気になるのは保険診療部門です」

「というと？」

「病院は、自由診療部門の方に力を入れます。そらそうでしょ！　保険診療はどうやってもすべてが保険点数に縛られていますから、収益を大きく上げたりすることができません。病院の収支からみると経営努力の遣り甲斐がないんです。それで、どうしても自由診療に力を入れる。そこで儲けようとします。病室の内装などにも気を遣いますし、毎日キレイに掃除して……、要するに患者さんの評判を良くする努力をするんですが、その分保険診療棟に手を掛けない」

「まあ、その病室がキレイ云々はいいんだ。前にも訊いたが、医療の内容だよ、大事なのは」

「そこも……、少しずつ差が出て来てるかも知れません。担当する医者が分かれて来ました」

「要するに経験があり腕の良い医者が自由診療部門を受け持ち、研修医や専門医試験に合格できない連中が保険診療の患者を受け持つってことか？」

「簡単に言えば、そういう傾向が出て来たということです」

「それが最も問題だな。……今回の医療改革で公的医療費は相当額削減できていると新聞には出てたがな……。その皺寄せという訳か」

　と須佐見は渋面を作ったが、その後急に話題を変えて来た。

「ところで、雄太君の彼女はどんな具合ですか？」

「教授も耳が早いですね。柊先生からですか？」

と言って、榎原は五日前の出来事を話した。

「私は、カルトミンの副作用じゃないかと思うんですが……」

「カルトミンは副作用が少ないと聞いているがね。城南大学の連中からの情報だけど……。それより何年か前に、数百人に一人くらいの割合で患者が死亡した抗癌薬があったね。何と言ったか忘れたが……」

「あれとは違いますよ。製薬会社が小さいので、まだ輸出はしてません。ですから日本だけの統計になりますが、これまで千数百症例で使われていて、死亡どころか一例も重篤な副作用の報告はないんですよ」

「それじゃ、他に何か原因があるんだろう？」

「循環器の専門医が詳しい検査をして調べてるんですが、心筋自体の収縮能がひどく落ちているようなんです。しかも、それは副作用の一つとされている不整脈とは直接の関係がないらしいんです」

「じゃあ……、何か先天的な心疾患じゃないのかね」

「ところが、彼らに言わせると、現在の状況に該当する疾患が見当たらないって言うのです」

「これだけ医学が進歩しても、まだ分からないことがあるんだな……」

医師であった須佐見でさえ、この時はつくづくそう思った。

榎原は「完治をより確かにするために、もう一回カルトミンを投与したいんですが……」と迷っている様子だった。

2

雄太に面会が許可されたのはちょうど一週間後だった。夏実はＣＣＵから転出して女性外科病棟に戻っていた。入って来た雄太を見ると、前の時よりも素早く掛け毛布を引き上げて顔を埋めてしまった。

「お見舞に来たよ」と声を掛けたが、返事がない。雄太はベッドの脇まで行き、立っていた。しばらくそのまま見下ろしていると、毛布が微かに振動し始め、中から声が漏れて来る。何を言っているのか？　身を屈め耳を傾けた。

しゃべっているのではない。啜り泣く声だ。

泣いていることが少しずつハッキリして来たが、雄太にはその意味が分からない。嬉しくて泣いているのか、悲しくて泣いているのか？　次第に毛布の振動が激しくなり、抑え切れなくなった泣き声が歯止めを失って毛布の外に弾け出て来た。夏実のすべての感情が爆発したのだ。雄太を見て呼び起こされた死の淵から生還した実感、迷惑を掛けたことへの申し訳なさ、助けてくれた雄太への感謝と強まる信頼……

雄太は床に膝を突き、右手を毛布の中に忍び込ませた。雄太の手が夏実の濡れた頬に当たると直ぐに、その手は夏実の両手に包まれた。雄太の手は強く握られ、そして宝物のように優しく撫でられた。

夏実には、雄太と公園のベンチに座っていたところから後の記憶がない。気が付いた時は喧騒とした CCUのベッドの中だった。榎原からは雄太の奮闘ぶりのみ聞かされ、自分が生死の境を彷徨《さまよ》っていたことは知らされていないが、そうであったらしいことは容易に想像できる。

雄太の手は冷たかった。その手を自分の両手で包んだまま頬に当てると、記憶の欠落した部分が補充される気がする。そのうちに、暴発した感情が噴出し尽くしたのか、涙は自然と収まって来た。

「柊君、ありがとう」

やっと、言葉を発することができた。

「あの時は、びっくりしたよ。どうなってしまうのかと思って」

と雄太が言った時、夏実は雄太の手を離し、枕の下に自分の手を入れてごそごそと動かし始めた。何かを探しているようだ。その時、カチャカチャと小さな音がしたので、あのストラップに違いない、と雄太は思ったのだが、

「柊君、これ預かっていてくれる?」

と、夏実が取り出したのは若草色の封筒だった。

雄太は訊いてみた。

「読んでもいいの?」

「ダメよ!! 預かってもらうだけ、そのうち返してもらうから。でも、もし……、もしもの時は……、その時は開けていいわよ」

夏実は毛布の中からそう言った。ストラップは手に握っているらしい。

雄太は榎原にも会いたかった。フロアー受付で部長室を尋ね、その足で部屋に押し掛けた。日曜日だったが、学会前に発表原稿をまとめる仕事があって、病院にいると聞いてはいた。

榎原は気持よく迎えてくれた。

来客用の小さいソファーがあって、そこに座るよう言われたので、ズボンのポケットに入れた封筒が折れ曲がらないように気を付けて、浅く腰掛けた。

「榎原先生！　正直に教えて下さい。小手川さんが急に気を失った原因は何なのですか？」

その話だろうと推測できていたはずだが、雄太の口から出た途端に、榎原の顔が苦渋に覆われていく様子が雄太の目にも明らかに映った。

「僕はもうただの友人ではないんです。彼女の大事なものを預かっているんですから。もし必要なら改めて彼女の承諾をもらって来ますが……」

「雄太君、……それが難しいんだ。君に話せないという意味ではなく、病態の全容が摑めていないし、原因も分からないんだ。この前は循環器の先生も一時的なものだというので、安心したんだが……」

榎原は専門医も診断に難渋していると言う。

「小手川さんが癌の手術を受け、今は三週間に一度抗癌薬の点滴を受けていることは知っています。彼女自身が話してくれました」

「癌の方は治ると思うよ。よく効く抗癌剤が出てね。最近は抗癌薬っていうんだけど……、あと一回点滴すれば、再発のリスクも極く小さく抑えることができると思っている」

「その抗癌薬の副作用じゃないんですか？　小手川さんが倒れたのは？　不整脈とは関係ないんですか？」

と雄太は詰め寄った。

榎原は本気で説明してくれる気配を見せた。

「少し難しいけど、君なら理解できると思うので……」と前置きして、続けた。

「不整脈というのは、心臓全体の収縮を一定のリズムで行うためのシステムの異常なんだ。刺激伝導系というこの系に異常が発生すると、心筋細胞を興奮させる電気信号が心臓の筋肉全体に正常に伝わらないため、心臓の収縮のリズムが不整になるんだ。この不整脈はカルトミンの副作用として報告されていて、添付文書にも記載されている。しかし、これは重症になることはなく、薬の投与後三〜四日で治ることも分かっているんだ。小手川さんの今の状態はそれとは違う病態らしいんだ」

ここで雄太が訊き直した。

「今の状態、ということは、何かまた新しい問題が出たと言うことですか？　それとも、気を失った時に血圧が一時的に下がったって言われた、その病態がまだ続いているということですか？　さっき僕は彼女と会って話をしましたが、そんなに悪そうには思えなかったですけど」

「今は薬を使っているからね、心臓の働きを強める薬をね」

「ということは、小手川さんの心臓が弱っているということですか？」

「そういうことなんだ。循環器の専門の先生が調べてくれて、そこまでは確からしい。……が、その原因が何か分からないんだ」

「原因が分からないってことは、この後その病態がどうなってゆくかも分からないってことですよね……」

「残念だけど、その通りなんだ。今は強心薬が効いているけど、この先、どうなるかは予断を許さない状態なんだ」と榎原自身か不安そうな顔になった。患者の家族に対してなら、医師として、個人の感情を出すような話し方はしないのだろう。が、この時は僕と一緒に心配してくれているんだ、と雄太は感じた。雄太は少し考えてから、気になっていたお母さんの病気について訊いてみた。

「小手川さんのお母さん、早く亡くなっているんですけど、お母さんの病気は何だったんですか？お母さんの遺伝とか、心配ないんですか？」

「それはまだ分からないんだ。お母さんが亡くなったとお父さんから聞いた病院は別の病院に変わっていてね、問い合わせたんだが、十年以上も経っているので、前の病院の資料やカルテなども残っていないんだよ。診ていた医師も……、入院していたかどうかすら分からないんだ」

「でも、お父さんは病名を知ってるんじゃないんですか？」

「お父さんは〝心臓病〟とだけ言っていた。詳しくは知らないらしい」

雄太は無意識の内にポケットに手を入れていた。そこには封筒がある。

＊

帰宅した雄太は「ただいま」とだけ言って自分の部屋に直行した。ポケットから若草色の封筒を出すと机の引き出しにしまい、パソコンの前に座った。亜紗子が追い掛けて来て、

「お兄ちゃん、何やってるの？」と画面を覗き込む。

「アメリカのお父さんからの返事を……、あっ‼ やっと来てる……」

『雄太、今日は内容が難しいので日本語にします。返信が遅くなったのはボストンで研究会があって、そちらに出掛けていたためで、忘れていた訳ではありません……』

「お兄ちゃん！ お父さんにアサコのお誕生日忘れないようにって、メール送っておいてね」と言って亜紗子は出て行った。

『最も考えられるのは〝除脈性不整脈〟と言って、心拍数が60拍／分以下と少なくなった状態のことで、それには洞除脈、洞不全症候群、房室ブロックが含まれる。めまい、失神などの脳虚血症状（脳への血の流れが少なくなるために起こる症状）や、全身倦怠、心不全などの低心拍症による症状を呈する。原因は不明のことが多いが、背景に心疾患や薬剤の使用があることもある。雄太の彼女の症状を考えると抗癌薬の副作用である可能性が最も高い。お父さんは癌の専門家じゃないので、その抗癌薬がどのようなメカニズムで不整脈を誘発させるのかは分からないが、副作用として不整脈が報告されているとすれば、今書いた可能性を最初に考える必要がある。この場合、抗癌薬治療が終了すれば、不整脈も自然に治ってゆくものと考えてよい。もし、失神などの症状が治らない時はペースメーカーの植込みが治療の選択肢となる。これの次に考えられるのは遺伝性QT延長症候群と言って、心電図でQT時間の延長や奇妙な形態のT波などの所見が見られ、時に心室頻脈や心室細動による失神あるいは突然死を生じる病気である。これは遺伝性の疾患であるが、彼女に聾唖がなければ常染色体優性遺伝と言える。診断は心電図を取ればだいたい分かる。治療はβ遮断薬が第一選択である。その他では失神や突然死を来す病気にブルガダ症候群という心室細動を生じる病気があるが、これは圧倒的に男性に多く、雄太の彼女にはあてはまらない。いずれにしても、循環器の専門家が診ているのなら、もう診断は付いているのではないか？』

　ここまで読んで、雄太は「どちらも違うな」と即断した。

『お父さん。サンフラワー病院の循環器の専門医は、いろいろ検査した結果、心臓の筋肉の収縮する力そのものが弱っている、と判断しています。お父さんの挙げた病名は全く考えていないようです。刺激伝導系ではなくて、心筋の細胞自体に問題がある病気について教えて下さい。特にカルトミンという抗癌薬との関係と遺伝性の病気についてです。追伸：亜紗子の誕生日十二月三日ですから忘れないでプレゼントを送ってあげて下さい』と書き込んで送信した。隆弘からのメールの後半には、サンフランシスコの秋の様子などが英語で書かれていたが、今の雄太には何の興趣を惹くものでもなく、読むのを止めた。

　パソコンの電源を落とした時、奈智が入って来て、

「夏実さん、どうだった？　大分良くなってたんでしょ？」と肩越しに声を掛けて来た。

「それが大変なんだ!!」

「え、どうしたの？」

「あれから、専門の先生が調べたら、夏実さんは心臓の筋肉自体の収縮力が弱っているんだって……今は薬が効いて普通にしてるけど、原因が不明なので、今後のことは……」とまで話し、後が続かなかった。最も安堵感が得られるのはやはり母親なのか、この時、雄太の胸で張り詰めていた緊張の糸

がぷつっと切れた。何の前触れもなく、突然大量の涙が溢れだした。

椅子の背を挟んで、奈智が雄太を抱きしめた。

3

社長室のソファーにゆったり座って話し合う柿沢と吉竹の声は、どちらも弾んで聞こえる。

「北海道の札幌中央自由病院と、仙台の宮城県民病院とが加わり、これで全国の主要病院のほぼすべてが臨床研究に協力してくれることになりました」

「そうか、予想以上に早く体制が整ったな」

「東京と関西、九州では既に患者の登録も始まっています。プロトコールは薬事承認用の分がそのまま使えますので、あとは同意が取れて臨床データの揃った症例を集めれば結果はついて来るでしょう」

「研究協力患者への謝礼や協力医師への報酬もきちっと出しておけよ。やはりその方が早くデータが集まるからな……」

話が終わらない内に、スマホが鳴ったので吉竹は「ちょっと失礼します」と言って電話に出た。研究所のクラークからだった。

「副社長に大阪支店の支店長から電話がありました。直ちに連絡を入れて欲しいとのことでした」

吉竹はそのスマホから大阪支店に電話を入れた。

「もしもし、開発部長の吉竹だが……ああ、もしもし支店長？……え！　それは本当か?!」

吉竹は立ち上がった。

「うん……うん。そうか……。それじゃ私が直ぐ行く。担当医師とも会えるように手はずを整えておいてくれ！　できるだけ臨床データも揃えてもらってな」

話すうちに、みるみる変わってゆく吉竹の顔色に、柿沢は思考を巡らせた。

――何があったんだ……？　カルトミンのことか？

電話を切った吉竹が、そわそわと出てゆく仕度を始めると、柿沢が怒鳴った。

「吉竹！　どうした？　いったい何があったんだ？」

「社長!!　私は大阪に行って来ます。自分で確かめてから、お電話します」

「何ごとだ？　それは!?　今、話せ!!」

「今は、言えません」

「吉竹!!」

背中に叫び声をぶつけられたが、吉竹は出て行った。

柿沢は追うことができない。立ち上がるのがやっとだった。

＊

「まことに申し訳ありませんが、詳しい状況をお話しいただけませんでしょうか？」

吉竹は大阪北病院に駆け付け、受持ち医師に面会した。大阪支店長と大阪北病院担当のMRと一緒だった。MRとは医療情報担当者のことで、医薬品を製造もしくは販売する企業に属し、営業活動を行いながら医療関係者に医薬品に関する情報を提供し、一方でデータ収集なども行う。

「わざわざ副社長さんが出向いて来られるとは思いませんでした」と、受持ち医は恐縮した様子を見せながら、このケースの臨床経過を丁寧に教えてくれた。

「患者さんは八十一歳の女性。糖尿病を合併した乳癌のⅣ期。脳に転移もあり寝たきりだった。患者は糖尿病による腎障害のため電解質も狂っていたが、できるだけのことをして欲しいとの長男の強い希望があり、カルトミンの点滴治療を開始した。本臨床研究では電解質異常が対象外であることをうっかり失念していたため、患者さんの家族から臨床研究に協力する旨の同意を文書で得た。できるだけ多くの症例のデータが必要と自由診療病院協会からも要請がきていたから……。カルトミンの添付文書には、電解質異常の患者には注意して慎重に投与するよう記載されている。そこで投与量を常用の三分の二にして使用した。それでも二回の投与で乳癌のサイズが明らかに縮小したので、三回目も同じ量で投与したところ、その日の夜、突然死に至ってしまった。二回目の投与のあと、不整脈が出現したが、これはカルトミンの副作用としてよく知られていて、重篤になることはないと聞いていたのでそれほど気に掛けなかった。突然死の原因は除脈性不整脈ではないかと思っている。電解質異常のある患者にカルトミンを使用したからではないかと。臨床研究の対象とすべきでなかった。また、一般症例として治療に当たったとしても、もっと慎重に投与すべきだったと反省はしているが、あの患者さんを癌死から救うためにはカルトミンしかないと思った。家族には同じ話をした。事情を理解してくれて、感謝の言葉をもらった。最後まで全力を尽くしてくれてありがとう、と。しかし、こういう症例があったことを会社の方にも報告しておいた方が良いかと思って、MRさんに話した。臨床試験の対象患者の一例に入れてしまったので、その件の報告もしておきたい」

「報告して下さってありがとうございました。私達は、こういう症例もきちっと分析して、副作用のより少ない薬の開発に生かしてゆきたいと思います」

と言って、吉竹は医師と別れた。

「支店長、副作用報告用紙を受持ち医師に渡しておいて下さい。必要事項を記載してもらって、私に届けて下さい」

「分かりました。副社長には、わざわざ現場の病院まで来ていただいて……、申し訳なかったです。私、〝突然死〟だと聞いたので、普通の患者さんが死亡したのだと思い込んでしまって、カルトミン自体に問題があったら大変だと思って電話を入れさせていただきました。でも、先生の話を聞いて安心しました。合併症のある患者さんには注意してもらわないと……最初から臨床試験の対象外なんですから」

「いや、しかし……これは重要な症例です。カルトミンで不整脈が出る本当の原因も分かっていないし……、どういう電解質異常が問題になったのか、カリウムなのかカルシウムなのか？　それも調べてみないと……」

そう言いながらも、吉竹は口許を緩めた。

そして、スマホを取り出し柿沢に電話を入れた。

「もしもし、社長、ご安心下さい。亡くなった患者さんは……」

と事例の報告を済ませた直後、吉竹は急に畏《かしこ》まった口調になった。

「……、分かりました、そうします」

電話を切ると、大阪支店長に言った。

「支店長、今日の話はここだけにしておいて下さい。この事例に関しては、私の指示があるまで、何の行動も起こさないで下さい」

「え?! どうしてなんですか?」

「社長命令です」

＊

大急ぎで京都に舞い戻った吉竹は社長室に直行した。

「臨床試験が遅れるぞ!」

ソファーに深く腰を沈めたままの柿沢はすこぶる不機嫌で仏頂面をしている。

「副社長! よく考えてみてくれ! その症例は本来臨床試験の対象にしてはならない……だが、医師がうっかり対象として登録し、薬を投与してしまった。そうだよな!?」

「はい。大阪北病院は今回の臨床試験の協力病院です。本来対象外の患者さんですが、登録した限り副作用の報告だけはしておく必要があると思いますが?」

「だからよく考えてくれって、言ったんだ!」

「私には社長のお考えが……」

「いいか、これは対象としてはいけない患者を登録した医師のプロトコール違反で、その症例は最終的な統計から除外されることになる」

「その通りですが……」

「それだけなら、問題はないのだ。カルトミンの臨床試験の実施に悪影響を及ぼさなければな。しかし、合併症のある患者でも、臨床試験で患者が死亡したことを報告すれば、臨床試験が中断させられる可能性があるのだ。医薬品に関する臨床試験をすべて届け出ることになったのはいつからだったか忘れたが、いずれにしても、試験中の薬剤に問題が生じた時は調査が入る。第三者機関により原因分析が必要と判断されれば、死因調査をして電解質異常が原因であると調査委員会が最終結論を出すまでは、臨床試験の一時中断を勧告されるかも知れない。こういう事例でも原因分析報告書が開示されるまで、一年近くもかかるんだ!!」

「そんなに厳しくなったのですか？　最初から要注意の合併症として挙げている電解質異常を持った患者さんですよ。しかも癌のⅣ期で……、原因分析も簡単に済ませられないんですか？」

「癌の進行期など、この際関係ない。問題はカルトミンを投与した直後に患者が死亡した事実だ。君は研究部門が長いので、臨床的なことを知らないのは仕方ないが、保険収載のための臨床試験には極めて厳しい縛りができたんだ」

自分の考えをまとめながら聞いていた吉竹が反論に転じた。

「社長、お言葉を返すようですが、このケースは報告しておく方がよいと思います。たとえ、臨床試験が中断されてもです。一年遅れてもいいじゃないですか。きちっとした成績を出して堂々と保険収載してもらいませんか？　今ここであの症例を隠蔽すれば、もし……、もしですよ、将来似たようなケースが出て来た場合、今回報告しなかったことが問題視され、それこそカルトミンの名に傷が付きます。合併症のある患者に医師がついうっかり使ってしまうことは、いつでも起こり得ることです。抗癌薬ですから副作用があるのは当然なんです。カルトミンは少ない方ですよ。事実を報告して、何も恐れることはないと私は思っていますが……」

「吉竹、ワシは話さなかったか？　この臨床試験のお金がどこから出ているか？　話したどころか、一緒に行ったよな……」

「医療保険会社でしょ。高額の抗癌薬などの薬代を公的保険にまわせば、彼らの収益が上がるからでは？」

「ワシはな、ＡＭＩの日本支社長のマイク会田とサンフラワー病院の結城院長と三人で契りを結んだんだ。カルトミンの保険収載を一刻も早く勝ち取るために三者が協力するという約束をしたんだ。この京都のお茶屋で……」

「別に……、社長がその約束を破ることにはなりませんよ。問題が生じたとしても、臨床試験の遂行が少し遅れるだけですよ」

吉竹は強気で押し通した。

「結城院長はただの病院長じゃない。内閣参与なんだ。今回の医療改革の推進を後押しする立場の人だ。改革の成功に重い責任を負っている。臨床試験の遅れは改革の足踏みを意味する」

柿沢は最初から彼らの事情に配慮していたようだが、

「それなら、社長！　その方々とお会いになって、きちっと説明されてはどうですか？　そういう立場の人なら状況を説明すれば分かってくれますよ」

と、言われて、一転、柿沢は考え込んだ。

「……」

それからしばらくの間を置いて言った。

「うーん、それもそうだがな……」

「社長、私がアレンジしますので、その三者会談とやらを、できるだけ早く持って下さい、期日までに副作用報告ができるように。そうですね、今度は東京に行かれたらよいと思います。あの方々との関係は、我が社のこれからにとって、益々、重要となってゆきますから」

――そこまで分かっているのなら……、吉竹の言う通りにしてみよう……

「よし、じゃ日程の調整を秘書に頼んでくれ。ワシはできるだけ早く東京に行く」

「分かりました」と言って踵を返した吉竹は〝ふうっ〟とため息をついた。ドアを開けて部屋を出ようとした時、後ろから声が掛かった。振り返ってみると、柿沢が立ち上がっている。

「吉竹、君と話すといつも前向きの気分になる。けんか別れしないように彼らに説明するから、心配するな」と言ってから、柿沢は目付きを変えて続けた。

「ただし言っておくが、薬は効力より副作用が大事なんだぞ。有効性を否定されるのではなく、副作用のリスクで販売が中止される薬の方が多いんだ。薬物動態研究部に、もう一度、カルトミンの副作用について、特に心臓への作用を大急ぎで徹底的に調べるよう指示してくれ!!」

4

この日は弾んだ明るい声が廊下にまで響いてくる。彼女たちの明るさに協調しづらく、雄太は一瞬病室ドアのノックを躊躇《ためら》った。あの日から毎日通っている。学校を一週間も休んでしまったので、田中と本庄からどうしているのか？　とメールが入った。

『僕に初めてできたガールフレンドが命に関わる重症の病気なんだ。一週間くらい学校を休んでもいいだろう!!』と返信を送った。

友達からの次のメールは、

『学校のことも野球のこともすべて忘れろ!!　柊、頑張れ!!』だった。

病院にいる以外の時間、雄太は図書館に行って心臓病について調べたり、榎原に会って夏実の状況を聞いたり、藁《わら》をも摑む思いで、須佐見宅に押し掛けたりもした。

本当の病因の判明していないことが雄太の不安を駆り立てる。

――病状は悪化しているのだ……

榎原の話し振りから、助からないかも知れないと思うことがある。雄太自身は母親の死因が最も気になるのだが、それに関しては何も分かっていない。その不満が苛立ちに、苛立ちが怒りに変わるが、それをぶつける相手がいない。時には、急に悲しみが湧き上がり、絶望が胸を締めつけることもある。実際、雄太は何度も諦めかけた。しかし、その度に気力を奮い立たせて、今自分にできることは何かを考えた。

――夏実さんといる時間を長く持つこと、これが僕のやれることで、やらなければならないことだ……


雄太はドアをノックした。

「はい、どうぞ！」と明るい声が聞こえた。

――柿沢さんの声だ。

美樹と遥ともう一人、初めて会う夏実の友人が見舞に来ていた。あとで本庄の彼女の中村さんと知らされた。

「柊君、毎日来てるんですって？」

「柊君は学校休んでも勉強の心配いらないからいいわね」

「私が病気になったら、本庄君、毎日お見舞に来てくれるかな？」

「そりゃあ、来てくれるわよ」

と夏実が言った。

色白の顔がさらに白さを増し、透けて見えるような肌をしながら、口許には微笑みさえ見せて軽症を装う。

雄太は「やあ！」と言った切り言葉が出なかった。

三人の見舞い客は、しばらく雄太から目を離し、夏実を囲んで話し始めた。

――また、あのドラマの話か……

夏実に、前回までの進行を説明しているようだ。夏実が一つ一つ言葉を返しているのが痛々しい。

「もう、やめろ!!」と喉元まで出たが、何とか呑み込んだ。

――彼女たちも、このシチュエーションにおける話題を探した結果なのだろう……。でも、どこまで分かっているのだろうか？　この部屋を出た途端に、三人とも下を向いて、押し黙って廊下を歩くのだろうか？　そのうち、柿沢さんあたりが泣き出して、それを二人が宥《なだ》めるのだろうか……？

「柊君!!」の声でそちらを向くと、

「そろそろ、二人にしてあげるわ」とあっけらかんに言い、「夏実、また来るね」とそれぞれが声を掛けて出て行ってしまった。

それにしてもあっさりしている。この淡白な別れ方はどっちなんだろう？　と考えながら、雄太はベッドに近づいた。

夏実が微笑みかけて来る。

――この微笑はどっちなんだろう……？

「柊君、ありがとう」

「疲れただろう？」

と思わず言ってしまった。

「ううん、大丈夫よ」

「心臓が弱ってるんだから、疲れるに決まってる!!」

雄太は病状が夏実にどこまで伝えられているか、榎原から聞いて知っている。

「ねえ、柊君！」と緩めた頬を引き締めて夏実が言った。

「お父さんが、この頃、何か変なの！」

「え!? 君のことが心配なだけじゃないの？」

「それだけじゃないわ。何かそわそわと言うか、もじもじと言うか……」

「ふーん。君のお父さんのことは分からないな……」

「やっぱり変なの。私、二人で暮らして来たから、分かるの」

「思い当たることはないの？」

「柊君！　お父さんに訊いてみてくれない？」

「何を、どう訊くの？」

「それを柊君の頭で考えて欲しいの……」

と言う夏実の息遣いが荒くなって来た。

「もう、しゃべらなくていいよ」

雄太は膝を床に突いて、夏実の顔に自分の顔を近づけた。

右手の甲をそうっと夏実の左頬に当てた。

夏実の左手がその手を掴んで、頬を滑らせる。

来る度に行う儀式のようになってしまった。が、今日はちょっと違う。

いつもは両手なのだ。右手は……？　雄太が夏実の右手を探ると、その手の中には何かが握られている。

「お守りにしたの」と夏実は恥ずかしそうに言った。「手遅れかもしれないけど……」

雄太は左手で夏実の髪をそっと撫でた。

髪の毛までやせ細っている。

いつもより、この時間が大切な気がした。

＊

翌日、見舞に来た夏実の父、利男を連れ出した。サンフラワー病院の一ブロック先にある児童公園のベンチに腰掛けて、勇気を持って尋ねてみた。夏実のためなら何でもできる。

「夏実さんが……、お父さんの様子がこの頃何かおかしいって言ってました。何かあったのですか？　夏実さんが心配しています」

「柊君、君はしっかりした子だ。高校生とは思えない。榎原先生も君を信用しているようだし……。私は今、一人で悩んでいることを、君に打ち明けたい衝動にかられてきた」

「お父さん！　僕は夏実さんのためなら、できることは何でもするつもりです。よかったらその悩みを聞かせて下さい」

「実は……」と言って利男は遠い空の方に目を向けて語り始めた。

「実は、母親の事なんだ。夏実には小さい時に病気で死んだと言って来たが、母親は家を出て行ったんだ。夏実が生まれた頃、今の貿易会社を立ち上げたばかりで、経営は最悪の状態で、借金もあり生活が大変だった。その貧しい生活に耐えられなかったんだろう。どうして、こんな苦しい生活をしなければならないのかと、毎日のように愚痴を言い、私に当たった。私も若かったので、どなり返したりもした。そんなことで、可愛い子供がいながら親は仲の良い夫婦ではなかったんだ。そして、あの子が伝い歩きを始めた頃、置き手紙を残してどこかに行ってしまったんだ」

「お母さんなのに、子供を置いて行ったんですか？」

「高校生の君に聞かせる話じゃないかも知れないが、誰か別の男がいたんじゃないかな……。子連れでは受け入れてもらえないと思ったんだと推察してるんだが……。私ならしっかり育ててくれると、別の面では私を信用していたのもあるかもな。そう思いたい」

利男はちらりとも雄太を見ない。ずうっと空を見続けている。

「母親のことを夏実に話さなければ、と思っているのだが、言い出せなくて……。次の日には話さないでおこうと思ったり……、私も優柔不断だね……、まったく」

「お父さん！」

と、雄太は声を高めて言った。

「お母さんと会ったんじゃないですか？　そして、夏実さんに会いたいって言っているとか」

「いや、それはない!!」

この時は雄太に面と向かってきっぱり否定した。

「それじゃ、今になって何故？」

利男は再び顔を空に向けて言った。目が潤んでいる。

「もう、……話してもいい年頃になったかなと思い始めたからだよ」

「……」

「君はどう思う。話した方がいいか？　黙っていた方がいいか？」

「……」

雄太の頭は違った方に向いていた。

——お母さんは心臓病で死んだんじゃなかったんだ……

夏実の心臓病について調べていく内に、頭の中にこびりついて離れなかったのが、〝お母さんからの遺伝〟だった。

ネットにもいくつかの遺伝性の心臓病が掲載されていた。突然死するともあった。もし、お母さんが不治の心臓病で死んでいたのなら、夏実も同じ運命を辿る可能性が高い、その徴候が出ているのではないかと恐れていたのだ。それも、現在の医療でも診断がつかない難病に違いない、と。

——ということは、抗癌薬の副作用なのか……？　薬をやめれば治るんだ……

「雄太君、どう思う？」

「お父さん、僕の意見を言わせていただきます。……もう少し待ってもいいんじゃないでしょうか」

利男は目を見開いて雄太の顔を見る。雄太も利男の顔をしっかりと見返した。緊張が取れて穏やかな面持ちに変わってゆくのが分かった。

＊

覇気を取り戻した雄太の「ただいま」に対し、「おかえり」という仲子の声がいつもと違った。

――おばあちゃん、どうしたんだろう？　僕達のこと、心配してるのかな……

靴を脱ぐ時、玄関の上がり口に見知らぬ男物の革靴があるのに気付いた。

直ぐに仲子がやって来て、

「学校の教頭先生がいらしてるわよ」と小声で言う。

――教頭？　また、あいつか……

雄太が入学した春に、父親と共にアメリカに留学する話が持ち上がった時、嫌がらせとも思える課題を突き付けた当時の担任だ。二年近く経って、今は教頭に昇格している。

「リビングで待ってもらっているの……。雄太は夕方に帰ると言ったら、それまで待つって言うから……」

逃げる訳にもいかず、雄太は船山教頭と面談することになってしまった。

テーブルの向かいから嫌みな語り口で訊いて来た。

「柊君！　どういうつもりなんだね？」

「……」

「君が学校を休んでいるのは、大切な友達が病気だからその看病をしたいと言うのでお母さんが許可した、とそういう文面の届け出をもらっているんだがね……」

「はい、その通りです」

「ところがね、今日、立和女学院の生徒さんから、君は毎日、学校をさぼってその女子高のガールフレンドと会っているという電話をもらってね……」

――いったい誰だ？　柿沢？　草津？　中村？　いや、彼女たちがそんなことを言うはずがない……。彼女たちの同級生で夏実さんを心良く思っていない人に違いない。女は学校でもいろいろ噂話をするんだろう……

「先生はその電話を鵜呑みにしたのではないよ。君の友達の田中君を呼んで話を聞いたんだ」

「そしたら、真実が分かったでしょう？」

あの時以来、船山は雄太が最も嫌いな教師で、雄太は意識してつっけんどんな言い方をした。それに応じるかのように、船山も、

「友達って、ガールフレンドのことだってね。柊君!!　学校を軽視してはいけない!!」と、急に斜に構えて、しかも教師を超えた高飛車な口調になって来た。

「勉強ができるからって、勝手な真似をしてもらうと困るんだよ!!　君は多くの生徒から注目されているんだ。品行も良くしてもらわないと、学校全体に悪い影響を与えるんだ」

「そんなこと僕には関係ありません」と口から出そうになったが、それは何とか留めて、

「友達が死にそうなんです」

と、真剣に訴えた。

「ガールフレンドだろう？」

「ガールフレンドも友達です」

「友達と言っても女友達と男の盟友とは意味が違う!!」

この危うい雰囲気に、亜紗子と共に隣の部屋から覗いていた伸了が飛び出して来て、

「先生！」と言ったところに、

「ただいま」と奈智が帰って来た。

伸子が、入って来た奈智に事情を説明しようとしたが、奈智は二人の顔を見ただけで状況が呑み込めた。

「先生、こんにちは、雄太の母親です……いつも雄太がお世話になりまして……」

とていねいに挨拶すると、船山もさすがに恐縮して立ち上がり「教頭の船山です」と名刺を出した。

奈智は「雄太、向こうに行ってらっしゃい！　お父さんから大事なメールが入ってるわよ！」と言って雄太の二の腕を掴んで立ち上がらせ、本気でお尻を押すと、

「おばあちゃん、すみませんがお茶を淹《い》れ直して下さい」

と言いながら、自分が雄太のいた椅子に座った。

滅多に早く帰ってこない母親だが、この日はまさに絶妙のタイミングだったな、と雄太は思った。

「あんな頭の硬い教頭なんて……、桐成高校の将来は真っ暗だ」と呟きながら、急いで自分の部屋に向かった。

「船山先生、すみません。わざわざ家にまで来ていただいて……」

奈智は雄太が部屋に入るのを見届けてから、頭を下げ直してそう言った。

「いいえ、これは私達の大事な仕事ですから……。生徒の品行を指導するのも教師に課せられた責務です」

「品行の指導ですか……？」

心外だ、と口には出さなかったが顔に表われた。

「お母さんはご存知なんですか？　柊君が何故、学校を休んでいるかを。お忙しくて息子さんをよく見ておられない……。本当の事情をご存知ないいんじゃないいんですか？」

「雄太が非行に走ったとでもおっしゃるのですか？　学校を休むことについては、届けを出してありますが……」

「いいですか、お母さん！　柊君は……」

と船山が言ったところに、仲子がお茶をお盆に載せて入って来た。湯飲みをテーブルに置き、「先生、まあ、どうぞ」とだけ言うと、目許を優しくして、その顔をちらっと奈智に向けて出て行った。

船山は仲子に会釈もなく、お茶にも目を呉れず、中断していた話を再開した。

「お母さん、問題は柊君だけのことではないんですよ。彼には取り巻きがいるんです。柊君の頭脳がずば抜けて明晰なので、親しくなっておきたいと考える連中がいるんです」

本当かなあ？　と奈智は思った。野球同好会の田中君達以外に、特に仲良くしていた友達がいるとは思えなかった。自分たちが高校の頃は、クラスの人気者といえば、歌が上手いとか、スポーツに秀でているとか、何かの特技を持っているとか、そんな人達だった。

――時代が変わったのか？　あるいは進学校だからなのか……

船山は続ける。

「ですから、柊君がふらふらしていると他の生徒にも悪影響を与えるんです。先生達も注目しているんですよ、柊君には。現役で東西大学に入って貰わなければ、父母会で申し訳が立たない」

――結局、話はそんなことなのか……

「すみません。雄太の行動が他の生徒さん達にそんな影響を与えていたとは知りませんでした」

「分かっていただければいいんです。もう、あんなことで学校を休まないように、お母さんからよく言って下さい」

船山はこれで言い終えたつもりだった。

しかし、奈智の方は、このまま黙っていては雄太を裏切るような気がして来て、反駁《はんばく》に転じることにした。

「あんなことで、ですか？　雄太の大事な友達が亡くなるかも知れない、という状況ですよ」

「病気のことは、担当の医者に任せておけばいいじゃないですか。だいたい、その人のために柊君は何ができるんですか？　お母さんはお医者さんだから病気をすべてに優先させるように言いますが、私達は教育者です。教育を重視して物事を考えます。特に高校生にはしっかり勉強してもらうことが第一なんです。もう直ぐ三年生ですよ。皆、もう受験の準備を始めてるんです。恋愛など、大学に入ってからいくらでもできますよ」

「雄太の十七歳は今しかありません。それに、病の人を慈しむ心を養うのも、教育ではありませんか?」

　奈智は言い過ぎたとは思わなかった。普段何もしてやれない雄太への愛情を表出できた気がして、爽快な気分だった。

　それを聞いた船山は、「来週の教職員会議に諮《はか》って処分を決定します」と言い残し、帰って行った。


「あ!　来てる!」

　雄太は思わず声を出した。

　そろそろ父親から返事が来るころだと思っていたが、母親は何故それを知っていたのか?　まさか、僕のメールを勝手に?　と疑ってもみたが、そうでないだろうことは直後に推察できた。

　――両親もしょっちゅうメールの遣り取りをしてるんだ。その中に僕の話も書き込んでいるんだろう……、お母さん、船山先生には適当に言っておいて!!　僕にとってはこっちの方が大事だ……

『返事が遅くなってすまない。今度は調べるのに時間が掛かった』から始まっていた。

　――また、いつもの言い訳か……、それより何か有益な情報をお願い、お父さん!!

『以下はあくまでも私の推論で、エビデンス(根拠)はない。しかし、状況から疑われる病態があり、それが当たっている確率は相当高い、と思う。雄太の言うように刺激伝導系の問題でないとすると、心筋障害ということになる。この場合お母さんの遺伝による病気だとすれば、今のような重症になる前に、子供の頃に診断されていることが多く、私はやはりカルトミンの副作用だと思う』

　――遺伝じゃなかったんだ、お父さん、ごめん。夏実さんのお母さんは心臓病で死んだんじゃないことが、今日分かったんだ……

『カルトミンには不整脈という副作用があることは知られているが、心筋障害という副作用は報告されていない。でも、雄太のガールフレンドは心筋障害ではないかと考えられている。そこで薬剤の物質特性からカルトミンが心筋に作用する可能性があるかについて調べようとしたんだ。ところが、カルトミンを製造している富沢新薬という会社は、カルトミンが作用する癌遺伝子は公表しているが、その遺伝子、ALX－3のどの部分に働き、どのようなメカニズムで効力を発揮しているかは明らかにしていない。ただ効くということだけで、その機序は実際に分かっていないのかも知れないが、おそらく彼らの企業秘密なんだろう。お父さんは癌の専門家じゃないので、ここでギブアップと言いたいところだが、そのメカニズムについて詳しいことが分かりかけているんだ。実は、お父さんの所属している研究所には抗癌薬の研究を行っている部署もあり、そこにヤンキースファンで、ひょんなことからお父さんと親しくなった癌学者がいるんだ。その友人に尋ねたところ、カルトミンは世界中で注目されていて研究対象にもなりつつあるそうだ。そして、その抗癌メカニズムも少しずつ明らかになりつつある。彼の意見では、標的癌遺伝子のある塩基配列（ACGTの並び）の部分をメチル化して、その遺伝子を不活性化させるらしい』

――だから、どうだって言うんだ、早く結論を……

『そこで、ここから先がお父さんの専門になるんだが、心筋収縮を制御する遺伝子の中に一部分ALX－3と同じ塩基配列を持つ遺伝子があったとすれば、その遺伝子の働きがカルトミンによって抑制を受け、心筋の機能障害を引き起こす可能性がある』

——なるほど……、やはりお父さんは専門家だ……

『ただし、ここからが重要なので、しっかり理解して欲しい。もしカルトミンに心筋の収縮に関わる遺伝子のどれかの働きを抑える作用があったとすれば、カルトミンは人に使える薬ではない』

——何を言ってるのか？　ぼくには理解できないが……

『問題は遺伝子多様性なんだよ。遺伝子の膨大な数のＡＣＧＴの配列の内、一箇所だけが多くの人と違っている人がいるんだ。これは様々な遺伝子にある頻度で起こることなんだが、その変異（違っていること）が病気に繋がる場合とそうでない場合があって、病気に繋がる時はそれが遺伝子病で、病気に繋がらなくてただ他の大多数の人と違っているだけで、その遺伝子の働きを普通に果たしている場合を遺伝子多様性というんだ』

——だから何だって言うの……？

『お父さんが考えているのは、その遺伝子多様性だ。塩基配列の一箇所のみが、例えばＡの所がＣに、置き換わっている人がいて、その変異を持つ塩基配列にだけカルトミンが作用するとすれば、普通の人には心筋収縮を抑制するという副作用は出ないが、何人かに一人、千人に一人とか一万人に一人とか、その変異のある人にだけ、副作用が出るということになる。分かるか、雄太!!』

——うーん。分かるような気もするけど……

『その遺伝子変異を持つ人が何百人に一人か何万人に一人かで副作用の発現頻度が変わってくるのだ。お父さんは問題となるその心筋収縮遺伝子をつきとめたいのだ。それが分かれば治療法が見付かるかも知れない。そのために、カルトミンの作用機序の詳細を知りたい。特にＡＬＸ‐３のどの部分に作用しているのかを』

——え！　それはどうすれば……

『その点を早く知るためには、カルトミンを製造販売している富沢新薬に訊くのが一番だ。彼らは、そこが企業秘密なので、なかなか教えてくれないかも知れないが、榎原先生に頼んで、副作用で重症な人がいることを伝えてもらえば、教えてくれるだろう』

ここまで読んで、雄太は隆弘からのメールをプリントアウトした。

——明日、榎原先生に読んでもらって、解説してもらおう！　そしたらもっとよく理解できるかも知れない。そして富沢新薬の人に話してもらえば、小手川さんの病気を治せる!!

意識して、自分自身に元気を与えた。

5

翌日、朝食の時に、隆弘からのメールのプリントを奈智に読んでもらった。

「さすが、お父さんね。言われてみれば、そうなのかと私も思うわ」

「お父さんの説が当たっているとして、治療はどうするの？」

雄太はパンを齧《かじ》りながら訊いた。

「治療?!　これは簡単じゃないわよ。ポイントは脱メチル化ね……、この辺の話になると、やはりカルトミンを開発した研究者が一番よく知っていると思うわよ」

「……その研究者って分かるの？」

「お母さんが、榎原先生に電話して調べてもらうようにお願いしておくから、今日は午前中だけでも学校へ行って来たら」

奈智は船山の言った「教職員会議で処分を諮る」を、多少ではあるが、気にしている。

「ガールフレンドは友達じゃない、なんて言う学校には行く気がしないよ」

「確かに船山先生は考え方が狭いようだけど、学校側は、今度のことがきっかけで雄太が学校での勉強を軽視するようになってはいけない、と考えているんだと思うわよ」

「学校のお友達も心配してるんじゃないの？」

と伸子が言う。

「じゃ、お母さん、今日は学校に行くよ。榎原先生に連絡しておいてね。昼に電話するから、絶対に出てよ」

と言って雄太は牛乳を飲み干し、学校に行く支度を始めた。が、数学と物理の教科書をカバンに詰めながらちらちら見ているうちに、考えが変わった。

――もう少し休んでも大丈夫だ。これくらいなら後で勉強できる……。それより田中と本庄にメールを入れよう。

『田中君、本庄君、学校の方はどう？　僕は元気だ。小手川さんの病気も原因が分かりつつあるので、治る可能性が出て来た。これからが勝負だ。君達も祈っていてくれ!!　柊』

直ぐに返事が来た。皆、登校前にメールをチェックする習慣を持っているようだ。

『柊、頑張れ！　僕達にできることがあったら言ってくれ、何でもする。　本庄』

『学校は、特別なことは何もない。忘れろ、と言ってるだろう！　小手川さんに全力を尽くせ!!　田中』


――全力を尽くせか……、二人共、船山先生が問題視していることを僕に隠しているんだ……

雄太は教科書の代わりにｉＰａｄを鞄に入れて、「行ってきます」と家を出た。伸子も奈智も学校へ行ったと思っただろうが、嘘をついているつもりはなく、自分の気持と取ろうとしている行動を説明するのが面倒臭かっただけだ。


――杉並区図書館じゃだめだ。大学医学部の図書館でなくては……

結局、雄太は城南大学医学部図書館に行った。入館にあたって、自分は柊医師の息子で、進学について調べたいことがあると言ったら、書類に氏名を記入するだけで入れてくれた。

癌遺伝子に関する参考書を棚から取り出し、いくつか目を通してみた。

――発癌や癌の増殖に関わる遺伝子と、増殖を抑制する遺伝子が、それぞれ百以上もあるんだ。これは僕の手に負える話ではない……

次に〝遺伝子学入門〟と題された書物を見つけ、点変異（遺伝子の長い塩基配列のうち一つだけが他の塩基に入れ代わっていること）やメチル化（アデシンまたはシトシン塩基にメチル基が付加され、そのためにその遺伝子が不活化されること）についての箇所のみ熟読し、ごくごく基本的な知識は吸収することができた。

ちょうど昼の十二時を回った頃だったので奈智のスマホに電話を入れると、榎原先生からの返事は、午後一時に来てくれれば、手術に入る前に時間を取ってくれる、とのことだった。


榎原とは部長室で会うことができた。

「母から聞いたかもしれませんが、コレ、僕の父の推理というか……、何と言うんですか？　病気の原因を探ったりすることは？」

「何というのかな？　原因を推察する……、推測か、検索かな」と言いながら、榎原は隆弘からのメールを読み始めた。

「榎原先生、小手川さんのお母さんは亡くなってないんです」と雄太が言っても、榎原は「そうか……」と言っただけで、雄太に返事をするよりメールを読むことに集中しているようだった。半分くらい読んだ所で「うーん、そうだね、その可能性が高い」と頷いた。

「雄太君、この話、理解できたの？」

「はい！　さっき図書館で調べてきました。小手川さんの心臓の筋肉の働きをコントロールする遺伝子の一箇所が、他の人と違っていて、それでも、普通はなんともないんだけど、カルトミンが注射されると、その遺伝子の一部がメチル化されて働きが抑えられる。つまり心臓の収縮力が弱くなる。カルトミンが癌に効くのは、ＡＬＸ－３という癌遺伝子の一部分をメチル化する作用があるからで、その作用が心臓の遺伝子の構成の似た部分にも効いてしまうからそうなるのですが、その作用は、その心筋遺伝子の一箇所が普通の人と違っている人にだけ起こる、ということだと思います」

「そうだ、その可能性があると、君のお父さんは言っている。しかし、それにしても、よく理解できたね。大したもんだ」

榎原は、雄太が中学生の頃に、「彼は将来が楽しみだ」と須佐見教授が言っていたことを思い出した。

「榎原先生、最後まで読んでいただけましたか？　カルトミンがＡＬＸ－３癌遺伝子のどの部分に作用しているのかが分かれば、影響を受けている心筋遺伝子を知ることができる、そのためにはカルトミンを作っている富沢新薬に問い合わせるのが一番と父は言っています。榎原先生‼　お願いします」

雄太は思い切り頭を下げた。長くそうしていて顔を上げると、榎原の顔が柔和な仏のように見えた。

「雄太君、ちょっと待っててね」と言うと、榎原は院内フォーンを胸のポケットから取り出し手術室に電話を入れた。

「もしもし、どうしても外せない重要な用ができたので、一時のオペを二時開始に遅らせてくれないか？　良性の疾患だし、急ぐ必要もないケースだから……うん……うん……二時にはそちらに行けると思うから……よろしく」

聞いていた雄太は、手術の患者さんに悪いな、と思ったが、こちらは命に関わる緊急事態なんだから許して下さい、と心で謝った。

「まず、私が院長の所に行って、協力を依頼する。私より彼からの方が、製薬会社も聞き入れてくれそうだ」

「じゃあ、僕も連れて行って下さい。お願いです」

「何のために?」

「僕は何も言いません。ただ、目で大変重大な事態であることを訴えます。僕の真剣な顔を見たら、院長先生も親身になって考えてくれると思うのですが……」

そういう雄太の思い詰めた目に押されて、榎原は「ノー」と言えなかった。

＊

榎原はアポもなしに直接院長室を訪ねた。水曜のこの時間は夕方からの診療連絡会の下準備で、必ず部屋にいることが分かっている。

十階の院長室、ノックして中に入った。

デスクから離れて、応接セットのソファーに榎原を案内しようとした結城院長は、後からついて来た雄太の姿を見て不可解そうな顔をした。

「彼は?」

「私の後輩医師の息子さんです。これから報告する症例に重要な関わりを持つ者です」

「じゃあ、君もそこに座って……で、報告とは何ですか?」

――初めてこの病院に来た時に、榎原先生に声を掛けたあの人だ……。今日も背広を着ている……

「実はカルトミンで重篤な副作用が出ました」

「先生の受持ち患者ですか？」

「はい、女性で……、まだ若い十七歳の高校生ですが、卵巣癌の術後治療でカルトミンを使っていました。四クールまで施行しました。癌の方はそれでほぼ完治したと思います。再発防止のために後一クール行えば治療終了という段階なのですが、急に心臓機能が低下し、心不全の状態になってしまいました」

「不整脈が出るという副作用があるとは聞いていましたが、それとは違うのですか？」

「それとは別のようです。循環器の専門家の意見では、心筋収縮に関与する遺伝子の一つに変異のある人にだけに出る副作用らしいとのことです」

「それで、私にどうしろと？」

「まず、この事実を製薬会社とPMDA（医薬品医療機器総合機構）に報告しなければなりません。報告だけなら、それは私の方でやります。重要なのは心筋の収縮障害を起こしている遺伝子がどれなのか知るために、カルトミンが癌遺伝子のどの部位に作用しているのかの情報を製薬会社から聞き出すことなんです。それは、私よりも院長から会社に掛け合ってもらう方が良いかと思いまして」

結城が複雑な顔付きを見せ始めた。

「私には医学の詳しいことは分かりませんが、今の件を問い合わせて回答が得られれば、その重篤な患者さんを治す方法があるんですか？」

「いいえ、直ちに対応できる訳ではありません。でも、心機能を抑制している原因遺伝子が分かれば、次に対策を見つけ出すことができるかも知れません」

「分かりました。私はカルトミンを製造販売している富沢新薬の柿沢社長をよく知っています。できるだけ早く連絡を取って訊いてみましょう」

——柿沢……？　柿沢美樹さんと関係あるのかな……？

「ありがとうございます、院長。私の方はカルトミンの臨床試験を一旦中断してもらうよう手続きを進めます」

と榎原が言うと、結城の顔色が変わった。

「榎原先生！　カルトミンはいい薬だと言っていたじゃないですか？　副作用も少ないと」

「それはその通りですが、これまで報告されていない副作用が出て来た疑いがあるのですから、ここは臨床試験を一旦中断して、詳しく調査をし、できれば副作用が発現するメカニズムを解明してから再開するのが常套と思いますが……」

「榎原先生、抗癌薬には必ず副作用がありますよね。何パーセントかの確率で重篤な副作用が出るのは当然で、それでいちいち臨床試験を中断していたら、新規薬品の保険収載が遅れるばかりで、その恩恵を受けるべく待っている多くの患者さんが苦しむだけですよ。臨床試験を中断する必要はありません!!」

珍しく強い口調で結城は言い放った。

「それは院長が決めることではなくて、製薬会社とＰＭＤＡが決めることです。私は富沢新薬のＭＲを呼んで会社に報告するだけはしておきます」

「製薬会社への報告を君がするのは良いが、しかし臨床試験を中止することはないと思うがね」

という結城の煮え切らない態度に、カルトミンの副作用を解明しようという意欲を感じなかった雄太が、心配になってつい口を出した。

「院長先生、富沢新薬に情報提供をしてくれるよう頼んで下さい。お願いします」

「私もできるかぎりのことはするが、相手も企業秘密を簡単に明かしてくれるかどうか……」

「そこを、何とかお願いします」

雄太は、カルトミンが作用する癌遺伝子の部位に関する情報が入れば治療法が見つかるものだと思っている。

「榎原先生、この子は患者さんとどういう関係の人ですか？」

「患者さんのボーイフレンドです」

「ボーイフレンド⁉　榎原先生‼　ボーイフレンドかガールフレンドか知らないけど、そういう人の情に流されて……、先生は医療全体を広く見ることを忘れていませんか？　先生くらいの立場になると、もっと大局を見る目を養う必要がありますね」

――何故、榎原先生が責められなければならないんだ……

雄太が口を尖らした時、榎原のピッチが鳴った。

「ちょっと失礼」と院内フォーンを手にして立ち上がり、顔を横に向けて、

「もしもし、あー……」と言ったきり、相手の話を聞いているだけだった。

ようやく、「そうか、じゃあ、私もこれから直ぐ行く」と言って院内フォーンを切った。

「雄太君、君は一階の喫茶室で待っていてくれないか？　私は状況を確認してから君に説明しにゆく

から……」

「はい、分かりました」

「院長！　大局観の話はいずれまた。私達にとっては目の前の患者さんの方が大事なんです」

と言うと、榎原は素早く雄太の腕を取って院長室を出た。

二人が居なくなった後、結城は秘書に、婦人科の十七歳の癌患者のカルテを届けること、ＡＭＩ日本支社長に連絡を取り付けることを指示した。

榎原は廊下で、「小手川さんの容態が急変した」と雄太に伝えた。

＊

雄太は一人で喫茶室に入った。自動販売機でお茶が飲めて、十〜二十人位は談話ができるようにテーブルが配置されている。

コップに水を注いで、それを持って人のいないテーブルの椅子に座った。

――急変したとは、どういうことだろう……。昨日は僕と話したんだ。お父さんのことを心配していた……。でも榎原先生の慌て様は只事ではなさそうだ。また、前の時のように意識を失ったのか？　心拍動の一時停止……？　でも病院にいるんだから、大丈夫だ。……富沢新薬の社長、柿沢という人、柿沢美樹さんと関係があるんだろうか？

雄太はスマホを取り出して、美樹にメールを送った。

『会ってお訊きしたいことがあります。必ず連絡を下さい。大変重要なことです。　柊』

――今度は返信してくれるだろう。それにしてもあの結城っていう院長、何か消極的だったな、本気で富沢新薬と掛け合ってくれるとは思えない……

三十分ほどして、榎原が来てくれた。

「榎原先生、手術の方はいいんですか？」

榎原は雄太のテーブルの前の椅子に座ると、直ぐに話し出した。

「手術は他の医者に代わってもらった。小手川さん、今CCUに移った。循環器の渡辺先生の話では、心臓の収縮力が一段と弱って、薬では支え切れなくなったそうだ」

「じゃあ、どうなるんですか。薬が効かないということは……」

「まだ、手立てはあるんだ。IABP（大動脈内バルーンパンピング）と言って左心室の働きを助ける装置を挿入する準備をしている。これで心臓のポンプ機能を補助するのだ」

「じゃあ、榎原先生、それをやっている限り、死ぬことはないんですね!!」

「永遠にやっていられる処置ではない。一時凌《しの》ぎだ。どれ位効果があるかも循環器の先生に訊いてみないと分からないが、最後の手段としてはPCPS（経皮的心肺補助）と言って、体外で酸素化した血液をポンプで身体に送る、いわゆる人工心肺装置を使えるそうだが、いずれにしても一時的に生命を維持するだけで根本的な治療ではない。あとは心臓移植しか……」

「それじゃ、心臓移植をやって下さい!!」

「そんなに簡単に、直ぐできるもんじゃないんだよ……。悔しいけどね」

「……」

覚悟していなかったと言えばウソになる。これまでも何度か頭を過《よぎ》ったことはある。しかし、この時は、胸の奥底からいつもと違う巨大な悲しみが込み上げて来て、雄太は泣き声を上げる代わりに全身をわなわなと震わせていた。

第八章　ＰＣＰＳ

1

三人は、東京駅の近くに新しく開業した外資系ホテルの一室に集まった。

柿沢が十日前に相談事があると二人に連絡し、マイクがこの部屋を予約したのだ。奇しくも一昨日、結城が榎原からカルトミンの重篤な副作用の報告を受けていて、柿沢が相談したいと考えた事例と合わせて二つの副作用案件への対応を協議する場となった。

部屋は十人位まで集える小会議室で、入って直ぐの所に白いクロスの掛けられた長方形のテーブルが置かれ、奥にはソファーと背の低い小テーブルのセットが見える。

「柿沢社長には真ん中に座っていただく方が良いと思いますので、ここにお掛け下さい」

と、マイクは柿沢を座長席にあたる長方形の短辺側に座らせ、結城には右の長辺側で最も柿沢に近い椅子を勧めた。自分はその向かい、柿沢の斜め左に陣取った。柿沢からすれば三角形の頂点に据えられた恰好になる。

四方山話《よもやま》をしている内にコーヒーが運ばれて来て、三人の前に置かれた。ボーイに、「少し席を外してください」とマイクが言う。ボーイが出て行くのを確認して、結城が「それでは」と、口調を改め、声を抑え気味に切り出した。

「柿沢社長、大阪での事例を説明していただけますか？」

柿沢は、吉竹から受けた報告通り、八十一歳で腎障害のある患者がカルトミン投与の夜に死亡した症例の説明を行った。

「電解質異常のある患者には慎重に投与、と注意書きがされてる訳でしょう？　それに臨床試験の対象外と言ってましたよね」

と結城が言うと、マイクが続いた。

「それは、医師の方の不注意で生じたアウトカム（結果）であって薬の副作用と言えるのですか？」

「確かに、医師の方に不注意があったかも知れませんが、そんなケースでも私達製薬会社は副作用としてPMDAの安全情報課に報告する義務があると考えています。死亡例ですから、十五日以内に、です。このケースを報告したからと言って、添付ファイルに追加記載を求められることもないでしょうし、臨床試験にもそう影響しないのではないかと踏んでいます。ただし、臨床試験は最近頓《とみ》に実施基準が厳しくなっていますので、死亡原因が電解質異常と断定されるまで中断するように勧告を受ける可能性も全くない訳ではありません。しかし、大した日数は掛かりません。少しくらい臨床試験の進行が遅れても、報告しなかったことを後で問題視されるより、報告しておく方がよほど良い結果をもたらすと私達は考えています」

「柿沢社長!!　その事例だけなら、おっしゃる通り大きな問題にはならないでしょう。臨床試験も続行できると思います。しかし、もっとシビアーなケースが東京で出たんです」

とマイクが言う。

「え!?　本当ですか!?」

柿沢は驚愕した。心の動揺を隠そうとしたが表情に顕れている。

結城は榎原がそれほど迅速に行動するとは思っていなかったのだが、榎原は結城との会談の次の日に夏実の件を、公式な書類作成に先立って、まず口頭で富沢新薬のMRに報告していたのだった。が、それは昨日のことで、社長にまでは届いていなかった。一方、マイクには直接結城から連絡が入り、事例の概要も知らされていた。その中には、結城が取り寄せた夏実のカルテから得た情報も含まれている。

「東京のケースの方が深刻です。十七歳で、合併症のない患者です。もちろん、手術後にカルトミンを使ったのですから、癌が進行した状態だったんだと思いますが、癌の方はほぼ治ったようです。カルトミンの抗癌効果はすばらしい!!」

と結城が言うと、

「その患者も亡くなったのですか？」

と、柿沢は拳でテーブルを押さえて、上半身を結城に近寄せた。

「いやいや、まだ死んではいませんが、相当危ない状態だと担当医が言ってました」

結城は、こんな状態でも感情を出さず平然と答える。

「心臓ですか？」

と柿沢が訊くと、

「そうらしい。詳しいことは私には分かりません。私は医者じゃない。医療経済が専門ですから……」

と、結城はどこまでも淡々とした口ぶりだ。

柿沢は「うーん……」と唸り声を出し、俯いてしまった。全身の力が抜け落ちたようだ。

しばらく沈黙が続いたが、柿沢がむくっと顔を上げ、口を開いた。

「カルトミンの心臓への作用については、薬理動態をもう一度詳しく見直すように、吉竹副社長に命じてあります。そういう事例が出たのであれば、覚悟を決めなければなりません。ＰＭＤＡに報告すると共に、臨床試験ＦＡＣＴ‐０１０２は一時中断とします」

それを聞いていた結城が顔をゆっくりと数回横に振った。

「柿沢さん、問題の患者は臨床試験の対象ではないんですよ‼　臨床試験とは関係なく治療として薬が使われた症例です。それで臨床試験を中断することはないんじゃないですか？」

「使用上の注意から予測できない未知の重篤な副作用が出たのですから報告の義務があります。そして、詳細が判明するまで同じ薬を使う臨床試験を中断するのは当然のことです」

と柿沢が反論すると、マイクが言う。

「まだ、亡くなった訳ではないのですよ。それにその患者はもともと心臓に何か異常があったのでは？　お母さんも心臓病で早死にしているらしいですし。これまで千数百例の使用経験があって、今問題になっている副作用は一例も出なかったのですから、特異体質じゃないんですか？」

「抗癌薬ですからね、ある頻度で重篤な副作用が出るのはやむを得ないことでしょう。こんなことで臨床試験を中断すべきではありませんよ」

　と結城が続いた。

「どうしてそんなに臨床試験を急ぐんですか？　調査が済めば、また再開できると思いますよ」

　と柿沢が言うと、結城がいつになくトーンを一段高めた。

「柿沢社長!!　前にも申し上げたと思いますが、カルトミンは本当にいい薬なんです。この薬が使えることは、癌で苦しむ人の福音なんですよ。一刻も早く保険適用にして、誰にでも使えるようにするのは、それこそ製薬会社の務めでしょう」

「しかし、副作用報告はしなければ」

「それで、臨床試験の進行が遅れなければ、どうぞ、報告して下さい。少しでも臨床試験に影響が出る可能性があるのなら、調査後に報告してはどうでしょう？　薬物動態からみた原因の解明と副作用の出現頻度や関連リスク因子などの調査結果が出てからにしませんか？」

　結城は柿沢を見据えてさらに続けた。

「もともと進行癌患者ですよ。薬の副作用かどうかも分からないじゃないですか!!」

「それでも、報告する義務があるんです」

　と、柿沢は正論を繰り返す。

結城は抑揚のない坦々とした口調に戻った。

「そうですか……、それで、もしカルトミンが転んだら、セルダー社が喜ぶでしょうね。彼らの販売しているセルプチンは、今売り上げ第二位につけていますからね。まあ、彼らは保険収載など重視しないでしょうから、一部の金持ち以外の一般国民には不幸なことです」

柿沢は眉間の皺を深くして、「セルダー社か……」と呟いた。

十年前に合併の話があった会社だ。トミロールのゾロが出た途端、その会社に袖にされた記憶が甦る。続いて経営不振、倒産の危機、銀行との交渉……。次の瞬間、柿沢の頭の中で、自殺未遂前後のいくつもの出来事がごった混ぜになって煮え繰り返った。

コーヒーを飲み干したマイクが、タイミングを見計らったように口を開いた。

「もし、そうなったら、当社が融資した十億円はどうなりますか？　カルトミンが売れなければ銀行からの借金も返済できませんね。正直に言って富沢新薬は終わりですよ」

と言ったものの、実のところマイクはこのような強迫染みた発言をするつもりはなかった。彼自身が気付かない内に結城のペースに乗せられてしまっていると言える。昨日、結城と電話で話した後、マイクは上浦副社長と連絡を取っている。官僚として旧知の結城の本性を教えて欲しいと頼んだのだった。同じ官僚出でも、上浦には絶大な信頼を置いている。一方、結城に対しては、京都に行った頃はともかく、副作用報告に対する話を聞いていると彼の本心が分からなくなった。結城の意見が正論とは認め難く感じ、口が上手いだけにその言葉を百パーセント信用してよいか疑問に思えてきたのであった。上浦は次のように答えた。

——結城さんは頭のいい人です。そして、信念を持って行動されます。信念を貫く意志も強いと思います。問題は、その信念の実体が分からないことです。経産省の省益を第一に考えているのか、国民のことを考えているのか、あるいは自身の出世を考えているのか……、私にも分かりません。ただし、今回の一連の行動は、医療改革を成功させたい一念ではないでしょうか？　絶対にそうとは言い切れませんが、いずれにしてもそれが我が社の利益と一致することは間違いないと思います——

結城がマイクの話を継いで畳み掛ける。

「カルトミンが転べば、医療制度改革を推進する私共にも大打撃です。私達三者は、それぞれ使命は異なっていますが、利害は共通しているのです。既に運命共同体なんです」

柿沢は聞いているのか、いないのか、目を見開いてテーブルの先の正面の壁を見ていた。

「柿沢社長!!　担当医が、カルトミンが癌遺伝子のどの部位に作用するかを教えて欲しいと言っていましたがね……。私は公表する必要はないと思いますよ。他に真似されたら、あっと言う間ですよ、類似薬が出てくるのは。そこは御社の生命線ですからね」

結城は言いながら、榎原を止めなくては、と思った。

柿沢は死んだような目で、ただ前方を向いている。

2

雄太は吉祥寺駅で柿沢美樹と会っていた。

「柊君、お見舞、毎日ですって。それも学校を休んでまで……。夏実ちゃん幸せね」

「幸せなことはないよ。大変な病気なんだ。それに今は会えないし」

今度は直ぐに返信が来て、二人は南側改札口の前で立って話している。

「……で、話って何？」美樹はつっけんどんな口振りだ。

「柿沢さんのお父さんって、富沢新薬の社長さん？」

「ああ、それは伯父さん。父のお兄さんだわ。それがどうしたの？　なんでそんなこと訊くの？」

「伯父さんか……。それじゃ僕に紹介してくれないかな？　というか、僕、会いたいんだ、富沢新薬の社長に」

「別にいいけど、どうして？　夏実ちゃんの病気に関係あるの？」

「内容については言えないけど、大いに関係ある」

「伯父さん、京都よ。私も小さい頃は京都に居たの。お父さんの転勤で東京に来たんだけど、それからはあまり会ってないわ。でも電話して訊いてもいいわよ。いつか東京に出てくることはないかって？」

「いつか？　そんな悠長なこと言ってられないんだ。僕が京都に行ってもいい、直ぐにでも会いたいんだ」

雄太は縋《すが》るような視線を美樹に送った。美樹は背が高く、目の高さは雄太とあまり変わらないのだが、何故かさっきから雄太の目を真っ直ぐには見ず視線を逸らしている。目を横に向けたまま呟いた。

「柊君って、本当に純なのね」

「急がないと、間に合わないんだ」

雄太は必死の思いだった。

美樹にはボーイフレンドがいない。夏実と雄太の関係を見ていると羨ましいだけでなく、心の奥でやっかむ気持ちが膨らんでいた。前もメールに返信しなかったし、桐成高校に雄太の休学理由を密告したのも彼女だった。美樹はそのことで呼び出されたのだと思っていて、問い詰められても知らん顔でいるつもりだった。しかし、全く予想外の話を持ちかけられ困惑している。

俯いてしばらく考えてから、

「家に帰れば電話番号が分かるから、電話してみる。柊君にはメール入れるわ」

と言いながら体を翻《ひるがえ》すと、すたすたと歩いてゆく。人込みに紛れてあっという間に見えなくなった。

雄太は一日も早く富沢新薬の社長に会いたいと思った。もう時間がない。結城院長が信用できないとなると、榎原先生からアプローチしてもらうしかないが、薬の副作用の話と分かれば敬遠される可能性がある。今は柿沢美樹さんが頼りだ。

ところが、夜の十時を回っても、メールが来ない。

――何故だ?……、伯父さんに連絡がつかないのか?　まさか忘れているということは……?

それはないだろう。親友の命に関わることなのに……

雄太は、〝妬《ねた》み〟というこの年頃の女性によくある心情の機微を知らなかった。好奇心が強く、何にでも興味を持ちまた夢中になってきた十七歳の青年だが、恋は初めてだ。その単語は知っていても、自身の人間関係の中で嫉妬や妬みという感情を認識したことは一度もなかった。

美樹がなかなかメールを寄越さない理由を、夏実の容態が悪化したことを知らないから、と決め込んで、自分の方からメールを送ることにした。

『柿沢さん!! 昼に会った時にもっとはっきり言っておかなければならないことがありました。小手川さんの病気は大変重症なんです。このままでは死んでしまう』

とまで入力して、書き直した。

『……、このままでは小手川さんがこの世から姿を消して』

この部分をまた削除して書き直した。指が震え出したが何とか書き込んだ。

『……、このままでは柿沢さん達は親友と一生会えなくなってしまいます。救える可能性があるのはあなたの伯父さんだけなのです。急ぐんです。お願いです。伯父さんに会わせて下さい。 柊』

その後、雄太は、メール待ち受け画面を開いたまま返事を待ち続けた。

美樹からメールが入ったのは、日が変わる寸前だった。

『伯父さんは、たまたま東京に来ています。東京駅の近くのＳＣグランドホテルに宿泊していて、明日の午前中なら会えるそうです。私の友達が会いたい、とだけ言ってあります』

『ありがとう』と返信を入れたものの、一人で会って、何をどう話せばよいのか……？　今になって考え始めた。

――薬の副作用の話など自分一人では無理だ。やっぱり榎原先生について行ってもらおう。榎原先生は、夏実さんのために受け持ち患者さんの手術を他の先生に代わってもらったんだ。きっとOKしてくれる……、お母さんから頼んでもらおうか？　いや、これは自分でやらなければ……

雄太が電話を入れると、榎原は喜んで同行すると言ってくれた。その時、姪御さんにも一緒に来てもらえないかと言われたので、雄太は美樹のスマホに電話して同行を頼んだ。幸い明日は日曜日で学校は休みだったが、朝から付き合ってもらうために、夏実の今の病状を知る限り詳しく話した。雄太の真直ぐな言葉を聞くうちに、美樹も夏実のためにできるだけのことをしたいとの思いを強くしていった。

＊

翌日の朝十時に、雄太と榎原と美樹はSCグランドホテルの一階ロビーで待ち合わせ、三人揃ってから十八階に上がり、客室の柿沢信一富沢新薬社長を訪ねた。

柿沢は、美樹とその友人が来るとしか聞いておらず、ノーネクタイのワイシャツ姿でドアを開け、榎原がいたので一瞬戸惑ったが、美樹が小さく頷くのを見て「どうぞお入り下さい」と三人を迎え入れた。

部屋は広く、ツインベッドと仕事用のデスクの他に来客用のソファーと透明なガラスの小さなテーブルがあった。

美樹が雄太を親しい友達の一人と紹介し、雄太は榎原を母親の知人である産婦人科医師と紹介した。二人は一年前に一度顔を合わせている。榎原は、カルトミンの発売記念講演会で会ったことを思い出したが、柿沢は全く覚えていない。柿沢は、久し振りに美樹に会える、くらいしか考えておらず、この三人が何のために来訪したのか思い当たることがなかった。

「美樹ちゃん、元気そうだね」と言いながら、どのような配置で席を設えればよいのか迷っていると、柿沢の足が悪いことを知っている美樹が、「伯父さん、久し振りです」とだけ言って、一人奥に進んで、デスクの椅子をテーブルの前に運んだ。テーブルを挟んで柿沢が椅子に、その前のソファーに雄太と榎原を座らせるよう誘導して、自分はベッドの端に腰掛け、これから始まる対話を少し離れて聞く体勢を取った。

ここからは榎原の出番である。

榎原はまず、カルトミンの副作用のためと疑われる症状を発現した患者がいること、それは十七歳の女性で美樹や雄太の友達であること、さらに、現在、大変重篤な容態に陥っていることを話した。

昨日、結城達と議論した患者のことだ、とすぐに察した柿沢が、

「その件なら報告を受けていますと」と言うので、榎原は自分がMRにした報告がもう社長にまで届いているのかと感心もし、それなら話は早そうだと思ったのだが……

「そのことを社長の私に知らせるためにわざわざ出向いて来られたのですか？」

「お伺いしたのは、副作用報告のためではありません。カルトミンが何故心臓に作用するのか？　そ

れも、千人に一人くらいだと思いますが、どうして特定の人にだけ非常に強いアドバースエフェクト（悪い影響）を及ぼすのか、それを知りたいのです。その詳しいメカニズムが分かれば、心筋をそのエフェクトから解放する方策が見付かるかも知れません」

榎原は真正面から本題をぶつけた。

「ちょっと待って下さい。その女性の重篤な症状がカルトミンの副作用だと、どうして断言できるんですか？　もともと進行癌の患者さんでしょ?!　それにお母さんも早死にしておられる。その遺伝病の可能性が高いのではないですか？」

と、柿沢は結城達から得た情報を持ち出し、夏実の病状がカルトミンの副作用であることを認めない腹のようだ。結城の魔力が一晩で柿沢の身体に沁み込んだのか……？

聞いていた雄太がたまらず発言した。

「小手川さんのお母さんは死んでいません。ご両親は離婚したんです」

「え?!　ホント?!」と横から美樹の声が聞こえる。

「本当です。小手川さんのお父さんが話してくれました。それより、榎原先生の質問に答えて下さい。お願いします」

と雄太は深く頭を下げ、そして顔を上げて真剣な眼差しを柿沢に向けた。

その視線を逸らす柿沢に対して榎原が続ける。

「カルトミンが不整脈とは別に、心筋そのものに作用しているのは間違いないんです。循環器の専門家が様々な疾患の可能性を考え、最も近いのが特発性拡張型心筋症だが、それとも違う……、薬剤か、他の何かの理由で心筋の活動に特別な強い抑制作用が働いているとしか考えられない、と言っているのです。その患者に使っている薬でそのような作用が考えられるのはカルトミンしかありません」

柿沢は、この時も目の前が真っ暗になり身体も脳も硬直してしまったが、昨日より冷静だ。

「もし、その人の症状がカルトミンの副作用である可能性があれば、それは重篤ですから、十五日以内に報告しなければなりません。先生には調査票に必要事項を記入して、速やかに提出していただく必要があります。しかし、私にはどうしてもカルトミンの副作用とは思えませんので、詳細を調査する日にちを頂けませんか？」

「そんなことをやっている時間はないんです」と雄太が割り込む。

榎原は言う。

「私が今日おじゃましたのは、報告する、しないの問題を議論するためではないのです。カルトミンがＡＬＸ－３癌遺伝子のどのドメイン（構造上あるいは機能上の一つのまとまった領域）に作用しているかを知りたいのです」

「それを知ってどうする？　直ぐに副作用を防ぐ手立てが取れるとはとても思えないが……」

柿沢は視線をあらぬ方に向けたままだ。

柿沢の非協力的な態度に、美樹が憤慨して声を上げた。昨夜知ったのだ、雄太と夏実の仲をやっかんでいる状況ではないことを、夏実がまさに死に瀕していることを。

「伯父さん！　なんでもっと真剣に考えてあげないの？　私の親友が死ぬかも知れないのよ!!　伯父さんはいつも言ってたじゃないの、病気の人を薬で救うのが自分の仕事だって!!　そんな伯父さんのことを大好きだったのに……、伯父さんの作った薬のせいで私の親友が死ぬなんて……」

と言って美樹は泣き出した。ハンカチを出して目頭を押さえる。

柿沢はステッキを突いて、ゆっくり立ち上がり、美樹の隣に座った。美樹の肩を抱いて引き寄せ、言った。

「会社を経営するのは大変なんだよ、美樹ちゃん。予想もできないいろんな事が起こるんだ。それを一つ一つうまく解決してゆかないと会社は潰れる……」

美樹は柿沢の腕を振り払い、立ち上がって雄太の側に行った。

雄太が言う。

「カルトミンが作用する癌遺伝子が公表されていることは知っています。そのどの部位にどんな作用を及ぼしているかは会社の秘密なんですよね。その秘密は他の会社などには絶対に漏らしません。榎原先生もそれは誓ってくれます。カルトミンが作用する部位とその詳しいメカニズムさえ分かれば、心筋の働きを調節しているどの遺伝子にどうゆう影響を及ぼしているかを僕の父が調べてくれる。そしたら……、何か治療法が見付かるかも……」

話している内に、思いが込み上げて来て言葉を詰まらせた。

柿沢は腕組みをして天井を見上げている。

――結城とマイクに約束した。このケースには目を瞑ってしばらくそうっとして置くこと、すなわちMRからの報告も全く知らなかったことにすることを。そして、次に同様の事例が出るまでに臨床試験を完遂させ、迅速にカルトミンの保険収載を実現させることを、昨夜三人の契りとしてしまったのだ。新しい日本の医療体制確立のために、日本で民間医療保険を定着させるために、そして、富沢新薬が倒産を免れるために……

「柿沢社長、お願いします」

「伯父さん！　お願い!!」

柿沢は身の裂ける苦悩を抱えたまま口をへの字に結んで、貝になるよりなかった。

＊

その日の内に京都に戻った柿沢は、帰宅すると直ぐ吉竹と連絡を取った。

「その後どうだ？　薬剤動態部は何か見付けたか？」

「マウス（鼠）、ラビット（兎）、ビーグル（犬）で調査したそうです。マウスは千匹、他は百匹ずつ実験したと言ってましたが、心機能に異常が出た動物はなかったとのことです」

吉竹にも、東京での副作用事例について、MRから詳しい報告が入っていた。

「ヒトだけってことか？　それも、千人とか一万人に一人という特異体質の……」

「その通りだと思います。そこで、動物実験を手伝わせた大学院生の山田と同級の連中にヒトの心臓機能に関わる遺伝子の塩基配列をすべて調べさせたんです」

「それで、どうだった？」

「山田が言うには、ALX‐3によく似た配列の心機能関連の遺伝子があるそうです。CMD3xというらしいのですが……全く同じではないので、これには作用しないだろうって……」

「変異のある人にはどうなんだ」

「そうなんです。ですから、カルトミンがメチル化させる部分の塩基配列に焦点を絞って、今、調べ直しているところです。薬剤動態部も加わっています」

「そうか……、研究のスピードを上げて、早く結論を出してくれ!!」

と言って、電話を切ったところ、そこに携帯が鳴った。

「昨日の件ですが、何か動きはありませんか？　お宅のMRの人からの連絡とか……？」

結城からだ。

「榎原という医者が、午前中ホテルに訪ねて来ました」

「ああ、堅物の医者だ。物事を広く見ることができない……。それで、何と言ってました」

結城は電話の向こうでもいつものように淡々とした話し方だった。

「彼は既にうちのMRに報告したそうです」

「そうですか？　しかし、この事例をPMDAに報告するかどうかはあなたの判断が重要ですよ」

「でも、あの医者が直接報告するかもしれません」

「病院側からの報告に関しては、サンフラワー病院では、必ず院長に話を持ってこさせ、報告すべき事例かどうか私が最終判断を下すことになっています。あの娘は母親と同じ心臓病を持っていたのです……。聞いておられますか？　柿沢社長!!」

柿沢は母親の件を説明する気がしなかった。何か言えば、また別の言い方で押し通してくるに決まっている。前向きの考えを話した方がよさそうだ。

「結城さん、この事例、もし、カルトミンの副作用だとしたら、その原因は遺伝子多型です。つまり、問題の娘は心臓の働きを調節する遺伝子のどこかに普通と違う塩基配列を持っているのです」

「それで？」

「ですから、そこのところが解明されれば、カルトミンを使用する症例には、予め問題の遺伝子のSNP（一つの塩基の違い）を調べることにすれば良いのです。変異が見付かった人には使用しないことにすれば、副作用を生じさせずに済みます」

夏実のケースを知らされて、柿沢は自分なりに副作用の原因とそれへの対策を考えていた。そして、今朝の榎原の話と先ほどの吉竹の話から確信を持ったのだ。

「ですから、今回のケースをきちっと報告しておいて、一年か二年か遅れるかも知れませんが、最終的に安全性を高めた上で保険収載に持ってゆくのではいけませんか？」

結城は柿沢が昨夜の約束を反故《ほご》にしかねないと考え、電話を入れたのだった。

いつもより声を大きくして、

「何を考えているんですか？　柿沢社長!!　遺伝子検査には数十万円掛かると聞いてますよ！　それも含めた保険収載など無理に決まっているじゃないですか？　そうすると自由診療にまわってくる。保険会社の中には、支払い除外項目の欄にカルトミンと書き入れる会社がでて来ますよ」

「……」

「そうなると、日本ではよほどの金持でないとカルトミンを使えなくなります。それは、私達の望むところではない。それより、御社はどうなるんでしょうかね。その辺りを、よく考えてみて下さい」

「そう言われても……、やはり報告は……」

「いいですか、柿沢社長」

結城の声が急に太くなり、重い響きに聞こえてきた。

「もし、臨床試験が順調に進まなければ、お宅の会社は借入金の返済ができないんですよ。富沢新薬は終わりですね。マイクも可愛そうにアメリカに呼び戻されて左遷ですかね。私も降格でしょうが、それはどうでもよい。国民に対する大きな責任を果たせないことが悔やまれます。改革の失敗によって、世界一と言われている日本の医療保険制度が、根幹から崩壊してしまうのは……忍び難い……」

電話の向こうの結城の言葉が途切れがちに、小さくなってゆく。演技なのか、本当に声が出ないのか、柿沢には判断が付かなかったのだが、次の言句を聞いている内に、無性に腹が立って来て、ソファーの横に置いてあったステッキを壁に投げつけた。

「貴方は目の前の木しか見ていない。森が見えていないことに気付くべきです。……いや、貴方は分かっているんです。でも恐いんですよね、後で報告義務を惰《おこた》ったと責任を追及されることが……。大丈夫ですよ。私が、そういう動きを押さえることのできる立場にいるんですから……。処罰を受けることなど心配する必要はありません……」

〝バキーン〟と大きな音がした。結城に聞こえたかも知れない……

柿沢は電話を切って、ソファーに深く身を沈め、目を瞑った。

――あのまま死んでいた方が良かったのか……？　違うな……、吉竹のお陰で薬屋の魂も経営者の魂も思い出すことができたじゃないか。……この八年間は私の人生のおまけだったのだ。そこそこ、価値のあるおまけだった……

「あなた、大丈夫ですか？　どうしたんです？」

音を聞いた佐知江が入って来た。

目に映る柿沢の顔からは精気が失せているのに、身体には幸福感が漂っているように佐知江は感じた。

＊

同じ日の夜、自宅にいた雄太に榎原から電話が掛かった。

「雄太君、今、病院から連絡があった。私は直ぐ行くが……、君も来た方がいいかも知れない……」

「はい、分かりました。僕も行きます」

――榎原先生が僕を誘ってくれたのは……？

それ以上は考えたくなかった。

それより、カルトミンの働きを中和する薬ってできないものだろうか、を考えようと努力した。しかし、社長から情報が得られないのでは、父親にメールもできない。

――柿沢さんの伯父さんはどうして、あんなに頑なな態度を取るのだろうか？　分かっていることを教えてくれてもいいじゃないか……。会社の秘密って、そんなに大事なんだろうか……？　何か別の理由があるような気もするけど、人の命より大切なものって、いったい何だ……？

サンフラワー病院のＣＣＵにはベッドが六床ある。この日はそのうち、四床に心臓病の重症患者が寝ていて、夏実は右の列の一番奥のベッドにいた。

目に付いたのは夏実の腰のあたり（大腿動静脈）から出ている二本の太い管だった。動脈血と静脈血らしく色の異なる血液が逆方向に流れている。黒い色のカニューレの先は血液を引き出す遠心ポンプに繋がり、血液を酸素化する膜型人工肺を経て赤い色のカニューレに通じる。それらの器具はポンプのコントローラーやバッテリー、熱交換器、酸素タンクと共にセットされ、カートに載せられている。これはＰＣＰＳ（経皮的心肺補助）と呼ばれるシステムで、自らの心臓で必要な血液量を全身に送ることのできない患者に対し、病態が回復するまでの一時的な心肺機能の補助として用いられる。

夏実の心臓の機能は著しく低下していて、この装置なしでは生きてゆけない。ＰＣＰＳが夏実を生かしているのだ。あまりに痛ましい姿を、雄太は直視することができなかった。

――夏実さんは死んでいるのだ。自分で息をして、心臓を動かして血液を全身に送ることができない。機械を止めた瞬間、この世の人ではなくなる……。こうして機械に頼って身体は生存していても、果たして脳はどうなのか。脳に血液はちゃんと行っているのだろうか？　僕のことを記憶した脳細胞は機能を保っているのだろうか？　それどころか、自分のことも何もかも分からなくなっているかも知れない……

雄太はベッドサイドに立っていたが、夏実と機械から視線を逸らし白い壁を見続けていた。

――お父さんを呼ばなくていいんだろうか？　柿沢さんや草津さんや、他にも会いたい人がいるだろうに……。ああ、会っても見えないし、何も聞こえない、話もできないんだ……。お父さんとはこうなる前に会ったのだろうか……？　お父さんは、お母さんのことを話せずじまいなのかな……

いろいろな思いが頭を巡る。そのうち、立っているのが辛くなって、近くにある椅子に腰を下ろして目を瞑った。

ストラップを握って電車の車両を渡り歩いた。中秋の名月の夜、井の頭公園でキスをした。僕の生まれて初めての経験だ。髪の辺りからいい香りがしたな……

あれはすべて夢だったんだ……。十七歳の僕に神様がくれた夢。僕の初恋の夢は終わった……

雄太は目を開けてみた。

目の前に横たわっているのは夏実さん。夏実さんだと思う。今、もう一度、しっかりとその顔を見ておきたい……が……、無理だ。悲しくてとてもできない。

その時、雄太はふと若草色の封筒を思い出した。それは今日もズボンのポケットに入っているはずだ。左の後ろのポケットに手を入れて取り出した。

——もしもの時は読んでいいって言ってた……

封筒を開けようとした時、肩をたたかれた。振り向くと榎原が立っている。

「雄太君、この状態を続けられるのは三日間だそうだ」

——あと三日……

「そうよ、それ開けるの、あと三日、待ってね」と夏実の声が聞こえた。

＊

絶望的な状況を目の当たりにして家に帰った雄太は蛻《もぬけ》の殻《から》と言ってよかった。

亜紗子は母親と同じくらい敏感なのかも知れない。

「お兄ちゃん、どうしたの？」

と部屋までついて来た。

その後を奈智が追って来て言う。

「あさちゃん!! お兄ちゃんはきっと一人でいたいと思うよ……ママが遊んであげるから、そうっとしておいてあげてね」

亜紗子は聞き分けよく、「うん、分かった」と言って出て行った。雄太は机の前に座った。

——もう、僕にできることは何もない……。せめて、四カ月の夢を忘れないようにしよう。

夏実さんとの出来事は、一つも逃すことなく記憶の細胞に刻み込んでおこう、と思った。

——えーと、あの日は野球の練習が終わって、田中達に魚に恋をした、などと言ったんだった。立和生のチェックのスカートがオシャレだとか……

一つずつ、順を追って丁寧に記憶の細胞の中に畳んで入れて、最後に封筒をポケットから取り出し、引き出しにしまうまで、一時間ほど掛かった。

——そうだ、夏実さんの病気のことを調べた記録やお父さんからのメールも取っておこう、と思ってパソコンをオンにすると、隆弘からメールが届いていた。この日も日本語だった。

『雄太、隣の研究室のヤンヤースファンの黒人は大した者だ。カルトミンが作用している癌遺伝子に類似した塩基配列を持つ心機能関連遺伝子を見付け出した。この心筋遺伝子の〝……GACACT…

…〝の最初のA部分がCになっている人が千人に一人いるらしい。いいかい、ここからがポイントだ。拡張型心筋症の人の中には、この遺伝子の別の部分の変異のために心筋の収縮機能が低下する人がいるのだが、カルトミンは……GCCACT……の部分に作用してメチル化し、この遺伝子（CMD3x）の機能を抑制する。ただ問題の箇所がAでなくCだというだけで、カルトミンの副作用が発現するんだ。そして、この作用は拡張型心筋症における心機能低下の何倍も強く、症状の悪化は極めて急速に進行する』

——千人に一人……、その一人が夏実さん……

『次に雄太はこの遺伝子多型がガールフレンドに存在するかどうか調べる方法はないか、と尋ねるだろう。それから治療法はないかと……』

ここで雄太は読むのを止めた。そして返信を入れた。

『お父さん、もう手遅れです』

3

次の日、柿沢は夜明け前に電話で起こされた。

「社長!!　脱メチル化ができることが分かりました」

吉竹からだった。

「え！　本当か？」とは言ったが、実際のところ心は昂《たかぶ》っていない。せっかく吉竹に甦らせてもらった製薬会社の責任者としての気力も薬屋の魂も、結城とマイクに吸い取られてしまった気がする。おまけの人生も終わってしまった気分だったが……、吉竹の話だけは聞かなくてはと思った。

「変異ＣＭＤ３ｘのメチル化したシスチン残基を元に戻せるんです!!」

吉竹の声は興奮で上擦《うわず》っていて聞き取りにくい。

「何だって？　え……で、それは直ぐ手に入るような物質なのか？」

「今、山田達が作っています」

「何だって？」

「山田とウチの若手研究者が合成を進めています、薬物動態部の連中もいますよ」

「合成部の研究者は辞めたんじゃなかったのか？」

「三人残っていたんです。山田が、カルトミンでメチル化ができているのだから、その逆をやれば理論的には脱メチル化も可能だと言って、昨日から合成室に籠っています。原材料や試薬等はカルトミン製造用とほとんど同じで済むそうです。他の連中も私が呼び集めました」

薬学を出た柿沢でさえ、いや、だからこそ俄《にわか》に信じられる話ではない。しかし、吉竹と話している時だけは薬屋に戻れる気がする。

「わしも、これから研究所に行く」

自分の目で確かめたいと思った。効果が目に見えるという話ではない。が、富沢新薬の社員達が本当に合成作業をやっているところを見たかった。創薬の現場を見るのは最後になるかもしれないとも感じていた。

山崎までタクシーを飛ばした。

「富沢新薬総合研究所」の表札を、昇りかけた朝日が眩しく照らし出す。

会社が潰れても、この研究所だけは吉竹の新会社に引き継がなければ、と今でも思っているのだが、東西銀行から融資を受ける際に目を付けられ、担保に取られてしまっている。

結城やマイクと離反すれば会社は潰れる。この研究所を吉竹に残してやることはできないだろう。だからと言って今度の件を放置していては……、などと考えながら三階に上がると、〈合成部門1〉の部屋には電気が灯っている。

ノックもせずに、足を引き摺りながら踏み込んで、「吉竹!!」と呼びつけてしまった。

「あ！　社長」と振りむいた吉竹の顔には、声には表われなかった疲労の色が滲んでいた。

「眠ってないのか？」

「大丈夫です」

吉竹が指差した山田も無精髭を生やし、徹夜の連続で困憊《こんぱい》しきった顔色だが、血走った目だけが異様にぎらぎらと煌《きら》めいていた。五～六人いる若い研究者達も知らない顔ばかりだ。吉竹が言っていた合成部と動態部の残留組らしい。彼らは一心不乱に中和剤の合成作業に没頭している。入って来た柿沢に気を取られる気配など微塵もない。その作業振りを真近に見ていると、彼らの諦めない精神が柿沢の心に沁み込んでくる。

山田らは、ビーカーから薬液を吸って試験管に入れ、そこにスポイトから別の薬液を数滴たらし試験管をよく振って、別のスポイトで吸う。異なる薬液で似たような操作を何度も繰り返した後、二十分インキュベート（一定の温度で保温）し、最後に次世代シークエンサーに入れて、塩基配列を読む。活性化部分を切断しメチル化を調べるのだ。試薬を換えてできた別の物質でまた同じ作業を行う。

柿沢は「余計なことは言うまい、邪魔になる」と考え、部屋に足を踏み入れてから、その位置に立ったままじっと彼らの作業を見ていた。足が痛むのも忘れて見入っている内に、薬屋柿沢が息を吹き返してきて、仲間に加わって一緒に作業がしたくなった。そんな気持ちを抑えながら二時間ほど経った時、プリントアウトされる結果を注視していた山田が「ＯＫ!!　やった!!」と叫んだ。

「ＡＬＸ－３の活性ドメインの脱メチル化に成功したのです。これで心筋遺伝子ＣＭＤ３ｘの変異部分のメチル化も解除されるはずです」

と吉竹が柿沢に説明した。

「はず？……か……」

「これから薬品の作用を動物で確かめようと思います」

「いや、そんな時間はないんだ。東京で副作用の心不全が出たのは十七歳の若い女性らしい。急がないと亡くなるかも知れない。死にかけている、とその患者の受持ち医が言っていた」

遅きに失した感はあるが、この場に及んで漸《ようや》く本来の柿沢が戻って来た。創薬の作業を見続けている内に、あのトライアングルの呪縛から解放されたのだ。

「このまま直ぐヒトにとは……、やめた方がいいでしょうね」

と吉竹は言ったが、柿沢は同意しない。

「薬が間に合わなければ、その娘は死ぬんだ……。動物実験はやってくれ、それはそれで実験は行うとして、薬は東京にも届けよう」

「そんなの無茶ですよ。マスコミにでもバレたら、それこそ人体実験だって騒がれますよ」

と、話を聞いていた山田が言う。

が、柿沢は引かない。もう誰に何を言われても構わない。吉竹には衷心から詫びなければならないが、富沢新薬は終わりだろう。今はただ、姪の友達という東京の患者を助けるためにやれることをする……、それ以外、今の自分にできることはない、とこの瞬間に柿沢はすべてを呑み込んで腹を括《くく》った。

携帯を取り出して、〝結城〟を探した。だが、途中で止めた。昨日会った担当の医師、榎原に直接電話しようと思い直した。ポケットを探って見たが榎原の名刺はない。そういえば、名刺交換などしなかったのだ。サンフラワー病院に掛けて訊いてみよう。１０６で番号を聞いて掛けてみた。

「先生の携帯番号をお教えすることはできません」

「そうか……じゃあ……、吉竹副社長！　これは常温で大丈夫か？」

「いや、低温の方が安定していると思いますが」

「それなら、薬を冷蔵の宅配便で、東京のサンフラワー病院の榎原医師宛に送ってくれ、大至急で‼十七歳の女の子の命が懸かっているんだ‼」

柿沢の目付きが違っていた。

――どこかで見たことがある……。日和銀行の融資相談室だ……

じっと柿沢の顔を凝視していた吉竹も腹を据える決心をした。

「はい、分かりました。急いで準備します」

吉竹の引き締まった声が部屋中に響く。

山田も、〝仕方ない、そうしよう!!〟という顔を見せた。

＊

榎原は車通勤で朝八時に病院に着く。この日はいつもより三十分早く来て、車に積んであった白衣を羽織りＣＣＵに直行した。循環器科の渡辺医師が当直明けだった。

「小手川さん、どうですか？」

「いやー、じり貧だね……。悔しいけど、心筋細胞が働かないんだ、どんなに薬で刺激しても」

「あと、一日か二日ですか？」

「どこまでＰＣＰＳでねばるか？　お父さんと相談だな……」

「親なら限界までって言うでしょうね。どこまで話してるんですか？　お父さんには？」

「それは、全部話してるよ。残念だけど……、どうしようもないんだ、って……。心筋収縮関連遺伝子の変異があるんだろうってことも話した。無力感が募るな……、十七歳だよ!!」

と、渡辺が口唇を噛む。

「癌は治ったのにな……」榎原の声も沈む。

この後、二人は口を結んだまま、しばらくの間夏実のベッドを足の側から見詰めていた。PCPSの羽根車の回転音だけがやけに大きく聞こえる。

「今日は手術日なんだ、オレ行くよ……」

と榎原は手術室に向かった。

自由診療棟の手術室はCCUの上の階にある。階段を上っていると、ピッチが鳴った。

「榎原先生、お電話です、今、お繋ぎしてもいいですか？」

「……急用そうか？　これから手術なんだ」

「それでは、手術後に掛け直してもらいます。何時頃に？」

「そうだな、子宮癌なんだけど、初期だから昼には終わってるよ」

「分かりました」

と交換手はピッチを切った。

手術は何事もなく無事に終了し、榎原が手術着を脱ぎパンツ一つになった時、ロッカーの内でピッチが鳴り出した。

「朝のお電話の方ですが……」

「繋いで下さい」

「もしもし、榎原先生ですか？　私、柿沢です。富沢新薬の」

「ああ、柿沢社長!!　副作用の機序について、私達に話してくれる気になりましたか？　でも、もう、手遅れですよ。彼女は後一日か二日で亡くなります」

「榎原先生、使ってみて下さい。吉竹君達が開発したんです、中和剤を!!」

柿沢の声が大きく、耳を劈《つんざ》かんばかりに響いてくる。

榎原はピッチを耳から少し遠ざけて言った。

「本当ですか？　いつ？　それなら早く言ってくれれば……、今頃になって……!!」

「本当に申し訳ない。今朝早くにですが試薬ができたのです。もう冷蔵宅配便で先生宛に送りましたので、夕方くらいには着くと思います」

「本当なんですね、効くんですね?!」

「分かりません」

「え?!　何ですって？」

「効くかどうかは試してみないと分からないんです」

「どうゆうことですか？」

「今、言った通りですよ。今朝早く、できた薬なんですから、動物実験も何もやってないんです」

「え?!　それを試せと!!」

榎原と柿沢の問答は手続き論や責任論にも及び、この後三十分間続いた。

榎原はまず渡辺に連絡した。ここでも長時間の遣り取りがあったものの、渡辺も最後には「やってみよう!!」と賛成してくれた。

「ただ、院長の許可だけは取っておいて欲しい」

と付け加えた。

――結城院長か……、あいつは何と言うだろうか？

話の持って行き方をあれこれ考えた榎原は、雄太を院長室に連れて行くことを思い付いた。

――彼の素直な気持ちは、オレが話すより余程、あの院長の心を動かすに違いない……、院長も医療関係者だ、分かってくれるだろう。

手術部の更衣室を出ると雄太のスマホにメールを入れた。

『至急、連絡を下さい。榎原』

すると十分もしない内に電話が入った。

雄太は一週間振りに学校に行っていた。船山が提議した雄太の欠席問題について、教職員会議では病欠と同じ扱いでよいとの結論となった。多くの教員が事情を考慮すべきと主張したからである。しかし、雄太が学校に行ったのは、それとは関係ない。

雄太の中の夏実は、もう死亡していたのだ。

運よく、ちょうど昼休みだったので、メールを見ることができ、即電話をして来たのだった。

「もしもし、榎原先生？」

「雄太君、実は……」

「直ぐ行きます」

＊

雄太がサンフラワー病院に着いたのは午後一時半。榎原と合流し、その足で院長室に乗り込んだ。

「院長、お話があります」

「また、君達か？」

結城はどこかに出掛けるところだったようで、ソファーにコートが掛かっていた。

「院長！　小手川さんって分かりますか？　カルトミンの副作用で亡くなりかけている患者さんです」

と榎原が言うと、

「副作用と決まった訳ではないだろう？」

と、例の如く、平然と言う。

「彼女の心機能不全がカルトミンの副作用であることはもはや明白な事実です。でも、そのことを解説している暇はないんです。話したいことは……」

「ちょっと待て!!　副作用かどうかは大変重要な問題で、それによって、こちらの対応も違ってくるんだ。副作用でないと信じているから、私はＰＭＤＡに報告しないんだ……」

と、榎原には釘を刺しておきたいと思っていた結城は、むしろちょうど良い機会と捉え、副作用報告をさせまいと詭弁を弄する。

「そんなこと、どうでもいいんですって!!　聞いて下さい!!　薬ができたのです。中和剤が……」

「いつ？」

「いつでも、いいんです、夕方には薬が届くのです。それを使いたいんで、ご許可をもらいに来たんです」

「待って下さい。私がいつ？　と訊いたのは薬事承認が取れているのか？　という質問も含めているんですよ」

「そんなもの取れている訳がないじゃないですか。今朝できたばかりですよ」

結城は意外な展開に困惑しながらも、自らの立場を重視する。

「榎原先生、先生は気でも狂ったのですか？　薬事承認のない薬を同意もなく患者に使用するなんて……先生は医師免許を剝奪されますよ!!」

「院長!!　その中和剤を使わなければあの娘は100％死ぬんです。新薬を使うことで1％でも望みがあれば、使ってみてもいいと、私と渡辺医師が病状を把握した上で、しっかり話し合って下した結論なんです」

雄太は榎原の隣に立って、榎原先生頑張って下さい、と祈るような気持で二人の言い争いを聞いていた。

「結論を下したって？　このような重大なことを君達二人に決める権限があるんですか？」

結城はどこまでもつっぱねるつもりだ。

「だから、院長の許可をもらいに来たんです」

と榎原が言うと、結城は、

「まあ、座って下さい」と、ソファーに手を向けた。雄太と榎原がソファーに座るのを待って、おもむろに話し始めた。

「榎原先生はお医者さんだ。目の前の患者が大事なのは当然だ。それに、お隣りの君の、ガールフレンドの病気を治して上げたいという気持は私にもよく分かる。たとえ薬事承認が取れてなくても、効力や、それこそ副作用についてしっかりしたデータがあり、その患者に使用する有益性が明確であれば、そして家族の同意が取れていれば、私はその新薬の使用を喜んで許可しますよ……。でも貴方達の言っているのは無茶苦茶な話だ」

結城はゆっくり淡々と話していたが、少しずつ力が籠って来た。

「動物実験すらされていない、しかも1%くらい効く可能性がある？　そんな薬の使用を、この病院の運営に責任を持つ私が許可できると思いますか？」

「1%でも0%より無限大に高い」

と雄太が言うと、榎原が続けた。

「1%と言ったのは、実際のデータがないので、私がそう言っただけで、作製した研究者達は理論的に効くと言っている……」

「榎原先生、冷静になって下さい。リスクが高過ぎるのです。開発されたばかりの無承認の新薬を使って何かあったら、いや、何もなくても、患者が亡くなったのはそのせいだなどと言われかねない。そして、そのことが公表でもされたら、この病院が攻撃されるんですよ。私が責任を取らされる。この意味、分かりますか？　今回の医療改革が失敗に終わるということです」

榎原は黙って聞いていた。

「この子供に、分かれというのは無理だが、榎原先生くらいの立場になると、分かってもらわないと困るのです……、大局を。〝人の命は地球より重い〟という言葉がありますね。あれは比喩ですよ。一人の命のために社会が費やす代償には限りがあるんです。もう助からない娘のために今度の医療制度改革を失敗に終わらせるのは、社会的代償が大き過ぎると言っているのです。医療制度は多くの人の命に関わるのです。その制度の良し悪しで大勢の患者さんの命が左右されるのですよ。制度によっては適切な医療が受けられなくなり、治る患者の命を失うことにもなるんですよ」

「中和剤を使うことが、何故、医療改革の失敗に繋がるんですか？」と榎原が反論すると、

「海の物とも山の物ともつかないできたばかりの未承認薬ですよ!!　そんなものを自由診療病院の代表である我がサンフラワー病院で使用されたことが噂にでもなったら……、だから自由診療はダメだ、身勝手な理由で危険な医療を行う、と医師会からのいい攻撃材料にされます。すべての構想が狂ってしまう。新しい医療体制が成り立たなくなるんだ」と、結城は大義もどきの話を持ち出す。

「最終結果が出てから、医療制度のことはゆっくり考えて下さい。それがあなたの仕事なのでしたら。日本国民の医療を支える体制についてね。でも、今はそんな話をしている時じゃないんだ!!」と榎原は立ち上がって睨み付けた。雄太も腰を上げた。

「僕の友達が死にそうなんです」

「あの患者さんは進行癌で亡くなるんです。なのに、未承認薬など使用したら、マスコミがそのせいだと言い立てるかも知れない……。絶対にダメです!!」

と、結城も立ち上がって差し向かう。

次の瞬間、榎原は結城に近づいたと思うと左手で胸座《むなぐら》を摑んで、右の拳を振り上げた。

それを見た雄太が「やめて下さい」と榎原にとびかかり、二人は重なるように横に倒れ込んだ。

結城は何事もなかったように襟元を直し、コートを持って出てゆこうとする。

榎原は立ち上がると、白衣のポケットから白い封筒を取り出し、それを結城に向けて力いっぱい投げ付けた。

4

夜の十時を回ると、病棟は潮が引くように静かになる。面会者達が帰って二時間、病室の消灯から一時間経ち、看護師達は業務の後片付けを済ませ、準夜と深夜の担当者で申し送りを行う時刻だ。CCUのある三階の廊下も照明が落とされ、この日は急患もいないようだ。

白衣を着た男が二人CCUに入ってゆく。ドアを開けて直ぐ、人柄な医者風の男が引き継ぎを行っているナースの一人に「やぁー」と声を掛け、「この人は小手川さんの親せきの者だ。最期に会っておきたいと言うので、連れて来た」と言った。

看護師達は怪しむこともなく、三人いる心臓病の重症患者の病状と指示簿の申し送りに余念がない。

二人は奥の夏実のベッドに近づいて、物言わぬ患者に何か語り掛けている風な様子だったが、そのうち、一人が看護師達の勤務テーブルの所にやって来た。

「ご苦労さまです。小手川さんがお世話になりました。私は小手川さんのいとこで、最期の別れを告げに来ました。看護師さんは夜もお仕事で大変ですね。今、何をやっておられるのですか？」

「小手川さん、お気の毒にね。渡辺先生も諦め切れないんでしょうね。もう一～二日頑張るって言われるので……。あの機械の使用、ここでの最長に入っているんじゃないかと思いますよ」

「そろそろ三日目になるものね」

看護師達がこんな話をしている時、医師らしき男は部屋の隅に置いてあった簡易の超音波診断装置を運んで来た。

「お手伝いしましょうか？」と看護師の一人が声を掛けたが、男は「いや、一人で大丈夫」と答え、夏実の病衣の胸を開け、心臓の超音波検査を始めた。

その時、夏実のいとこという男が、急に「うっうっ」と呻き出し、「お腹が痛い」とその場に蹲《うずくま》って苦しみ始めた。

看護師達はびっくりして一斉にそちらに目を向け、そのうちの一人が傍まで来て「大丈夫ですか？」と気遣った。いとこはお腹を押さえたまま、身体をひねり「うっうー、痛い」と辛そうだ。

一人の看護師が「先生」と声を掛けた時、医師らしき男は背中を看護師達に向けていた。夏実の胸に顔を近づけて両耳には聴診器の受音栓をあて、左手に聴診器を持って「今、心音の聴取中だ。静かに!!」

と言ったが、看護師の側から全く見えない右手には注射筒を握っている。男は次の瞬間、その注射器の針を夏実の胸に突き刺した。二秒後には針を抜き注射器を白衣のポケットに仕舞い、夏実の病衣を戻した。と思うと、今度は点滴のラインを弄《いじ》り始めた。

「先生、何をやってるんですか？　この人を診て上げて下さい」と看護師の声がする。

男は、「今、行く。三方沽栓がゆるんでいるんだ」と言って、点滴ラインに繋がれた三方活栓の一つの口から薬剤を注射した。注射器をポケットにしまうと、聴診器を首に掛けたまま、悠々と戻って来て、夏実のいとこという男の腹を触診した。

「痛い、痛い、そこが痛い」と喚《わめ》く男に「大丈夫だ、ただの食当たりだ」と言って、腕を取って引き起こし、「心配ない。少し我慢しろ。下で薬を出してやるから」と言ってから、「小手川さんも急変はないだろう」と付け加えた。

看護師達には「それじゃ、後よろしく」と一声だけを掛けて、いとこを無理矢理部屋から連れ出して行った。

ＣＣＵのドアが閉まると、男達は急に足を速め、一目散に廊下の角を曲がり、そのまま消え去った。

＊

二人の男が駆け込んだのは、この病院の産婦人科部長室だ。

白衣を脱ぎながら榎原が言う。

「雄太君の演技、最高だったよ」

「大丈夫でしたか？　薬はうまく注射できたんですね？　心臓にも……」

「手紙で指示された通りには、できた」

夕方に、榎原宛に宅配便が届いた時、彼は腹を固めたのだった。未承認薬の使用についての、夏実の父親からの同意書は明日もらうことにした。

院長の許可は得られなかったが、辞表は提出してある。榎原はサンフラワー病院の職員ではなく、外部からの侵入者で、CCUに潜入して未承認薬の投与を秘かに実行するのだ。問題になった時は自分がすべて責任を取ればよい。刑事罰でも何でも受けようと、榎原は意を決していた。

しかし、新薬の投与を実行するには難しい問題があった。京都から届いた注射薬は薬液Aと薬液Bの二種類あって、用法として、Aを心臓の筋肉に局注（局所への直接注射）すること、その直後にBを静注（静脈への注入）すること、と記された文書が添えられていたのだ。CCUには常に看護師がいる。二種類の薬を添付文書の指示通り投与するには協力者が必要と思ったので雄太に頼んだ。たとえ、看護師に気づかれることがあっても、雄太だけは逃がし、自分が口を割らなければ良いと考えた。

この話を雄太に持ち掛けた時、雄太は「榎原先生がクビになるのでは？」と心配したが、もともとこの病院を辞めるつもりでいたことを話し、協力を承諾させた。

「榎原先生！　あの薬、効くんですよね！」

雄太はそう信じたい。

「理論上は効くはずだと彼らは言っている。だが……本当のところ、効果のほどは全くの未知数だ」

と榎原は正直に答え、そして眉間に皺を寄せて言う。

「それに、もう一度同じことをやらなければならないんだ」

「え⁉　そうなんですか？」

「うん、手紙には、日を変えて最低二回やるように、と書いてある」

「そうですか？　明日も同じ遣り方、とはいかないですね……」

「そうなんだ‼　やっぱり渡辺先生に協力してもらうしかないかな……」

と言ったが早いか、榎原は院内ピッチを手にし、循環器の渡辺医師に電話を入れた。

電話に出た渡辺は、榎原がここまでの経過を話すと、結城院長から、榎原が辞表を提出して辞めたので小手川さんの最期は渡辺が看取るように、と指示があったと言う。

渡辺はもう一度院長と話し合ってはどうかと勧めたが、彼から承諾を得ることが困難なことには直ぐ納得した。院長の人間性は渡辺もよく知っている。次に、

「それでは、せめて、ＣＣＵの看護師長にだけは話しておいた方が良いのでは」と言った。

「できればそうしたいが、看護師という職種は病院の規則や医療法などを遵守しようとする意志の最も強い集団で、師長はそのトップだ。規則違反に協力させるのは難しい。彼女達も、今の状況をじっくり説明すれば分かってくれるかも知れないが、もう議論をしている時間がないんだ。明日実施しなければ意味がなくなる。彼女達に即断即決を求めるのは無理だ」

榎原は単独で実行する腹を決めていたのだが、渡辺の協力だけは必要だった。

絶対に迷惑の掛からない二つのことを渡辺に依頼した。一つは明日の準夜に夏実の心臓超音波検査を施行して、結果がどうあろうと看護師達の前で「心機能が少し戻って来たようだ」と呟くこと。もう一つは榎原が主治医でなくなったことを口に出さないこと、だった。

榎原は「すべて部外者の私が勝手にやることで、渡辺先生は全く関知していないことだからね」と念を押して電話を切った。

「雄太君、明日は……君はいいよ。君は祈っていてくれ。二日目の注射がうまくいくことと、薬が効くことを!!」

「はい。僕だけじゃなくて、小手川さんのお父さんにも、柿沢さんや草津さん達にも、それから、僕の友達の田中や本庄達にも祈ってもらいます。僕の両親におばあちゃん、それから亜紗子にも祈らせます。明日の夜十時に」

雄太にもできることがあった。祈ることだ。

＊

次の日、榎原は午前の外来を副部長の今井に代わってもらい、小手川宅を訪ねた。未承認薬投与の同意書に署名をもらうためだ。院長の許可は得られないにしても、自身が最も重要と考える家族の同意だけは後からでも得ておかなければならない。

当然、喜んでサインしてくれるものと思い込んでいたのだが、驚いたことに利男は頑として署名を拒んだのだった。

榎原にはその訳が分からない。最初にそう言わなかったので、今更、既に一度試したとも言いづらい。

「どうしてですか？　中和剤を注射しなければ、夏実さんは百パーセント亡くなるんですよ。その薬の効果は実際のところ不明ですが、柿沢社長の話では……」

と、その薬が如何にカルトミンの作用を無効にするかについて、分かり易く説明したつもりである。

しかし、利男は、

「夏実はもう助からないんです。効くかどうか分からない薬の実験は勘弁して下さい」

と言ったのだ。

——普通、医学のことを詳しく知らない家族は、藁にもすがる思いで、どんなに低い可能性であっても試してほしいと思うものなのに……

榎原の知る利男の言葉とは思えない返答だった。その背景に何かある……、結城が手を廻し、違法だからと言って同意しないように釘を刺したのかも知れない、と考えた榎原は、ここも雄太の素直な気持ちに頼ってみようと思った。

連絡を受けた雄太は、放課後、榎原から聞いた番号に電話をして、以前にも行った児童公園で利男と会った。

前と同じベンチに腰を掛けて、雄太は真っ直ぐ訊いた。

「どうしてなんですか？　お父さん」

「……」

「僕は、絶対に注射する方がいいと思いますけど……」

「何をやっても……、もう生き返らないんだ……、手遅れなんだよ……」

利男は言葉も切れ切れに呟いた、空を見上げたままだ。

――あの時と同じだ……。僕の顔を見ていない。何かあると榎原先生も言っていた……

雄太は立ち上がって言う。

「お父さん！　本当のことを教えて下さい。何故、同意してくれないんですか？　僕も九十九パーセント諦めているんです。でも、ほんのわずかでも、できることなら望みを繋ぎたいんです、最後の最後の可能性なんです」

利男が雄太の方に顔を向けた。

「柊君、何故か君には絆《ほだ》される。君と話していると気持を動かされてしまう」

「僕は何があっても人にしゃべったりしません」

「実はね、渡辺先生の話を聞いて、私はもう百パーセント諦めているんです。あの病院であの機械につながれて治った人はいないと言うじゃないですか。夏実はもう死んでいるのです。今は榎原先生のことを考えているんです」

「え!?」

「未承認薬を院長の許可なく注射するというのは、医師法違反だと聞いたことがある。榎原先生は、結局、助からない夏実のためにサンフラワー病院を辞めさせられることになるんじゃないかと……、それだけじゃ済まない、刑事罰に問われるかも知れないんです」

「……」

しばらくして雄太が口を開いた。

「お父さん、榎原先生は、自分から辞めるおつもりなんです。結城院長に辞表を叩き付けたんですよ。

僕、見てたんです。それに、いろいろなことを考えた末の榎原先生の決断ですから、揺がないと思いますよ。何があっても……、たとえお父さんから同意書にサインをもらえなくても。それに、後で問題となった時には、お父さんの同意書があるのとないのでは大違いですし」

「そうなんですか……」

と、利男は驚き、そして考え込んだ。暫くしてジャケットの内ポケットから万年筆と印鑑を取り出した。署名・捺印をしてから、

「榎原先生には御自身が火の粉を被らないようにくれぐれも注意して下さい、と伝えて下さい」と言って同意書を雄太に渡した。

榎原先生は患者さんと家族から好かれているんだ、と雄太は嬉しく感じたが、夏実がまだ死の縁にいることに変わりはなかった。

＊

午後十時、ＩＣカードを使ってＣＣＵのドアを開けると、

「榎原先生、毎日こんな時間に熱心ですね」と昨夜もいた看護師が声を掛けて来た。

「いとこさんは大丈夫でしたか？」

「ああ、頓服薬で直ぐ治ったよ」

と答えてから、

「小手川さん、どう？」と訊いた。

「一時間ほど前に渡辺先生がいらして超音波検査をされました。そして〝少しよいようだ〟みたいなことを言っておられました」

「それは知ってる。渡辺先生から頼まれたんだ、これを打ってくれって」

と言って榎原は左手に持ったトレイを看護師に見せた。トレイにはそれぞれに薬剤が吸われた注射筒が針付きで二本載っている。注射筒にはAとBという文字がマジックインキで書き付けられていた。

「薬品名は何ですか？」

「それは私も知らない。臨床試験だって言っていた」

「臨床試験？　そんな話聞いていませんよ!!」

と一人の看護師が訝り始めた。

「今日、渡辺先生が言ってなかったか……？　小手川さんの心機能が回復し始めたら、やるって……？」

「いいえ、心機能が少しよくなったようだ、とは言っておられましたが……」

「そうだろう!!　心機能がよくなり出したら、この注射をして回復が促進されるかを調べるんだ。同意書にお父さんのサインももらってあるって、渡されたんだ、ほら」

榎原は、雄太がもらってきた未承認薬使用への同意書の署名の頁を見せた。

「そうですか……？　では、私が介助します」と言って、一番年上でリーダー格の看護師が立ち上がった。

「貴女達は申し送りを続けていて下さい」

と言って榎原に付き添って夏実のベッドまで来たが、疑い深い目付きで榎原の顔を見ている。

「最初にAと書いてある薬を心筋に直接注射するんだ。エコーを持って来てくれ！」

「はい」とリーダーの看護師は部屋の隅に置いてある超音波診断装置を動かしてきた。

榎原は昨日と同じように、夏実の病衣の胸を開き、皮膚にゼリーを塗ってプローブを当てた。

夏実の心臓の動きが昨日とは全く違う。駆出率（心臓の収縮能を示す一つの指標）や血流速度の計測など必要ない。榎原には見た目でその違いがはっきりと分かった。

――二回と書いてあった……、よし!!　これでもう一回注射すれば……

「看護師さん、消毒！　イソジンでいいよ」と声を弾ませて言った時、入口のデスクの電話が鳴った。

「もしもし、院長！……はい……、榎原先生はいらしてますが……はい……分かりました」と電話を切った若い看護師が言う。

「院長先生からお電話で、榎原先生が注射しようとしているのは未承認薬で、薬事法違反になるから止めさせなさい、と……」

それを聞いたリーダー格の看護師は「やっぱり……、怪しいと思ったけど、その通りだわ」と呟いてから、手にしていたイソジン綿球をトレイの上に落とした。

「榎原先生！　どういうおつもりなんですか？　何かおかしいと思いましたよ。渡辺先生が関係しておられる臨床試験なら、先生ご自身が来られるでしょうし、私達にもあらかじめ通知と説明があるはずですから……。何なんですか、その薬は？」

「……」

榎原は最後の勝負に出た。ここは力だ。

「君達、小手川さんのカルテを見てみなさい。〝主治医〟の所に何と書いてある?」

若手の看護師が慌ててカルテを持ち出し、二人で表紙を覗き込む。

「主治医は……え・の・き・は・ら先生です」

「そうだろう。小手川さんの診療に関する全責任は主治医の私にある。CCUにいる間は、渡辺先生にいろいろ指示してもらい、また渡辺先生に主導的な診療をお願いしてはいるが、主治医は私だ!!」

「でも、院長が……」とリーダー格が言うと、

「院長は病院に対する責任を負うだけで、患者に対する責任を負うのは主治医の私だ!!」

と声を震わせた。そして最後に、リーダー格の看護師の顔を睨んで、

「看護師は医師の指示に従って診療の補助を行う!! これが看護法の基本だろう!! 私の言う通りにやれ!!」と怒鳴りつけた。

こんな大声を出す榎原も、こんな怖い顔の榎原も見たことがなかった。榎原の壮烈な迫力に圧倒された看護師達は、ただ呆然と立っているだけで、金縛りにあったように身動き一つできない。

榎原はもう一度言った。

「消毒する。イソジン綿球!!」

リーダー格の看護師は顔を青ざめ、腫物《はれもの》に触るかのように慎重にピンセットで綿球を摑んだが、手の震えのために床に落としてしまった。

「何やってるんだ、下手くそ! それでも看護師長か!!」と榎原は叱り付けた。

彼女達には悪いと思いながら声の限りを尽くして怒鳴ったのだ。リーダー格の看護師は、その場に尻餅をついたまま立ち上がろうとしなかった。

榎原はもう一度自らの腹に力を込め、全身の筋肉に心を込めて神経を行き届かせた。これは難しい手術の前に行う榎原の習慣である。

自分でイソジン綿球を摑み、夏実の胸を消毒すると、さっきエコーで確認したその場所に、目測した深さまで注射針を一気に突き刺した。そのまま薬液Aを注入して針を抜くと、すばやく、輸液ラインの三方活栓から薬液Bを注入し、三方活栓を閉めた。

看護師達はただ見ているだけで一言の声も出なかった。

榎原は注射筒を載せたトレイを持って、いつものように大股で部屋を出て行った。PCPSのモーターは何事もなかったように、小さな音を立てて回っている。

終章

1

翌年の二月、夏実の件の報告と今後のことの相談をかねて榎原は須佐見宅を訪ねた。

「君も思い切ったことをするね。大学の時からそうだったが……」

須佐見は喜んで榎原を応接室に迎え入れ、妻に日本酒と料理を運ばせた。日曜日の午後、一緒に昼食を摂りながら、と待っていたところだった。自らまず一口飲んで、榎原の御猪口にも酒を注ぎながら、

「それで、これからどうする?」

と訊いた。

「少しゆっくりしてから、どこか働かせてくれる所を探そうかと思っています。今のところ、産婦人科の専門医と腫瘍専門医は持っていられそうですから、どこかで雇ってくれればと。結城院長の出方

次第では医師免許も危ないかと覚悟していたのですが、これまで、何のお咎めもなく、気色悪い感じがしています」

と答え、車で来た榎原は形だけ小盃を口に運ぶ。須佐見はさらに一口啜ってから応じた。

「結城院長も事を公《おおやけ》にしたくなかったんだろう……、ところで、どうかね……？　電話をもらった時、即座に思い付いたのが都立杉並病院だ。ちょうど産婦人科部長が定年退職になるんだが、城南大学も人手不足でね。部長候補の医師はいるんだが、今は大学に居てもらわないと、と君島教授が言っていた。私は君がぴったりだと思うがね」

と言って、須佐見は箸で大皿に盛られた料理を小皿に移し、「どうかね……？」と再び訊いてから料理を口にした。

「都立杉並ですか？　そんなにいいポジションでなくていいんですよ。私はサンフラワー病院をクビになった男ですし、それに、この後どういう処分が来るかまだ分かりませんからね」

と榎原は恐縮して答えた。

須佐見は「先生もどうぞ食べて下さい」と料理を勧めながら話を続ける。

「自分から辞表を叩き付けたんだろう……？　私にもね、まだ情報網があってね、君の武勇伝は伝わってるよ」

「柊先生からですか？」

「雄太君から直接聞いたんだ」

須佐見はここでまた旨そうに酒を飲んだ。

「本当にちょうどよかったよ。君はサンフラワー病院より都立杉並の方が向いている。あそこは自由診療病院じゃないからね」

「それより、サンフラワーはどうなってるんですか？」

「え！　君は何も知らないのか？」

「ええ、その後結城院長がどうされているのかも。私の後は副部長の今井君がやってくれてるんでしょうね。しかし、病院の経営は厳しいみたいですよ。ＡＭＩとの提携が切れたとかで……」

「私に入っている情報では、サンフラワー病院は新しい病院長を迎えるそうだ。国立病院の院長経験のある医師だ。それより、国は自由診療法を廃止する方向で検討を始めるらしい。私の後輩の厚労技官が言ってたよ。今回の改革は完全に失敗に終わったってね。医療制度改革は一から遣り直しだって」

「そうでしょう。だいたい、病院が金儲けを第一に考えるようになったら、医療はおしまいですよ」

「そこは、また難しい話になるがな……。医療が高度化する中、保険組合のこの厳しい財政状況で国民皆保険を貫き、しかも貧富の差で医療の質に差を付けないで、というのは大変なことだからね。それでも、医療を、市場経済主義の原理で動く産業にさせてはダメなことがはっきりしたようだし……。問題はあるにせよ、日本の保険制度は良い方だよ。その制度を維持するために何と言っても大切なのは、まず、国民が自分たちの医療費と医療資源の無駄遣いをしない心掛けを持つことだな。まず、軽い病気で大病院に掛かるのが医療資源の無駄遣いだ。一人の医師の診断を信用せずいくつもの病院を受診する人も少なくないが、紹介状なしだと同じ検査が繰り返し行なわれることになる」

「それは、典型的な医療資源の無駄遣いですね。他には処方してもらった薬を服まないで溜め込んで、そのうち捨ててしまう人もいますよ。そう言えば、最近、救急車をタクシー代わりに利用する族《やから》もいるそうですね」

と榎原が応じると、須佐見は言う。

「そうだな、医療費の削減で患者側にできることはいろいろとあるが、一番効果が上がるのは、自身が健康に気を付けて病気にならないこと。うん、それだ……」

言いながら、自分で大きく頷いた。

「健康教育、予防と検診……、国民医療費の面からみても益々大事になってくるなー。そう思わないかね？」

「同感ですね。医療提供側も同じでしょう。医療資源の効率的活用を考えた医療を提供することが大切ですね——」

「医療側も自分達の利害だけであまり勝手なことを言ってはダメだな……患者のことを考えず、収益を上げることしか考えない医師には自戒してもらわないと」

「本当の医療改革、やることは他にも一杯ありますね」

そんな話をしながらも、やはり気になっていたのか、ここで、

「結城院長はどうなるんですか？」

と榎原は訊いてみた。

「彼は経産省に戻るという噂だよ。今回の騒動の責任は自分にある、と言って法人の理事長に辞表を

出したらしい。本当は何を考えているのかよく分からない人だけどね。でも、ここからの出世は無理だね。もう少し上に行くつもりだったろうけど、今回の事件で完全にアウトだね。外にはあまり漏れていないようだが、あのドブネズミ色のトライアングルを主導した張本人だからな……」

須佐見は苦々しい顔になって酒を呷《あお》った。

「ところで、カルトミンがどうなったか君は知ってるかい？　保険収載されそうなのか？」

「婦人科腫瘍委員会の連中は、少し遅れるものの、そのうち保険には通るだろうって言ってますよ。本当によく効く薬ですからね」

「で、副作用の問題は？」

「これも腫瘍関係の連中の噂ですけど……使用前に遺伝子多型がないか検査を推奨する、ということになりそうなんです。ただ、この遺伝子検査は二十万円位かかりますので、ここは自由診療でということらしいですよ。中医協でこれから議論になるんでしょうが……」

榎原にとって須佐見は恩師であるが、榎原の持つ堅物な個性のよき理解者でもある。榎原はやっと落ち着いて話せる気分になって来た。大皿から料理を取って手前の皿に載せて、言った。

「混合診療が認められればいいんですがね。そうすれば、カルトミンは保険で使ってもらえ、副作用のリスクを最初から知りたい人だけ自費で遺伝子検査をやればいいんですから……」

「そうだな、そろそろ医師会も頭を柔らかくしないと、国民から嫌われるな」

「先生も、そう思われますか？」

と、言った榎原のスマホでメール着信音が鳴った。メールの内容を確認すると、「そうか……」と

呟き、

「須佐見教授、すみません、私、直ぐに出なければ」

と、ソファーから立ち上がった。

「それは残念だな、今日こそゆっくり話そうと思っていたのに……」と言う恩師に一礼をして、榎原は須佐見宅を後にし、雄太に連絡を入れた。

＊

愛車のフェアレディZを飛ばし、サンフラワー病院を目指す榎原の頭には、今後のことではなく、病院を辞職するに至った一連の出来事が去来する。

この自由診療病院がすべての始まりだった。病院と製薬会社と保険会社が手を組んだのも、病院で使う高額な抗癌薬を巡ってのこと、それが臨床現場に及ぼす歪んだ圧力となったのだ。

榎原は心の芯から思った。

――医療を産業にしてはいけない。

しかし、考えてみると、医療の進歩のために関連産業との連携は必要である。

――医療の本体と医療関連産業との距離、これが重要なのだ。それが適正でなければ似たようなことはいつでも起こる……

榎原が投与した二種の中和剤が即効して、夏実の心臓の筋細胞はみるみる収縮力を回復していった。

三日後にはＰＣＰＳから離脱し、強心薬のみで血圧も心拍出量も維持できるまでになった。その後の夏実の治療と管理は渡辺に委ねられた。渡辺は慎重を期して、心機能の完全正常化を待ってから一週間後に抜管し、人工呼吸器を外した。自発呼吸も出て、意識も直ぐに戻るであろうと思われた。

ところが夏実はなかなか眠りから覚めない。脳波ではＲＥＭ睡眠類似の亜型が延々と続き、呼び掛けにも応じない日が続いている。心肺機能や全身の臓器の働きには全く問題がなかったので、渡辺は中枢神経（脳）に障害が残った可能性があると考え、脳のＭＲＩを撮影し、脳波の記録を持って城南大学神経内科の河村教授を訪ねた。脳波解読の第一人者の河村教授はそれらを入念にチェックして、「ＭＲＩに異常が認められないので出血や梗塞などの脳血管障害は考えにくい。ただ、この脳波は通常とは異なる異常波で、私も初めて見る波形だが、脳内血流の分配に乱れが生じているだけの可能性が高いと思う。そうだとすれば、近い内に正常化することが期待できる。今後、低振幅のβ律動の出現が見られたら、外部からの刺激で覚醒させることができるのではないか」とのコメントをくれた。

そして、今日、その徴候が現われたのである。

渡辺から連絡があれば、榎原、雄太、小手川利男、柿沢美樹、草津遥が集まって、全員で声を掛けて目を覚まさせようと企画していたのだ。

病院の八階に上がり八〇七号室に着くと、もう皆は集まっていた。

ベッドの右側に父親の利男がいて、左側では雄太が両膝を突いて夏実の顔を見つめている。

夏実の頭側から柿沢美樹と草津遥が腰を屈めて顔を覗き込む。

「小手川さん！　起きて、目を開けて!!」

「夏実！　目を覚ましなさい」


切り立った崖の際《きわ》の小道を歩いている。崖の下を覗くと誘い込まれる気がして首を竦《すく》めた。岩には打ち付ける波のしぶきが舞い上がり、向こうの大きな黒いうねりには白波が立つ。風が強い日だ。下から吹き上げてくる一陣の疾風でスカートがふわーっと浮いた。両手で押さえて気が付いた。

――チャコールグレーのチェックにすればよかった。それなら柊君が直ぐに見付けてくれる……でも、どうしてこんな場所をデートに選んだんだろう……？

岬の灯台のそばに赤い屋根の白い家が見えた。

――あそこだ！

登って行くと急に草地が広がり、無数のタンポポの花が咲き乱れ、家の前には太い幹を持つ桜の老樹が二本植わっていた。どちらも曲がりくねった枝を横一杯に伸ばし、小枝にはまだできたばかりの蕾《つぼみ》が白い先端を覗かせている。二本の桜樹の間にベンチを見つけた。

――ここで、待つことにしよう……

座ってちょっとすると、夏実は急に眠気に襲われ、そのまま目を閉じた。

「小手川さん！　起きて、目を開けて!!」

「夏実！　目を覚ましなさい」

――柊君が来た!!　お父さんも……。目を開けなくっちゃ……。でも瞼が重くて動かない。

「夏実ちゃん！　起きて！」

――あ、美樹の声だ。

夏実は渾身の力を瞼に集中させ、まわり中の筋肉を使って鉛のように重い上瞼を額の側に引き上げた。

目の前に真っ白い空間が広がる。

何度か目を瞬かせると、真ん前に丸い物体が浮かんでいる……、何だ？　人の顔だ。

〝雄太の顔〟だと気付くまでに十秒くらいの間があった。

「ここはどこ？　天国……？　私、今まで、夢を見てたのかしら……？」

「ウワーッ」「やったー」と喜びの歓声が上がった。


「小手川さん、分かるかい？」と声を掛けた榎原はペンライトを夏実の両眼瞳孔にあて、対光反射をチェックした。それから「自分の名前が言えますか？」と訊いた。

「小手川夏実です」

「ウァー」という喝采と拍手が湧いた。

循環機能やその他の臓器機能は既に完全に回復していたので、後は脳の問題だけだ。

「私のことは分かりますか？」

「榎原先生です」

「ウァー」とまた歓声が起こる。

「この方は誰ですか？」

「お父さんです」

「パチパチパチ」皆が一斉に手を叩いた。

「この人は誰ですか？」と雄太を指さした。

「知りません」と言ってペロッと舌を出した。

「もう大丈夫だ」と榎原も頬を緩めた。

『夏実ちゃん、良かったね』と美樹と遥が寄って来て、夏実の左右の手を握った。

この時、夏実の眼に涙の粒が現われ、一筋の光となって流れ落ちた。

2

同じ年の三月、マイク会田はサンフランシスコに向かうANAのNH008便の機上にいた。着任時はファーストクラスだったのだが、帰りはビジネスクラスだ。妻と子供達は一週間前に発《た》たせ、自身は、本社から新しく着任した日本支社長との引き継ぎを済ませて今日アメリカに戻るところだ。カルトミンの副作用に関しての騒動は、限られた関係者だけの間で参考とすべき重要な事案として取り沙汰されたが、社会問題化されることはなく、大手メディアによる報道もなかった。それは、彼らの思惑とは逆に、柿沢社長の命令に背《そむ》いて、吉竹が期日内の副作用報告をPMDAに提出していたからだが、中和剤の開発に成功していなければ、カルトミンが保険収載される道は険しかったに違いない。副作用の原因解明があの素早さでなされたことも、中和剤が開発されたことも、幸運に恵まれただけと言えばそれまでだが、医薬品業界にとっては、事実の報告と迅速な対応処置の重要性を現実の事例を持って教えられる出来事となった。

カルトミンが引き続き売り上げを伸ばし、業績の改善に貢献したことから、富沢新薬は倒産の危機を回避し、マイクが一存で融資した十億円も期限内には返済される見通しである。

しかし、この融資が後に社内で問題視されることにまで、マイクの考えは及んでいなかった。マイクは、その融資を、今回の医療制度改革を成功させることは日本における医療保険の需要を増やし、将来の社益に繋がる、とそう見込んで行った先行投資と主張したが、手法の危うさを察知した米国本社からは、社内手続きの不備を指摘されると共に、融資をめぐる諸行動と判断が日本的商習慣に従ったこととはいえ、許容の域を超える不適切なものであったとの裁断が下された。

それに、三年間の業績が振るわなかったというアメリカで最も普通の単純明快な理由が加えられて、降格人事の対象とされたのだ。

それでもマイクは、次の行き先は南部地方の支店だろう、とまだ通告されていない勤務先を思い描き、複雑な人間関係に翻弄された日本を離れるというだけで早くも失意から抜け出しつつあった。そしてさらに、日本での不運な出来事を忘れることで、自らに再起への意欲を高める努力を強いていた。

通り掛かったキャビンアテンダントにスパークリングワインと新聞を注文して、シートのリクライニングを倒した。

「これでよろしいでしょうか」とグラスと共に毎朝新聞を持って来たアテンダントに、今更英字にしてくれとは言いづらく、そのまま受け取った。

一面には消費税引き上げに関する記事が報じられていて、社会保障費の今後三十年にわたる増加見通しのグラフが紙面の中央を占拠していた。その左側の〝国民医療費も〟で始まる論説が目に入ると、マイクはうんざりした顔で紙面を捲《めく》った。次にスポーツ面に目を遣ったが日本のプロ野球の情報がほとんどで、大リーグに関しても日本人選手の話題だけだった。

ワインを飲みながら、何枚か紙面を捲って新聞を閉じようとした時、社会面の片隅に載った小見出しが目に飛び込んで来た。

『富沢新薬社長自殺か?!』

『三月二十三日午前六時三十分頃、富山県Y町の海岸で男性の溺死体が発見されたと通報があった。近くの崖の淵に靴がそろえて置かれ、その上に愛用のステッキが載せられていた。所持品から、男は中堅製薬メーカー富沢新薬の社長柿沢信一（65歳）と判明。関係者の話によると、自社開発の新薬の臨床試験に関わる問題でノイローゼに陥っていたらしい。警察はそれらの証言などから自殺とみて捜査している』

マイクは新聞を閉じ、目を瞑り、柿沢の冥福を祈った。マイクにとって、柿沢は忘れ去りたい人物の一人だが、この時マイクの中に居た柿沢は、ビジネスチャンスの拡大に向けて共に闘った同志であった。しかし……、京都の茶屋で見た柿沢の柔和な顔が、瞳の奥で東京の険しい面立ちに変わってゆく……。すると、この戦《いくさ》が敗北に終わったことの認識を呼び起こされる気がして来て、柿沢への哀悼の念に影を落とした。

3

四月に入って最初の日曜日、心まで温めてくれそうな暖かい陽射しの午後、井の頭公園は桜の満開を迎え、歩くことすら難しい人出となった。ボートは二時間待ちで、池辺のベンチの後ろには順番待ちの行列ができていた。

「ここじゃないとダメなの！」

「そしたら、あと一時間はここに立ってるってことになるよ」

「次の次じゃない！　直ぐよ！」

「いやー、一度座ったらなかなか立たないと思うな」

「じゃあ、賭ける？　一時間以内なら、晩ご飯おごってね。そうね……、駅前通りのイタリアン！」

「本当に、こんな所に一時間も立っていて大丈夫なの？　疲れない？」

雄太は元気な夏実が嬉しくて堪らないのだが、やはり心配だ。一週間前に退院したばかりなのだ。

「大丈夫よ！　榎原先生が何をやってもいいって言ってたから……。私ね、最初榎原先生は嘘をついてると思ったの。私の癌は治ってなくて、どんどん悪くなっているのに、癌は治っているって言ってるんだ、と思ってたから。……榎原先生ね、〝僕、病院クビになったんだけど……〟とか言いながら毎日部屋に来てくれたわ」

「本当はクビになったんじゃないんだよ」

「それはお父さんから聞いた」

結局、二人は並んだままで話しながら待つことになったようだ。

「お母さんのことも聞いたの……。本当にいろんなことがあったわ……、たった半年くらいの間に……、人生の半分以上の新しい出来事に出くわしてしまったって感じね……。それに、柊君との約束も破っちゃったし。私ね、約束は守りたい人間なんだけどね……」

「なんだっけ、その約束って？」

「ほら、桐成の文化祭に行く話と、柊君にお茶を淹《い》れて上げる話よ」

――女性ってほんとに細かいんだな。そんなこと、もうどうでもいいじゃないか、それに、どちらも約束してないし……。気を失っていた間に少し記憶が曖昧になったのかな？　ひょっとして夏実さんは自分が半分、半分どころか九十九パーセント死んでいたことも知らないのかな……？

「ね！　私ね、長ーい夢をみてたでしょ！　その時もこのベンチに座っていたのよ。そして、その時は桜がまだ蕾だったの。それが咲いたのね……もし、柊君に起こされていなかったら……？　それでも桜は満開になっていたんでしょうね……」

「……」

――呼び掛けで覚めなければ、死んでたんだよ……

「夢の中で桜の満開はなかったと思うけどね」

「私の方がロマンチストなだけよ」

「あっ、空《あ》いた!!」

二人はいつの間にかベンチの直ぐ後ろの番になっていた。

夏実が先に左側に座って、雄太は右側へ。二人が見上げた目の先では、空を覆い尽くす桜の花弁が揺らいでいる。

「すごいなー、こんな桜、初めてだ！」

「私も……」

二人はしばらくうっとりと花を見上げていたが、

「ねー！　美樹ちゃんの伯父さん、自殺したんだって？」

と、夏実が急に別の話題を持ち出した。

「君と関係ないよ」

「嘘だあ！　柊君って、嘘、下手だから……、顔を見れば直ぐ分かる!!」

「……、柿沢社長って凄く立派な人だと思う。だって、癌を治す薬を開発した会社を自分で創って大きくした人なんだって、お母さんが言ってた」

「そんな立派な人が何故自殺したの？」

「君の癌を治したその薬には副作用もあった」

「だからって何故自殺する必要があったの？」

「そこは僕も分からない。だけど、その薬の副作用に関しては、いろんなややこしい揉め事があったらしい。その揉め事には、サンフラワー病院の院長や医療保険会社の社長さんなんかも絡んでいて、大変だったみたい」

「大変って、何が大変なの？」

「その薬の副作用の報告をいつするかで日本の医療制度が変わったり、変わらなかったりで……。そのところは僕もよく分からない。榎原先生なら知ってるんじゃないかな……」

「私が知りたいのは、何故自殺したかで、日本の医療制度の問題じゃないんだけど……」

「僕の想像だけどね、その医療制度に関わる問題があったので、柿沢社長は難しい判断を迫られたんだ。それで、たぶん、たぶんだけどね、自分の判断が誤っていたことに後で気付いて、それをとても大きな失敗だったと思って、後悔してノイローゼになった」

「ノイローゼだったの？」

「それは新聞に書いてあった。……もう一つ別の可能性は……、正しい行動が何かは判断できていたんだけど、何らかの理由でその行動が取れなかった。そんな自分を責めてノイローゼになった」

雄太も柿沢の自殺には衝撃を受けた。そして、雄太なりにいろいろ考えてもいたのだ。

「そんな立派な社長さんがいなくなって、私の癌を治してくれた薬を作っている会社、大丈夫なの？」

「美樹ちゃんの伯父さんに負けないくらい立派な副社長さんがいて、その人が後を継ぐから大丈夫だって。お母さんが榎原先生から聞いた話ではね」

「ふーん。私が夢を見てる間に、ほんと、いろんなことがあったのね……。あっ、そうだ。柊君、まさか読んでないでしょうね……。私が夢の世界に入る前に預けた手紙！　持ってるでしょ！」

「あーあ、僕、すっかり忘れてたよ」

「それ、嘘!!　今、ズボンの後ろのポケットに左手入れた！　そこにあるんだ。返して！」

「いやだ!!　これから読もうと思っているんだ」

「それは、本当らしいわね……、柊君、頭いいんだから覚えてるわよね、私の言ったこと。もしものことがあったらって言ったと思うけど……」

——ここのところの記憶は正確なんだ……

「九十九パーセント、もしものことがあったんだよ」

「いいから、返して下さい!!　その代わりこれあげるから」

と言って、夏実は自分のスカートのポケットからあのストラップを出して来た。お守りと思って握っていたひまわりのストラップを、最後に意識を失くしたときに落としてしまっていた。それを保管していた看護師から退院の時に返してもらったのだ。

「私、もうお守り必要ないから」

「お願い、手紙、読ませて!!　これを読ませてもらう許可を得るために、持って来たのに……」

「ダメ、ダメ、返して下さい」

と夏実は左手にストラップをぶら下げて、空《から》の右手を差し出した。

それを見た雄太が、立ち上がるが早いか、そのまま走り出した。夏実が慌てて後を追う。次に並んでいたカップルが空いたベンチに飛び付いた。

柔らかい陽射しは池面に揺らぐボートにも降り注ぎ、いつまでも傾く気配を感じさせない。

〔了〕

あとがき

　数年前のある会合で、代議士をしていた後輩が「……〝医療産業〟を発展させなければ……」と発言した際に〝医療関連産業〟と訂正するように迫った記憶がこの物語の原点にあります。何かにつけ経済優先の現政権からも似た感性の、より強い臭いが漂って来て、執筆への意欲が一層強くなりました。

　健康保険財政の逼迫が日本の医療の頭を押さえています。このままでは、医療の質で先進諸外国に大きく水をあけられそうです。多くの国民が我慢できないであろうそのような事態を避けるためには、国民医療費の大幅な増額を許容するか、でなければ、何らかの制度改革か従来体制の変革が必要なことは論を俟《ま》ちません。

　物語では、〝自由診療の促進〟という形で医療の産業化が時の政府により実行に移されました。しかし、産業とは生産した価値を財に変換する経済的営為そのもので、医療が産業であって良い筈がありません。わかり易い具体例のひとつとして、この物語では利潤を追求するために生じる弊害に探照灯を当ててみました。医療にはこの種の弊害が直接目の前の人間の命に関わるという特性があるのです。

それでは、国民皆保険の理念を崩すことなく医療の質を高めてゆくために、私達国民には何ができるのでしょうか。医療を受ける側が心掛けるべき事柄は須佐見に述べさせましたが、医療提供者側が為すべき改革については、私の考えを物語の中に入れそびれてしまいましたので、本編の末尾に追補として記述させて頂くことにします。興味のある方、特に医療関係者の皆様にお読み頂ければ幸いです。

もう一つ、大切なものを残していました。年明けに結城に届いた柿沢からの手紙です。ルール破りかも知れませんが、ここで開封させて頂きます。

サンフラワー病院長
内閣官房参与　医療改革・自由診療促進担当
結城正晴殿
拝啓
新しい年を迎え、如何お過ごしでしょうか。貴殿にはあの症例の事後処理にさぞかしご苦心しておられることと推察致します。
小生も、女子高生に生じたカルトミンの副作用を、一瞬とはいえ、隠蔽しようと考えたことを未だに悔やんでおります。その言い訳はともかく、後になって熟考してみますと、あの時の行動論理には矛盾があると思われてなりません。

そもそも、高額医薬品の早期保険収載は、我が社と貴殿の病院とＡＭＩ社の利益には繋がりますが、今回の医療改革が目指す方向に沿ったものではなく、むしろ改革に逆行する企てであります。しかるに、医療改革担当の内閣官房参与でもあり、そのことを最もよく知る貴殿が何故法規を無視してまでカルトミンの保険収載に拘泥したのか、その理由を、小生ずっと考えておりました。

おおよそ、人間は本来の目的を果たすための手段を、無意識の内に目的化してしまう習性があり、或いは貴殿もそうであったのかとも思いました。

しかし、小生には貴殿のような有能な人間がそのような愚を犯すとはどうしても信じられないのであります。とすれば理由は只一つ、貴殿の本当の目的は医療改革の成功ではなく、サンフラワー病院（自由診療病院）の将来に安定した経営見通しを確立することにあったのでしょう。そしてそれが、貴殿の省内における次のポジションへの約束事だったということではありませんか？

それにつけても、物事への著しく過度な執着が良い結果を生むことは稀にしかありません。此度も、もし吉竹副社長が小生の指示に従っていれば、すなわち副作用報告を期日内に実施していなければ、貴殿はそのことで法的責任を問われることになっていたはずです。

責任と言えば、今回の一件で貴殿は別にもう一つ責任追及を受ける羽目に陥るところでした。

それは、未承認薬の使用に関してです。

此度の医療改革による新しい法令では、自由診療病院において未承認薬の使用が認可されるのは、次の三つの条件が満たされている場合に限る、とされています。

1　疾病に対する当該薬の有効性に科学的根拠があること。

2　患者の同意が得られていること。ただし、患者が自ら同意できない状況にある場合は代理人となり得る家族の同意でもよい。

3　当該薬使用で予想される利益と、考えられるリスクを鑑み、病院長又は施設管理者がその使用を許可していること。

1の有効性の科学的根拠については、同封の薬剤説明書に詳しく記載されている通りで、この条件は満たされていると判断できます。

2の家族の同意に関しても、榎原医師は文書で得ていたと申しておりました。

問題は3の院長の許可についてでありますが、小生は〝貴殿は許可したのだ〟と信じております。もし万が一、貴殿の許可なく榎原医師が未承認薬を使用したのであれば、彼は法的な責任追及から逃れられません。同時に貴殿も、そのような違法行為を防止できなかった監督責任を問われることになるでしょう。

さらに、本症例で当該未承認薬を使用することで予想される利益と、考えられるリスクを鑑みれば、病院長は当然許可すべき状況にあたったのですから、それにも拘わらず許可しなかったことが公になれば、貴殿の道義的責任をメディアが追及しないはずはありません。また、メディアがその理由とそこに至る経緯を調査し始めたら、真相を隠し通すことができるとは思えません。小生がそれについて語ることは決してないと言えますが、どこから話が漏れるか分かったものではありません。

しかし、そんなことは起こらないはずです。

貴殿は院長としての責任を持って、当該未承認薬の使用を許可したのですから。もし病院関係者にそのことを誤認している者がいるならば、それを正すことも院長の責任でありますし、必要な時は、院長が許可したことを公表していただかなければなりません。

このことを間違いなく実行していただくよう、柿沢信一の一命を賭《と》して切願する次第であります。

女子高生の意識が一日も早く回復することと、わが国における医療改革が正しい方向に進むことを祈念しつつ筆を置きます。

平成□□年一月

敬具

柿沢信一

追伸：上記を願うのは、富沢新薬の倒産を回避させるためでは断じてなく、日本の医療を守るために真の医者魂を持った人士にこれからも活躍してもらう必要があるからです。

末筆になりましたが、執筆に当たって、貴重なアドバイスを頂いた片山大介、山本敏彦、岸誠五郎、岸洋子、岡井良至、小国顕介の各氏と、資料収集に協力頂いた後藤麻衣氏、並びに迅速な出版にご尽力下さった早川書房の川村均氏に深甚なる謝意を表します。また、雄太を応援してくれた心優しい読者の皆さんにも感謝の気持ちをお伝えしたいと思います。

平成二十六年九月

岡井　崇

追補

我々医療者側が為すべきこと、それはまず効率的な医療提供体制の整備に協力することです。行政と地方自治体はそれぞれの医療機関の機能と規模を適正化し、地域の需要に応じた病院の計画的配置を長期的な観点から考えなければなりません。似たような診療科を有する中途半端な規模の病院が狭い範囲に乱立している姿は日本でしか見られない特異な光景です。地方都市で、経営母体の異なる病院がすぐ近くにあり、どちらも総合病院としてすべての診療科を有し、お互いに張り合っている状況も同じです。そのような状況が如何に非効率な医療提供になっているか、少し考えれば誰にでもわかることです。中小の病院は医師数が少ないため、規模の大きい病院と比較して一人当たりの当直回数が増加し、同じ数の患者を診るための医師の負担が大きくなります。これは看護師等の勤務体制を考えるうえでも同様ですし、高額医療機器を各病院がそれぞれ揃えるとなると、医療費の無駄遣いは更に嵩みます。それらの費用は最終的にすべて国民医療費に跳ね返って来るのです。医療資源活用の効率化にはそれぞれ専門分野を分かち合うなどで調整するか、病院を合体させて適正規模化することが求められます。

その一方で、行政は患者さんを上手に振り分ける誘導を行う必要があります。高度で専門的な診療が必要な疾患は、その疾患に応じて指定する規模の大きい病院に集中させ、一般によくある疾病は地域に限なく配置された医院で診るという振り分けです。これまで日本では、このような医療機関の適正配置に医療者側が協力的でなかったきらいもありますが、国全体の医療を考えた政策に、そろそろ医師も歩調を合わすべき時期が来ているのではないでしょうか。

次に、医師の診療科標榜の問題があります。〝ドクターショッピング〟なる言葉が存在する理由のひとつとして、医師側の専門性が不明瞭なことが挙げられます。これも専門医制度の確立が急がれる所以《ゆえん》ですが、医療提供体制の進歩的改革として、医師免許さえ持っていれば何科の診療もできるという既得権を、今こそ我々医師が、勇気をもって手放す時です。それぞれの専門領域を担う医師を必要な数だけ養成すること、これも国民に対する義務として行政が現在求められている最重要課題のひとつです。専門医制度は、医師の為ではなく、患者の為です。資格要件を厳しくし、専門医となる為にその領域の知識を深め診療のスキルを高めること、これらはすべて診療を受ける患者の為になるのです。専門医の診療能力が高まれば、無駄な検査を減らし必要充分な検査で最適の治療法を選択するという効率の良い医療提供が可能となります。医師や看護師の能力向上が術後合併症の頻度を減らせば、入院期間を短縮できるなどの効果をもたらすことも確実です。病院収入のために入院期間を必要以上に長期化させるなどの方策を無効にする包括医療費支払い制度（DPC）を拡充させることも良案でしょう。他方で、一般の疾病を幅広く総合的に診る〝総合診療医〟の養成も極めて重要で、その医師の診療能力の向上が患者の不必要な専門医受診を回避させ、医療資源の浪費を減らしてくれることも間違いありません。

医師の既得権と言えば、〝診療行為〟なる概念も考え直す必要があります。従来、医師側は安全性が損なわれるという理由で様々な診療行為を独占して来ました。しかし、医師でなくても訓練を受けた看護師やコメディカルの人であれば、安全に行える医療行為も数多く存在します。現在、〝チーム医療の推進として〟、コメディカルの人達と如何に業務を分担し、効率的な医療を提供するかについて厚労省を中心に議論が進められています。このような改革も医療資源の有効利用に繋がりますので、医師は協力を惜しむべきではありません。

最後に、国民医療費嵩上げ要因の一つとして終末期における過剰な延命治療を挙げておきます。しかし、この問題は医療財政の視点から議論するより、人生を閉じようとしている人への尊厳を守る道を論じる方が解決に近づくように思います。意識もなく逝く日を待つ人にただ延命のために胃瘻を留置するなどの治療行為が、その人の人生に意味を与えるのか、医療提供者側はよく考えるべきです。それによっておのずと適正治療の範囲も見えてくる筈です。当人の死生観を尊重し、リビングウィルの普及を進めることもこの問題の解決を促進する正しい方向ではないだろうか、と思料するところです。

国民の健康と命は産業で賄うのではなく、相互扶助の精神で互いに支え合うものです。医療を提供する側も一国民として、自ら進んで医療資源の無駄遣いを省く努力をすることが、高いレベルの医療を全国民に平等に提供し続けていくために不可欠な条件であります。本書をお読み頂いた皆さんからも社会に働き掛けて下さるようお願い致します。

本書は書き下ろし作品です。

この作品はフィクションです。実在の人物、地名、団体、事件等とは一切関係ありません。

トライアングル

二〇一五年三月 十 日 印刷
二〇一五年三月十五日 発行

著 者 岡《おか》井《い》 崇《たかし》
発行者 早川 浩
発行所 株式会社 早川書房
郵便番号 一〇一 - 〇〇四六
東京都千代田区神田多町二ノ二
電話 〇三・三二五二・三一一一（大代表）
振替 〇〇一六〇・三・四七七九九
http://www.hayakawa-online.co.jp
定価はカバーに表示してあります

Printed and bound in Japan

印刷・三松堂株式会社　製本・大口製本印刷株式会社

ISBN978-4-15-209526-8 C0093

ハヤカワ・ミステリワールド

未必のマクベス

早瀬　耕

４６判上製

中井優一は、東南アジアを中心に交通系ＩＣカードの販売に携わっていた。ある日、彼はマカオの娼婦から「あなたは、王として旅を続けなくてはならない」と告げられる。やがて香港法人の代表取締役として出向を命ぜられた優一だったが、そこには底知れぬ陥穽が待ち受けていた。異色の犯罪小説にして恋愛小説。

ハヤカワ・ミステリワールド

喝采

藤田宜永

46判上製

一九七二年東京。父の死と共に探偵事務所を継いだ浜崎順一郎は、引退した女優捜しの依頼を受ける。だが発見した矢先、女優は何者かに毒殺された。第一発見者の浜崎は容疑者扱いされ、友人の記者や歌手、父の元同僚の刑事らの協力を得て事件を調べ始める。やがて、かつて父が調べていた現金輸送車襲撃事件と奇妙な繋がりを……私立探偵小説の正統。

ハヤカワ・ミステリワールド

機龍警察　未亡旅団

月村了衛

46判上製

チェチェン紛争で家族を失った女だけのテロ組織『黒い未亡人』が日本に潜入した。公安部と合同で捜査に当たる特捜部は、未成年による自爆テロをも辞さぬ彼女達の戦法に翻弄される。一方、特捜部の城木理事官は実の兄・宗方亮太郎議員にある疑念を抱くが、それは政界と警察全体を揺るがす悪夢につながっていた――〝至近未来〟警察小説、第四弾。